# ポール・クローデルの黄金の聖櫃

ミッシェル・ワッセルマン

# ポール・クローデルの黄金の聖櫃

――〈詩人大使〉の文化創造とその遺産

三浦信孝・立木康介訳

水声社

# ポール・クローデルの黄金の聖櫃　◉目次◉

Les Maisons merveilleuses sont éparses par la futaie.

*Connaissance de l'Est*

« L'Arche d'or dans la forêt »

高い森に散らばる魔法の家々

（「森の中の黄金の聖櫃」『東方の認識』）

# 序文――ポール・クローデルの日本、遺産とその継承

三浦信孝

ポール・クローデルは一八六八年にパリの北東一〇〇キロにあるタルドノアの寒村ヴィルヌーヴ＝シュル＝フェールで大蔵省の地方官吏の子として生まれた。一八六八年といえば日本で明治維新が始まった年であり、この歴史上の偶然の一致が未来の大作家の日本行きをあらかじめ決定する prédestination（運命）だったと言うつもりはない。しかし北斎など日本美術に心酔していた四歳上の姉カミーユ（ロダンの恋人になる彫刻家）の影響で日本の版画や本に親しんでいたクローデルが、職業外交官の道を選んだのは、息苦しい物質主義が支配するフランスの外に脱出したいという強い願望のなかに、まだ見ぬ日本への憧れがあったと想像することは許されるだろう。事実、一八九〇年、外交官試験に首席合格した作家志望のクローデルが、最初の任地として希望したのは日本だったが思い通りにはならず、憧れの国を初めて旅行するのは中国勤務中の一八九八年のことである。

アメリカを振り出しに、一四年に及ぶ中国、そしてブラジルを間に挟んでヨーロッパ各地で任務を果たし、初めて「大使」の資格で日本に着任したのは一九二一年、クローデル五三歳のことだった。

二〇世紀前半に活躍したクローデルと同世代の作家には、ルイ・ルグラン高等中学で同級だったロマン・ロランや、クローデルを入れてNRFの四大作家と呼ばれるジッドやヴァレリー、プルーストがいるが、マルセイユから横浜まで海路で一カ月以上かかる日本を訪れたのは外交官だったクローデルだけであり、クローデルほど長く日本に滞在し、日本の自然を愛し日本人の魂を訪ね、日本の伝統芸術との出会いを文学創造の糧にしたフランス人作家は他にいない。日本を訪れ日本に魅せられて日本について何らかの著作をものしたフランス人作家に、クローデルの前には海軍士官だったピエール・ロチがおり、クローデルのはるか後にはマルローやロラン・バルトやレヴィ＝ストロースがいるが、モーリス・パンゲが「日本の注解者[1]（exégète du Japon）」と呼んだクローデルの『朝日の中の黒い鳥』ほど鋭く深く大正の日本に「聴きとる目」を差し向けた作品を他に知らない。『朝日の中の黒い鳥』（初版一九二七）は、「日本人の魂への眼差し」「炎の街を横切って」から「日本文学散歩」、「能」や「歌舞伎」、「ミカドの葬儀」に一九四五年の「日本への惜別」を追加した二四編からなる文学的日本論で、内藤高のすぐれた訳・解説により日本語で読むことができる[2]。

クローデルは駐日フランス大使として一九二一年一一月に着任し、一九二五年一月末から一三カ月、休暇による帰国を挟んで五年あまり日本に勤務し、一九二七年一月に大正天皇の大喪の儀に参列したあと、二月に次の任地ワシントンに向かう[3]。クローデルが東京からパリの外務省に送った外交書簡は、『孤独な帝国　日本の一九二〇年代』という絶妙のタイトルのもとに奈良道子によって翻訳されている。(4)「孤独な帝国」は、第一次世界大戦の戦勝国でありながら、一九二一年一二月にワシントン会議で日英同盟が廃棄され、二四年春にはアメリカから排日移民法を突きつけられて孤立する日本の国際的地位を形容する表現である。クローデル外交書簡には、敗戦国でありながら日本に残るドイツの影響力に対抗してフランス語フランス文化の普及をはかる文化面での活動《アクション》だけでなく、当時はまだ存在しなかった日本通の特派員や現代日本の研究者にも遠く及ばない、「英米ブロック」に挟まれて「ロビンソン・クルーソー化」する日本の国際環境や、一九二三年九月の関東大震災をはさむ国内の政治社会状況が正確に分析され報告されている。

クローデルは日本に着任早々「詩人大使」として歓迎されるが、一九二五年の一時帰国中にアラゴンやエリュアールらシュルレアリストから「フランスの大使でかつ詩人であることは不可能だ」と揶揄される。しかし、逆にクローデルは滞日中に『繻子の靴』を完成し、『百扇帖』に収められる短詩をつくるなど、「大使」が「詩人」でありうることを身をもって示したのである。

本書は Michel Wasserman, *Les Arches d'or de Paul Claudel : L'action culturelle de l'Ambassadeur de France au Japon et sa postérité*, Paris, Honoré Champion, 2020 の全訳である。日本語の読者には不要と思われる巻末のフランス語参照文献は省略し、代わりにこの種の「序文」には異例の後注で訳書や関連図書を紹介して読書案内とする。本訳書のタイトルは『ポール・クローデルの黄金の聖櫃――〈詩人大使〉の文化創造とその遺産』とした。著者のミッシェル・ワッセルマンは、クローデルがフランス大使として日本で過ごした五年間に行った精力的な「文化アクション」の事績を丹念に跡付け、自身、クローデルが「後世」に残した遺産を受け継ぎ発展させる「文化アクター」のひとりとして、「クローデルの日本の世紀」を描きだす。

本書のエピグラフにはクローデルの中国時代の作『東方の認識』（初版一九〇〇）に収められた « L'Arche d'or dans la forêt »「森の中の黄金の聖櫃」の一行が引かれているが、原著のタイトルでは arches が複数になっている。このテクストは一八九八年に上海領事館に勤務していた三〇歳のクローデルが初めて日本を旅行し、日光滞在中に徳川家康の墓所である東照宮を訪れて詠んだ散文詩である。フランス語の arche には聖書の創世記に出てくる「ノアの箱舟」の「箱舟」と、モーセの十戒を刻んだ石板を収めた「契約の櫃」の意味があり、クローデルは広大な森の中に浮かぶように立っている東照宮を黄金の「箱舟＝聖櫃」になぞらえた[5]。エピグラフの「高い森の中に散らばる魔法の家々」では maisons merveilleuses と家が複数形になっており、著者はそれをクローデルが日本に遺贈した三つの家に見立てている。三つの家が何かを知るには、ワッセルマンが二〇二〇年一二月に日仏会館で行った本書のエッセンスを紹介する講演「クローデルの日本の世紀[6]」の紹介文を引用するのが手っ取り早い。主催者の日仏会館フランス事務所改め「フランス国立日本研究所」はそのサイトで講演会を日仏両語で次のように告知した。

【講演要旨】今や伝説となったポール・クローデルの駐日大使在任中（一九二一〜一九二七）

の遺産として、二つの文化機関が後世に残された。彼は外務省からフランスの文化機関設立プロジェクトを託され、これをまず東京の日仏会館として一九二四年に実現する。続いて、今度は独断で京都に第二の文化機関を設立しようとしたクローデルは、できて日が浅い東京の日仏会館との予算の分散や競合を懸念した本省の意思に逆らって、日仏の知的接近にとって政治的に望ましいと考える関西日仏学館設立のため意欲的に行動する。クローデルは、日仏会館の初代ディレクター、高名なインド学者のシルヴァン・レヴィとの語り草になる論争を制して、一九二七年の関西日仏学館の設立を準備し、その七五年後に、クローデルが離日前に学館の後見機関として創立していた日仏文化協会は、最初に学館が建てられた九条山の跡地に、フランス人芸術家のためのレジデンス「ヴィラ九条山」（一九九二）を建設することを決定する。

日仏会館研究員、関西日仏学館館長を経て、ヴィラ九条山の設立に関わりその初代館長となったミッシェル・ワッセルマンは、『ポール・クローデルの黄金の聖櫃――駐日フランス大使の文化活動とその継承』（オノレ・シャンピオン、二〇二〇）によって、クローデルの日本の世紀を振り返る。

【講師プロフィール】一九八六年から八年間、関西日仏学館館長を務めたミッシェル・ワッセルマンは、在任中に京都フランス音楽アカデミー（一九九〇）を立ち上げ、ヴィラ九条山（一九九二）の創立に貢献した。一九九四年より立命館大学国際関係学部で教鞭をとる一方、演出家として二〇〇三年以来、京都オペラ協会の総監督として毎年オペラを上演している。歌舞伎など日本の伝統演劇を専門とし、クローデルの駐日大使時代にも関心を寄せ、*D'or et de neige – Paul Claudel et le Japon*『黄金と雪――クローデルと日本』(Gallimard, 2008)によって、二〇〇九年にエミール・ファゲ賞(アカデミー・フランセーズ)とアジア文学賞を受賞。近年では以下の著書がある。

- *Claudel Danse Japon*『クローデル・ダンス・日本』, Classiques Garnier, 2011
- *Paul Claudel dans les villes en flammes*『炎の街におけるクローデル』, Honoré Champion, 2015
- *Paul Claudel et l'Indochine*『クローデルと仏領インドシナ』, Honoré Champion, 2017
- 『「京にフランスあり!」――アンスティチュ・フランセ関西の草創期』(立木康介との共著、京都大学人文科学研究所/アンスティチュ・フランセ関西、二〇一九)
- *Les Arches d'or de Paul Claudel, L'action culturelle de l'Ambassadeur de France au Japon et sa postérité*, Paris, Honoré Champion, 2020

日仏交流への貢献が評価され、ミッシェル・ワッセルマンは二〇一八年京都市芸術振興賞を受賞。この賞の五〇年の歴史の中で、彼は外国人として初めてこの栄誉を受けた。

二〇〇三年に京都で『フィガロの結婚』を上演するまでの自伝的エッセイ『京都でモーツアルト(*Mozart à Kyoto*, Les Indes Savantes, 2008)』によって著者の経歴を補足するならば、ミッシェル・ワッセルマンは一九四八年にパリで生まれ、子供の時に演劇の魅力に目覚めたのは、一家の花だった一三歳上の美しい姉が舞台女優だったからで、クローデルの名前が脳裏に刻まれたのは、その姉が五〇年代末にジャン＝ルイ・バロー演出の『繻子の靴』に出演し、しかもクローデルのミューズだった女性にそっくりだとスタニスラス・フュメに言われたからだという。サント・ジュヌヴィエーヴの丘にあるアンリ四世高校の準備学級に学んで一九六九年に高等師範学校《エコール・ノルマル》サンクルー校に入学、翌年プリンストン大学留学中に「能」の公演を観て感激。一九七二年に近代文学の高等教育教授資格《アグレガシオン》を取得したあと、パリ東洋語学校《ラングゾー》（現在のINALCO）でジャン＝ジャック・オリガスについて日本語を学び、一九七四年に兵役義務の代わりに東京外国語大学のフランス語教師に、二年後に東京芸術大学に移ってオペラのフランス語を指導、一九七八年に鶴屋南北の『東海道四谷怪談』の研究でパリ第三大学博士号を取得、翌七九年一〇月には日仏会館が企画しパリのコレージュ・ド・フランスで開かれた日仏学術シンポジウム「日本研究」部会に最も若い報告者として参加、渡辺守章が司会する「文学と演劇」セッションで日本の伝統演劇について発表している。(7) 最初の著作は一九八一年に出した、『源氏物語』など日本古典文学の翻訳で知られるルネ・シフェールとの共著 *Le Mythe des quarante-sept rônin*（『赤穂四十七士の神話』）だから、これはどう見てもフランスにおける日本研究者のエリートコースであり、一九八一年に再来日して日仏会館の研究員《パンショネール》を振り出しに日本に留まることになっていなければ、十分フランスの大学での教授キャリアが約束されていたと思われる。

私はワッセルマンより少し年上だがほぼ同世代で、七〇年代に彼が東京でフランス語を教えていた時、私はパリに留学中で彼が学んだ東洋語学校《ラングゾー》で日本語を教えているがすれ違いだった。私がワッセルマンと出会ったのは、御茶ノ水の日仏会館で学術講演会の通訳をするようになった八〇年代はじめ、中国研究のレオン・ヴァンデルメルシュ学長時代に、講演会が終わるとエレベーターで六階の学長アパルトマンに上がり、講師を囲んでワイングラスを片手に懇談する席でのことだった。日仏会館に同時通訳システムが入ったのは一九八一年で、私の記憶に残る講演には、モーリス・パンゲによる前年亡くなった「ロラン・バルトの作品」と八二年のクローデルの末娘ルネ・ナンテ夫人の「クローデルの声」である。私は聞き漏らしたが、父と同じく外交官になった末の息子アンリ・クローデルの講演もあり、ワッセルマンは聞いているはずである。八三年のジャック・デリダの「バベルの塔」は四〇〇席以上ある会館の地下ホールで逐次通訳だったが、東京日仏学院でのカフカの『掟の門前』についての講演は学院初の同時通訳を一人でやった。ワッセルマンはそのころ日仏学院でフランス文学を教えていたし、私も学院で通訳講座を担当していたが、曜日が違うのですれ違いだった。一九八六年に彼が京都の日仏学館館長に任命され京都の人になってからは会う機会も稀になり、彼の京都でのフランス音楽アカデミーやオペラ演出の活躍も風の便りで聞くだけになっていた。

私自身とクローデルの出会いは、クローデルの生誕百周年の一九六八年にさかのぼる。本書の共訳者である立木康介氏が一九六八年生まれであることを知って不思議な縁を感じたが、東京日仏学院に通っていた私は、学院の学生組織「アミカル」の仲間と一九六八年一〇月に御茶ノ水の日仏会館地下ホールで、クローデルの『真昼に分かつ』のフランス語原語上演を企てたのである。ホールが無料で借りられたのは、モーリス・パンゲ学院長の後押しがあったからだろう。きっかけは東大教養学科フランス科の卒論をヴァレリーで書くために手元に置いていた筑摩版世界文學体系51『クローデル／ヴァレリー』（一九六〇）で渡辺守章訳の『真昼に分かつ』を読み、インド洋上の客船で出会った美しい人妻との禁じられた愛の情念《パッション》＝受難劇にいたく感動し、無謀にも *Partage de midi* の原語上演を思い立ったのである。(8)

したがって私にとってクローデルは渡辺守章の名前と結びついており、はるか後の二〇〇一年三月に恵比寿の日仏会館ホールで開いた日仏文学交流シンポジウム「フランスの誘惑・日本の誘惑」で、セガレンやロチやバルトと並べてクローデルを取り上げたとき、当然のように渡辺守章の「クローデルとテクストとしての日本」をプログラムの目玉にした。(9) 同じ年の六月には、東洋語学校で教えて以来旧知の仲の歴史家ピエール・スイリがフランス学長だったので、彼に提案して「グローバル化の中のクレオールと雑種文化論」をテーマに加藤周一とエドゥアール・グリッサンの文明間対話を企画した。フランスが先生で日本が生徒ではなく、日仏の作家や学者が対等な立場で共通のテーマについて議論する日仏会館「春秋講座」の始まりである。

こうして私は二〇〇二年以来、日仏会館常務理事の一員となり、いわば内部から日仏会館の運営に関わるようになった。御茶ノ水時代の日仏会館は漠然と飯田橋の東京日仏学院と同じフランスの文化施設だと思っていたが、日仏会館は日本の民間の財団法人であって、会館に居を定めるフランスの研究所が日本研究と日仏学術交流を行う二重構造の組織であることを知ったのである。会館の建設と維持管理は日本の財団法人の担当で、会館の中で行われる学術活動は会館に居住するフランス人の学者・研究者が行うという《contenant / contenu》（容器と中身）の「クローデル方式」である。財団法人のトップは「理事長」（初代は渋沢栄一）で、研究所のディレクターは「フランス学長」が正式名称なのだが、会館最上階のアパルトマンに住むフランスの学術代表を「館長」と呼ぶ慣習が定着し、日仏会館が恵比寿に移転する一九九五年の後まで続いていた。関西日仏学館を設立した日仏文化協会の理事長はフランス大使であり、学館の運営を一元的に取り仕切るフランス人ディレクターは「館長」だが、一九二六年秋に東京に着任したシルヴァン・レヴィが「双頭の作品」と呼んだ日仏会館のフランス人ディレクターは「館長」ではないのである。フランス外務省から日仏会館に派遣される研究ディレクターの肩書きは、数年前から「日仏会館・フランス国立日本研究所所長」となっている。

大学教師を本職としながら手弁当の常務理事になってからの私の課題は、一九八〇年代に小林善彦先生が始めた日本人講師によるフランス文化講演会や日仏文化講座など、財団法人独自のイベントを充実させて会館の文化活動の「中身」に関与する一方、春秋講座や日仏シンポジウムのような財団法人とフランス研究所との共催事業を恒例化して日仏間の協力関係に真の実質を与えることにあった。

具体的な例を三つあげるなら、二〇〇四年の日仏会館設立八〇周年の時は、財団法人の企画として渋沢栄一や中江兆民や黒田清輝や永井荷風以下、明治・大正期に渡仏した一〇人の作家や画家や思想家を取り上げる連続講演会を二回の文化講座として組織し、[10] 二〇一四年の会館九〇周年の時は会館の元寄宿研究者《パンシヨネール》や日仏の渋沢・クローデル賞受賞者を中心にクリストフ・マルケ研究所長と日仏シンポジウム「両大戦間における日仏関係の新展開」を企画し、「日仏会館（一九二四）」を中條忍氏に、「関西日仏学館（一九二七）」をワッセルマン氏にお願いした。[11] 二〇一八年のクローデル生誕一五〇周年記念の日仏シンポジウムでは、私自身「日仏文化機関の創立者ポール・クローデル」について報告し、日仏会館と関西日仏学館だけでなく、パリ国際大学都市の日本館（一九二九）、戦後になって設立された東京日仏学院（一九五二）までを、日仏会館を親元とする一つの系統図の中に位置づけ、その最後を「我々は皆、それと知らずに、クローデルの遺産相続人（héritiers）であり、クローデルの孫である」とフランス語で締めくくった。[12] この誇張した台詞にワッセルマンは大いに共鳴してくれ、それで本書の東京の日仏会館に関する章の翻訳を私に依頼してきたと思われる。私と彼は、血こそ引いていないがクローデルの孫だとすれば、京都大学の学生でありながら関西日仏学館のワッセルマン館長の授業に熱心に通ったという立木康介は、クローデルの曽孫《ひまご》にあたるだろう。クローデルは一九二七年一月一〇日付の本省宛交信で、[13]「フランスの若い学者が日本のことがらについて深い知識を身につける高等研究の場」として日仏会館をつくり日本人と交流させ、ついで「フランス語を普及し、日本の若者にフランス的思考への手ほどきをする施設」として京都に日仏学館をつくったと書いているが、本書の著者と共訳者は日仏間の知的接近のためクローデルがつくった日仏文化機関の産物であり、多かれ少なかれその遺産継承者なのである。

関西日仏学館は日仏会館の最初の寄宿研究員《パンショネール》のひとりだった地理学者フランシス・リュエランの「比叡山にフランス語夏期講座創設」構想から発展したものだが、クローデルはその構想を一九二六年一〇月一四日付公信で本省にこう報告している。「私は東京に日仏会館が開設されて以来、京都にこれと対をなす施設を作ることに専念してまいりました。［……］この新しい施設は、東京の日仏会館を頂上とする建築の土台となるでしょう。ここで養成される若きエリートの最も優秀な人々は薩摩氏がパリに建設する施設に派遣されるでしょう。これらの機構全体を通して、また並行して大学や高等学校教育の発展によって、フランス語はこれまで日本で達しなかった地位に到達するはずです。(14)」

「薩摩氏がパリに建設する施設」とは一九二九年にパリ国際大学都市にオープンする薩摩館こと日本館（Maison du Japon）のことで、そこには一九三一年に日仏会館で始まったフランス政府給費留学生《ブルシエ》試験の合格者が送られることになる。私も立木氏も世代は違うがブルシエで（私は七一年、彼は九四年）日本館のレジダンだった。ワッセルマンがリュエランの後継者の中でも八年という異例の長期間、関西日仏学館の館長を務めたのは、ヴィラ九条山の建設という新しい任務を負わされたからだろう。設計を担当した加藤邦男氏もまた一九五九年度のフランス政府給費留学生としてパリの国立美術学校《エコール・デ・ボザール》で建築を勉強した建築家だが、かつてヴァレリーの『エウパリノスまたは建築家』の精密な読解に基づく博士論文『ヴァレリーの建築論』（鹿島出版会、一九七九）を見ず知らずの私にまで贈っていただいた加藤邦男その人であることを知り、感慨深いものがあった。一九五一年度のフランス政府「半給費留学生」だった加藤周一も最初の一年は「日本館」に住んだが、そこでブルターニュから来た哲学青年に手造りの『エウパリノス』でフランス語テキストの深い読み方を教わり、その経験が日本の古典を同じだけの精度で読み直すことを決意するきっかけなったと『続 羊の歌』（一九六八）で回顧している。

筑摩の世界文學体系『クローデル／ヴァレリー』（一九六〇）でクローデルの存在を知って以来、マラルメの二人の弟子の関係は私の関心事になった。クラシック対バロックと言うべきか、あまりに作風が対照的で、「デカルトとパスカルの対立」のように読む者に「決定的な二者択一を迫ってくる」と清水徹が同書の「月報」に書いていたこともある。先に引いた加藤周一は、大戦中に時代の狂気に抗してよく読んだ、「その詩人の運命が地上の一帝国の運命よりも重大に思われた」というヴァレリーが、一九四五年七月に亡くなると、その棺に花を撒く古代ヨーロッパの慣しに習って「ポール・ヴァレリー頌」（一九四七）を書いているが、それに続いて発表した「象徴主義的風土」（四九）と「演劇のルネッサンス――ポール・クローデルを続って」（五〇）によって、二〇歳前の渡辺守章は異形のカトリック劇詩人の存在に目を開かれたという。[15] それから半世紀後、『繻子の靴』の訳者は岩波文庫の翻訳（二〇〇五）を学恩の第一にあげる加藤周一に捧げている。加藤周一は本書に一カ所だけ出てくるが、ワッセルマンも気がついていない日本におけるクローデル受容史のミッシングリンクなのである。

クローデルとヴァレリーのあいだにはジッドとヴァレリー、あるいはジッドとクローデルやクローデルとロマン・ロランのあいだのような往復書簡集はないが、ヴァレリーは一九二三年九月九日に、関東大震災に遭遇したクローデルに見舞の手紙を送っている。クローデルは一九二五年に一時帰国したとき受けたあるインタヴューで、マラルメの「火曜会」にさかのぼる二人の友情を語り、マラルメのランボー無理解には留保をつけながらも、マラルメが死の前年に『骰子の一擲』の校正刷りを二人だけに贈ってくれたことを誇りにしていると語っており[16]、その年の末にヴァレリーのアカデミー・フランセーズ入りを祝福する手紙を送っている。一九二六年春の瀬戸内海周航のあと書いた対話篇『詩人と三味線』では、瀬戸内海の島々を前にした船上で、クローデルと思しき「詩人」が地中海の島々に思いを馳せ、『若きパルク』の好きな数行を誦じてみせる。ヴァレリーを単なる「知性の人（un intellectuel）」と見るのは間違いだ。「ヴァレリーはなによりまず官能の人（un voluptueux）であり、その芸術は官能性の注意力そのものだ。皮膚の意識を包み込んだ、肉に注意深い精神、精妙な言葉の網に捉えられた美しい身体である」と言う[17]。

クローデルは外交官を引退する一九三五年にアカデミー・フランセーズに立候補するが、ヴァレリーの支援にもかかわらず失敗に終わり、敗れた相手がロチと同じ海軍士官の小説家クロード・ファレールだったのでクローデルの自尊心は傷つく。高齢の二人を近づけたのは、一九四〇年六月のナチス・ドイツによるフランス侵攻である。二人とも対独協力を拒否し、ヴィシー政府にはそれぞれ批判的姿勢を貫く[18]。二人は一九四三年一一月二三日にある公爵夫人のサロンで再会し、マラルメとランボーをめぐる興味深い文学対話を行うが、その終わり近くでクローデルは、ドイツの同盟国である「敵国」なはずの日本について、唐突にこう言い放つ。「私が、決して粉砕されることのないようにと願う一つの民族がある。それは日本民族だ。あれほど興味深い太古からの文明は消滅してはならない。あの驚くべき発展が日本以上にふさわしい民族は他にいない。日本人は貧しいが、しかし高貴だ。あれほど多くの人口を抱えているのに。[19]」一九二七年の離日後、クローデルは二度と日本を訪れることはなかったが、一九三一年の満州事変、三三年の国際連盟からの脱退、三六年の二・二六事件と戦争への道を突き進む日本のことをずっと気にかけていたことは、一九三六年の「力士の構え」（後に『朝日の中の黒い鳥』に収録）にも窺える。

そして遂に恐れていた破局が来る。クローデルは一九四五年八月七日と九日の『日記』に広島と長崎への原爆投下を書きしるし、八月二五日に『フィガロ』紙に「Adieu, Japon !（日本への惜別）」の原稿を送る（掲載は三〇日）。「恐ろしいことに、原子爆弾は日本と呼ばれるあの人々の集合、だが非常に緊密で等質で実効性に富む人間集団の中核を現実に破壊してしまったのではないか」と書きだすクローデルは、そうでなくても貧しい日本がどうやってこの破局的壊滅状態から立ち直ることができようかと自問する。「私が別れを告げなければならないのは、私がかつて長く暮らし強く愛したあの古い日本に向かってである。私もあの軍部の残忍さと不実、凶暴性を非難する。昔の政治家たちがもっていた知恵を欠いてしまったこの国の現在の没落の責任は、ひとえに軍部にある。しかし、だからといって、冬の夕闇の中からくっきりと浮かび上がる富士山の姿が人間の目に差し示された最も崇高な光景のひとつであることに変わりはない。」

こうしてクローデルは、自然の中の諧調をよく表現しえた日本画の画家や詩人たち、足繁く通った能舞台、幾度かの茶会や、京の香を売る店や古美術商の店先、金色と雪の白が交差する御所の襖の高雅な美しさを回顧したあと、「とても慎ましく控えめな日本の小さな母親たちが子を背負い聖体拝領のテーブルに赴くときの姿」を思い浮かべる。

「さらば、日本！」しかしクローデルは、最後に聖書の言葉「主は諸国の民を不滅のものとされた」を引いて、日本の復活を神に祈る。[20]

これは元駐日大使だった外交官の儀礼的作文ではない。クローデルが愛した「古い日本」への「惜別」の言葉を読んで、誰がクローデルの日本と日本人への深い思いの真摯さを疑うだろう。関西日仏学館の開設以来、長く事務局長兼教授を務めた宮本正晴は、戦争末期にオーシュコルヌと共に逮捕投獄の憂き目にあったが、一九五〇年にフランス政府から戦後初の大学教授としてフランスに招聘され、ロマン・ロラン協会会長のクローデルを訪ねたとき、クローデルは開口一番「日本は今度の戦争でどうなったか」と尋ね、「日本の復興を願って」柏手をパンパーンと打ち鳴らしたという。[21]

本書は「はじめに」で全体の構成を示したあと、第一章「日仏会館」でブラジル時代の前史から東京着任後の日仏会館の設立（一九二四）までを記述し、第二章「関西日仏学館」で京都九条山の関西日仏学館の設立（一九二七）を、第三章「戦争とその影」で一九三六年に市内の吉田新館に移転した関西日仏学館の第二次大戦中の運命を、第四章で著者自ら設立準備に関わったヴィラ九条山の開館（一九九二）までを跡づける。付録1のジャン＝ピエール・オーシュコルヌの手記は第三章の、付録2の御茶ノ水から恵比寿に移転した日仏会館の建物の歴史は第一章の、付録3のヴィラ九条山開設から二五年後を回顧する対談は第四章に付したそれぞれ貴重な補注である。見られるように、前著四作に対する本書の新しさは、第三章以下でクローデルが後世に残した遺産の継承をいきいきと克明に記述する後半部にある。ワッセルマンのクローデル本はいずれもフランス語の読者向けに書かれているが、彼が日本語に翻訳するなら最新のこの本をと思ったのはそのためだろう。翻訳は東京編の第一章と付録2を三浦が、第二章以下の京都編を立木が担当し、相互にチェックして訳語と訳文のすり合わせを行い、編集者の井戸亮氏が注のつけ方を統一した。この訳書が「**co-naissance**（共同出生）」の詩法を信条としたクローデルにふさわしい協同作業《コラボレーション》の作品になっていることを祈る。

**【注】**

（1）「日本注解者クローデル」（一九六九）はモーリス・パンゲ『テクストとしての日本』（筑摩書房、一九八七年）に「クローデルと内なる壁」（六八）とともに収められている。パンゲは東京日仏学院の院長だった一九六六年にロラン・バルトを日本に招聘し、バルトは『表徴の帝国』をパンゲに捧げている。通算二〇年日本で暮らしたパンゲには名著『自死の日本史』（一九八四年／竹内信夫訳、筑摩書房、一九八六年）がある。

（2）『朝日の中の黒い鳥』内藤高訳、講談社学術文庫、一九八八年。「黒い鳥」は黒鳥《クロドリ》の響きが自分の名前に近いためクローデルが気に入ってタイトルにつけたもので、近く光文社古典新訳文庫から出る渡辺守章による新訳は『朝日のなかの黒鳥』となるはずである。

（3）クローデルの一八九八年及び一九二一～一九二七年の詳しい滞日年譜としては、中條忍監修／大出敦・篠永宣孝・根岸徹郎編『日本におけるポール・クローデル――クローデルの滞日年譜』（クレス出版、二〇一〇年）がある。

（4）『孤独な帝国　日本の一九二〇年代――ポール・クローデル外交書簡一九二一―二七』奈良道子訳、草思社、一九九九年／草思社文庫、二〇一八年。

（5）詳しくは中條忍『ポール・クローデルの日本』法政大学出版局、二〇一八年、二八―二九頁。

（6）講演原稿の翻訳は、ミシェル・ワッセルマン「ポール・クローデルの日本の世紀」、『日仏文化』九一号、二〇二二年三月。「日本の世紀」という表現は、本書の原著がクローデルの日本着任から百周年を控えて出版されたからであろう。

（7）記録論文集は *Le Japon vu depuis la France. Les études japonaises en France*, Tokyo, Publications de la Maison franco-japonaise, 1981. 日仏会館図書室蔵。

（8）『真昼に分かつ』の原著 *Partage de midi* の初版は一九〇六年だが部数を限った私家版で、普及版は一九四八年一月に上演許可を求めてきたジャン＝ルイ・バローに許可を与えて「序文」を書き、一二月のマリニー座での初演後、四九年一月にガリマール書店から刊行された。なお、渡辺守章訳の『真昼に分かつ』は文庫本になっておらず、筑摩世界文學体系56『クローデル／ヴァレリー』（一九七六）で読むしかない。

（9）渡辺守章「クローデルとテクストとしての日本」、拙編『フランスの誘惑・日本の誘惑』（中央大学出版部、二〇〇三年）所収。

（10）成果は拙編『近代日本と仏蘭西——10人のフランス体験』大修館書店、二〇〇四年。

（11）両報告ともシンポジウム記録論文集『日仏文化』八三号（二〇一四）に所収。ワッセルマン報告のフランス語原文は電子学術誌 *Ebisu*, 51, 2014 に所収。中條忍氏には「クローデルと日仏会館の設立」（『日仏文化』六六号、二〇〇一／仏訳版 *Ebisu*, 26, 2001）がある。

（12）拙論は大出敦・中條忍・三浦信孝編『ポール・クローデル　日本への眼差し』（水声社、二〇二一年）所収。この論文集にワッセルマンは「あるクローデル的風景——画家、山元春挙の大津別邸」を寄稿している。

（13）前掲、クローデル外交書簡『孤独な帝国　日本の一九二〇年代』に奈良訳あり。

（14）同上。

（15）以上三つの論文は、加藤がパリ留学中に舞台を観て書いた「火刑台上のジャンヌ・ダルク」（一九五二）と合わせ『加藤周一自選集1　1937-1954』（岩波書店、二〇〇九年）で読むことができる。

（16）« Interview par Frédéric Lefèvre sur le Nô », *Supplément aux Œuvres complètes*, t. 2, Lausanne, L'âge d'homme, 1991, p. 135.

（17）Le Poëte et le Shamisen, *Œuvres en prose*, Gallimard/La Pléiade, 1965, p. 824-825.

（18）ヴァレリーとクローデルのヴィシー期における抵抗の姿勢は、加藤周一『抵抗の文学』（岩波新書、一九五一年）でも触れられている。

（19）« Rencontre avec Paul Valéry chez la Princesse Hélène Shakowskoy » [le 23 novembre 1943], *Supplément aux Œuvres complètes*, t. 2, *op. cit.*, p. 330.

（20）「日本への惜別」、前掲『朝日の中の黒い鳥』に所収。

（21）拙稿「日仏文化機関の創立者ポール・クローデル」、前掲『ポール・クローデル　日本への眼差し』、三二八頁。クローデルがなぜロマン・ロラン協会の会長になったかについても拙稿を参照されたい。本訳書では一カ所のみロザリー・リントナーの名前で言及されるロザリー・ヴェッチと娘ルイーズを、ナチスによる占領中、クローデルはヴェズレーのロマン・ロランの家にかくまってもらっている。ロザリーの評伝としてはテレーズ・ムールヴァの『その女《ひと》の名はロジィ――ポールクローデルの情熱《パッション》と受苦』（二〇〇一年／湯原かの子訳、原書房、二〇一一年）がある。

# はじめに

私は職業生活のほぼ大部分を、クローデルの存在抜きに語ることはできない国、日本で過ごした。実際、日仏両国の関係において、クローデルが手を染めなかったものは何ひとつないように思われる。私はクローデルがフランス外務省の加護のもとに東京に創設した日仏会館の研究員だった。私はまた、クローデルが、新しい施設の経費を負担しようとしなかった本省の意向に逆らって、京都に開設した関西日仏学館の館長だった。私は同館館長時代の六年間をヴィラ九条山の設立準備にあて、設立後の二年間その成長を見守った。ヴィラ九条山とは、クローデルが最初に京都の日仏学館を設立した場所の跡に新設されたフランス人芸術家のためのアーティスト・イン・レジデンスである。したがって私は、クローデルが創始したこれらの素晴らしい文化施設の維持に携わる特権をしばし享受したという思いから、必然的に、二〇〇五年のクローデル没後五〇年記念行事の際にクローデルの日本時代を詳しく調べてみようと思い立ったのである。クローデルの日本時代は、奇妙なことに彼の中国時代に比べフランスでは研究対象になっていない。私より前にこのテーマについて書くことができた、いや書くべきだった人々は、日本語の表現を使えば「灯台下暗し」で、身近にあることが見えていなかったかのようである。

かくて次のような問いが立てられる。なぜクローデルは、日本より長く滞在し、より重要な政治的任務を帯びていた任地を含め、他のいかなる国よりも日本において、あれほどまでに二国間関係を体現する存在になったのか。なぜクローデル研究は日本におけるフランス研究の特別な一分野を形成しているのか。いったい何ゆえに、日本の同僚たちはクローデルの生誕一〇〇年、一五〇年、没後五〇年を記念するために、何年もかけて大作家を称えるシンポジウム、展覧会、コンサート、戯曲上演などの学際的プログラムを準備するのか。一言にして、日本をクローデルの土地たらしめているのは何なのか。

同世代の中では長寿だったクローデル[1]は、引退後の余生を半世紀前に舞台用に書いたのではない古い劇の上演用台本を書いて過ごす「ブラングの長老[2]」、聖書の注釈を書く「教会博士」のイメージが支配的で、そのため敏腕な外交官、しかも文化からはほど遠い職務の公務員として、たえずエキゾチックとは言わないまでも遠隔の地に任命された外交官としての経歴は、一般公衆には隠されてしまった。遠隔地のなかでも、中国の一五年と日本の五年を合わせて二〇年滞在した極東は最も長い。駐日フランス大使時代の一九二六年末にクローデルはワシントン勤務を命じられる（第一次大戦後の独仏関係はデリケートだっただけに、他のトップ外交官同様クローデルもベルリンを希望していたが、東京の後のワシントンは間違いなく昇進である）。そのときクローデルは外務大臣宛に慇懃丁重な言葉で「自分の能力と才能では及ばない」職責を受諾する旨返信するが、この偽りの謙虚さは、微笑まじりのペンで欄外に「中国－日本の慣用語法」と注記されている。[3]《break up of China》（中国分割）の時期に若手外交官として軍事および鉄道敷設の案件を担当し[4]、第一次大戦中にはイタリアに経済特使、商務担当官《アタッシェ》として派遣されたあと、駐ブラジル全権公使としてフランス軍のためにコーヒーと食糧を調達し、駐米大使時代には一九二九年の株価大暴落を他に先駆けて予測し分析しえただけに、経済金融のエキスパートを自認し、同僚同輩からもそう見られていた。

残る駐日大使時代は、クローデルの四二年の長い経歴のうちで、芸術家としての要請と外交官の活動の間の見かけ上の対立（彼自身はそこに何らの矛盾も認めなかった）が、突然、魔法のように解消された唯一の時期だった。クローデルが幼年期から夢見、姉カミーユの日本への情熱の影響で外交官を志望したと思われる国日本の美学と道徳を親しいものに感じたのであろう。また恐らくは、自分の国で理解されないことを嘆いていたこの前衛作家は、詩人のプリンスとして迎えてくれた国で、日本の一流の画家や演劇人と芸術的協同作業を行うことで、その外交活動の豊かさを目に見える形にする機会を見出したと思われる。日本の経験は後にフランスに帰ってからのダリウス・ミヨーやオネゲル、イダ・ルビンシュタインあるいはジャン＝ルイ・バローとの芸術的協同作業の先駆けになった。しかし、そうするうちにも「詩人大使」（地元の新聞が敬愛を込めてつけた渾名）は、

「国事に関わる義務」[5]に腐心する国家公務員として、職責を忠実に果たした。クローデルは、外務省が彼に託した任務のなかでも中心的位置を占め、「特に適任」[6]とされる言語と文化方面での行動《アクション》に関する指令を受けて着任した。

クローデルが初の大使ポストとして[7]一九二一年末に日本に派遣されたのは、極東問題の経験豊かな専門家としてだけではない。永遠の外務省事務総長でありクローデルの揺るぎない庇護者だったフィリップ・ベルトロ[8]が評価し保護する作家としてでもあった。クローデルには、第一次大戦での敗北後も（しかも中国山東省と南洋諸島での権益を日本に奪われたにもかかわらず）日本で影響力を保っていたドイツの文化的影響力を抑え込む仕事が期待されたのである。大戦中は「敵国」だったドイツは単なる「ライバル国」になっているが[9]、日本の近代化の時期に教育や文化の領域、特に医学、法律、哲学、音楽の分野で獲得した支配的地位に今も留まりつづけている。外務省の訓令は新大使にドイツの「影響力」に「全力で対抗し」、可能なあらゆる手段を用いて「我が国の言語と文学と学術に関する知識」を普及すべく努め、同時に日本での「ドイツ機関の発展を食い止める」ことを求めている[10]。

訓令はしかし、六、七年前から準備が進められていた東京にフランスの文化施設を開設する計画については一言も述べていない。おそらく、新大使に期待して当然の、既に長大な行動《アクション》リストに追加するには十分機が熟していないと判断したのであろう。それだけに、一九二一年末の着任から三年で、東洋学研究と知的協力のプレスティージュの高い永続的センターである日仏会館の「公式の設立」[11]にこぎつけたのは、クローデルの功績と言える。日仏会館はクローデルに託されたミッションの象徴的実現であるだけに、しばしばクローデルが計画の元締めだと思われている。彼が駐日大使に任命されたとき、彼も彼の任命者も一九二三年九月一日の黙示録的大地震は想像もできなかったが、この大惨事が逆説的にも、大使の驚くほど巧みな戦術によって、それまで少なからず難航していたプロセスを加速させることになった。

一年間の休暇で一時帰国したあと一九二六年初めに帰任したクローデルは、京都に新しいフランス語教育とフランス文化普及の施設の開設に携わることになる。地方にフランスの文化機関がないことに苦慮していたクローデルは、関西の親仏家たちのイニシアティヴによる計画を支援するが、今度はパリの本省のきわめて消極的な態度に直面する。外務省は新しい施設の運営費用を負担することに消極的で、京都に新しい施設をつくると東京にできたばかりの日仏会館と競合することを憂慮した。フランスの国益に沿った行動であると確信したクローデルは、政治的勇気と強い意志をもって計画を実行に移し、本省は不本意ながら既成事実の前に屈服せざるを得なかった。関西日仏学館が一九二七年秋に京都を見下ろす九条山の高台にオープンしたとき、クローデルは既に離日しワシントンのポストに就いていていた。

それから時はめぐり、日仏会館は幾度かの移転と再建を経て、一九九五年から都心に近い恵比寿のガラスとコンクリートの建物に落ち着いている。他方、京都に開設された日仏学館の、バルコニーから古都が一望できる立地は街の中心から遠く、大学の学生を引きつけるには地の利が悪かった。

そこで、学館は開設から一〇年後に市内の大学街の只中に、オーギュスト・ペレの弟子の設計による建物を新築し移転した。九条山の美しい敷地はその後半世紀も放置され、学館の親元としてクローデル大使によって設立された日仏文化協会は、一九八六年にアーティスト・イン・レジデンスをその跡地に建設することを決定した。断崖のような斜面に張出す大胆な建物が建てられた。建設計画には地面の圧密工事が必要で、作業員が登山用のザイルを装着して作業するような急斜面である。日本に講演旅行に来ていた哲学者のミッシェル・セールは、工事の光景を見て、彼自身が若いとき参加したガロンヌ河の浚渫工事で両手でロープを引っ張った経験を想い出し、翌年の落成式に来て開館記念講演をしてくれると約束した。ミッシェル・セールは、かつてクローデルが行った記憶に残る日仏会館の開館式スピーチに木霊を返すように、「及ばずながらクローデルに代って」、一九九二年一一月五日にヴィラ九条山の開館講演を、フランス南西部アジャンなまりの見事な雄弁で行ったのである。(12)

# 第一章　日仏会館

一九二二年初めに日本を探訪したアルベール・ロンドルは、『エクセルシオール』紙におもしろい記事を書いている。東京に大使として着任したクローデルが、作家を歓迎する大衆の熱狂ぶりに戸惑ったというのである。「驚いたことに、日本人は私をジョッフルと勘違いしていた。〔……〕皆さん、違いますよ、元帥の来日は二カ月後ですから！」[1]しかし事実は明らかで、作家として熱烈な歓迎を受けたのは、前年パリで散々な評価を受けたクローデルその人である。[2]本国では酷評された彼が、日本では詩人のプリンスとして、いや地元の新聞が奉った愛称では「詩人大使」として迎えられたのである。文学上の運命を司るフォルトゥナは気まぐれな女神だと思ったに違いない。いったい何が起こったのか。それを知るには、四、五年前の別の舞台、しかし同じだけエキゾチックな情景に戻らなければならない。

一九一七年二月、クローデルは全権公使としてリオデジャネイロに着任する。あろうことか、フランス音楽の恐るべき子供、作曲家のダリユス・ミヨーを公使秘書として連れていた。クローデルは、ヨーロッパの大戦を逃れ南米での公演を余儀なくされていたバレエ・リュスを観る。はじめはフォーキン振り付けの《薔薇の精》で、ニジンスキーがソロで超人的身体能力と技術的完成を披露する高い跳躍を観て感心せず、受けつけなかったが、その後評価が一変する。極端から極端に転じるのはクローデルという人物の特徴だが、《牧神の午後》を観て、古代ギリシャの壺に描かれた図柄にヒントを得た跳躍も回転もない伝統的ポーズの硬直性に文字通り魅了されるのである（「ああ、何という美しさ、何という胸を引き裂く悲しみ！」）。[3]《牧神の午後》はニジンスキーが最初に振り付けしたバレエだが、その時（一九一二年）ニジンスキーは二三歳だった。ステップはミニマムに抑制され、八分のダンスに一〇〇回のリハーサルが必要な振り付けで、上半身を正面に向け、頭部と手足を客席に平行に保って横向きに動くニンフたちの姿勢は、維持するのが難しい姿勢だった。クラシック・バレエの教育とは逆のこの姿勢は、後に駐日大使時代に観る伝統演劇や、任地に赴く途次に仏領インドシナで観るプノンペン王立バレエの「真っ白な顔の小さな踊り子たち」[4]の床に足をつけたすり足の舞踏に対するクローデルの嗜好を掻き立てる契機になった。

バレエについては素人のクローデルだが（ただし彼は何事にも物怖じせず、日本では後で見るように歌舞伎仕立ての舞踏劇を書く！）、すぐさまニジンスキーのためにブラジルのフロレスタ（ポルトガル語で「森」）をテーマにバレエ台本を書く計画を立てる。バレエの舞台はアマゾンの密林で、クローデルは天才的ダンサーを密林に連れて行き、その構想を説明する。ニジンスキーは興味を示すように見えたが、リオを後にしてしまう。クローデルはミヨーに作曲させ、舞台装置と衣装はリオの外交官コミュニティの若い女性に依頼する。英国公使館参事官の妻で、夫との関係は波乱が多かったオードレ・パールである。五〇歳のクローデルは娘ほどの年のパール夫人に激しい恋情を抱くが、男性からの賛辞の的だったこのコケティッシュな女性から受け取るのは情愛のこもった友情の印だけだった。クローデルはミヨー、パールと三人で一年がかりで『男とその欲望』を完成させるが、その間にニジンスキーが精神分裂症を発症し、二度と立ち直ることがないことは知る由もなかった。

ニジンスキーの退場後、バレエ・リュスに代わって二〇年代初めのパリで人気を博したバレエ・スエドワが、一九二一年六月にシャンゼリゼ劇場で、プレスが大々的に紹介した一連の試演プログラムの枠で『男とその欲望』を初演する。クローデルは梗概で、彼の感情生活の幻滅を暗示する「死せる女」[5]の二重の亡霊が男に強いる甘美な拷問を描いている。男は眠りの中で密林の恐怖にさらされる。すべては月の光とその反映に照らされ、やがて夜が白みはじめる。四声のヴォーカルと器楽アンサンブルのためのミヨーの楽譜は、夜の密林の虫の鳴き声を打楽器で再現する大胆な三五の小節を中心に編成されており、劇評では「騒音主義」[6]のレッテルを貼られた。オードレ・パールによる舞台装置は、一九一三年にザクセン地方のヘルラウ劇場で『マリアへのお告げ』が上演されたときクローデルが感心した彩り鮮やかな幾何学的モチーフの三段の舞台を再解釈したものだったが、そのキュビスムゆえでなければ「不調和な雑色[7]」ゆえに嘲笑された。ある劇評家は「熱帯の雑然とした舞台がどうして幾何学的であり得ようか[8]」と重々しい口調で問うた。

いずれにせよ、公開ゲネプロでスキャンダルになったのは、とりわけパンツ一枚で踊った振付師で主演ダンサーのジャン・ボルランのあからさまな裸体である。同じ劇場で八年前に《春の祭典》が初演された時も大騒ぎになったが、ユーモアあふれるプレスの記事は「月と一緒に裸のスエーデン人を尻まで見せてくれる[9]」風変わりな外交官の奇妙なスペクタクルを笑い種にしたのである。一年半のコペンハーゲン勤務のあと駐日大使に任命されたクローデルは、一九二一年の夏の終わりにマルセイユから乗船する。インドシナ総督の要請によりクローデルはカンボジアとベトナムに一月半滞在し、一九世紀末に仏領になった、フランスの官僚がまだよく知らない植民地の土地を見てまわる。船が上海に停泊中に「アルギュス・ド・ラ・プレスが伝える六カ月前から自分について書かれた記事の一切を詰めた大きな袋[10]」が届けられる。

衝撃は大きかった。「馬鹿げた悪口の束。荷車一台分の灰が頭の上に[11]」、と彼は『日記』に書きつける。六カ月後には友人の女優で、惚れっぽいクローデルにとってもう一つの叶えられなかった情熱エヴ・フランシス宛にこう書いている。「そこには愚かさ、悪意、無理解、不誠実、熱狂にいたる憎しみが溢れていて、私の心は落ち込んだ。[12]」実際クローデルはこの時の体験から基本的に立ち直ることはなく、自国フランスでは芸術家として理解されないことへの不満を繰り返し述べている。三〇年後の晩年に遅ればせながら訪れた文学的栄光の頂点にあったクローデルは、ジャン・アムルーシュとのラジオ対談で、克服しなければならなかった諸々の困難について尋ねられ、上海でのトラウマ的想い出に立ち返っているが、その答えは、上海で受けた衝撃の傷口が塞がれることのなかったことを明かして示唆に富む。「私について不愉快な事柄でいっぱいのプレスの切り抜きを集めた袋が二つ、船上の私に届けられたのを想い出します。私を取り巻く愕然とするような沈黙に打ち勝つには、その後一五年かかかりました。」[13]

*

一九二一年初めに外務官の最高の職位である「大使」に任ぜられたクローデルは、駐日大使に任命されていた。この任命はクローデルの若い時からの望みを満たすものだった。クローデルは姉カミーユの日本趣味の影響を強く受けていたので、外交官の道を選んだのは欲望の対象である国に行くためだったと考えられなくはない。名もなく財産もない若手外交官は、二度も日本任命を希望して失敗した（日本のポストは限られており競争は激しかった）。そこで彼は「仕方なく」（アムルーシュとの対談で使った表現[14]）、一四もの領事館がある広大な中国に出発することにするが、その中国を彼は情熱的に無条件で愛するようになる。日清戦争での屈辱的な敗北（一八九五年）から一九一一年の辛亥革命の直前までの一五年近くを中国各地の領事館で勤め、一九〇九年末にオーストリア＝ハンガリー帝国の一部だったプラハの領事に任命される。彼は一九三八年の文章でこう回顧している。「中国の太陽の下で何年も季節の移り変わりを見た後で、外務省人事部の思いつきで私はドイツ大陸の只中に配属された。[15]」プラハは一九一〇年代にクローデルが、一九一九年のブラジルを例外として、ドイツ、イタリア、デンマークのヨーロッパ勤務を命じられる最初のポストだった。しかし二五歳から四〇歳までの中国勤務は、兵器廠建設や鉄道敷設のプロジェクトに関与して若い活動的外交官として最も充実した時期だった。作家としては『東方の認識』(一九〇七)、『真昼に分かつ』(一九〇六)、『五大讃歌』(一九一〇)を書いたし、実人生では台湾海峡に面した福州で、『真昼に分かつ』のみならず後の『繻子の靴』に結実する狂おしい愛の情念のドラマを経験した。

第一次大戦直後の数年間にあたる日本勤務は、クローデルにとって、ブラジルやデンマークで経験したフランス公使館の首席代表ではなく初の大使ポストだった。東京の代表部は、日本が日露戦争での勝利によって大国の仲間入りし、一九〇六年に大使館に昇格していたので、クローデルの日本勤務には「大使」の職位が必要だった。クローデルが一九二一年九月に日本に出発するにあたりパリから受け取った「訓令」は、日本をできる限りドイツの影響から引き離し日仏間の「接近(rapprochement)」をはかることを主たるモチーフとするものだった。第一次大戦での敗戦(日本は日英同盟を盾に参戦しドイツから山東半島とミクロネシアの領有権を奪った)にもかかわらず、ドイツは明治期の日本で培った政治的共感と卓越した知的優位を失っていなかった。したがってパリがクローデルを東京に送ったのは、極東問題に通じたエキスパートとしてだけでなく、作家としての名声によるものだった。「訓令」の執筆者はこう書いている。「貴殿は我が国の言語と文学と学術に関する知識をいっそう広めることに専心していただく上で特別な資格を有している。[16]」

ケー・ドルセ[17]の官僚はそれ程までに適切なことを言ったとは思っていなかった。クローデルは船が一一月一八日の朝、神戸に寄港すると、午後の初めに横浜に向けて出港する合間に地元紙記者のインタビューを受ける。翌日神戸の新聞に出た記事は、一九二一年一一月の一九日から二六日にかけて日本の主要紙がカバーしたクローデル来日報道の最初のもので、東京の各紙がそれを受け継ぐ。東京の新聞の中には高名なフランス文学者に依頼して文豪の紹介記事を載せたものもある。[18]『東京朝日新聞』は論説委員の柳沢健が前年夏にパリで観た『男とその欲望』の好意的な劇評を載せている。この紹介記事はパリのプレスの惨憺たる劇評とは対照的に知的共感に満ちたもので、後述するように日本で舞踏劇が博した奇妙な幸運に影響を与えることになる。それはともかく、新任大使に対する日本の新聞の歓迎ぶりで驚くのは、日本の海外膨張主義には不利になるワシントン会議が始まる時期であるにもかかわらず、国際政治の観点からの報道がないことで、『神戸新聞』は一一月一九日に「東の藝術国日本へ詩人の佛國新大使」を迎えると自己満足的で誇張気味に書いたし、『東京日々新聞』は同じ一九日に「ただ単に外交方面で日佛両國民の親善を図る外に、文藝及び美術の方面でも日佛国民の接近に大いに努めたいと思っております」という新大使の言葉を紹介している。『読売新聞』にいたっては、在京『タン（*Temps*）』紙特派員アルベール・メーボンに、一一月二〇日の紙上にフランス語と翻訳で掲載すべき記事を依頼するという、新着大使にとっては最高の名誉ある扱いをした。メーボンはケー・ドルセから「日本における宣伝活動の任務」を託されており、[19]クローデルのような重要人物を日本に派遣したことの重要性を特筆することが彼の仕事だったが、日本の大新聞に翻訳付きで載ったこのクローデル礼讃は、「ポール・クローデルの到着」が日本人に引き起こした期待と関心の大きさをよく物語っている。メーボンの記事の仏語タイトルは吉江喬松によって「文學者としてのクロオデル大使を迎ふ」という原文とかけ離れた意味深い翻訳になっている。吉江喬松訳を旧字体のまま再録する。

佛蘭西大使ポオル・クロオデル氏の到着は、瞠目に値することゝ思ふ。

クロオデルは、その青年期より來てゐた極東の精通者である。氏は永年支那に、諸所に領事として生活し、旅行者として日本を旅した。されば、氏の初期の諸作は、亜細亜の空の感化の下で、カトリックの鐘の音の其處此處に響く詩人の愛する佛教徒の偉大なる人性の前で、支那と日本の泡立つ海の上で、日本の精神上政治上の階級の入口に於いて書かれたものと言ふことが出来よう。クロオデルは極東亜細亜に對して深い愛情を持って居る。氏の形而上的思想は其處に貴重なる磁料を見出し、氏の人生觀察の嗜好は其處に廣き滿足を見出す。［……］クロオデルは存續するもの、永久不變なるものを思料し、同時に生新更生の思考を持ってゐる。されば、氏が日本に於いて見出すであろうものは、堅實不易なる文明の根底と、思想と存在との新しき形式に對する駭《おどろ》く可き勇躍とであろう。

確かに、ポオル・クロオデルの到着と共に、日佛交情の好期が來るに異ひない。何故なれば、斯かる人にして日本を理解し、日本を愛し得るならば、氏自身また日本の藝術家、有智者等によって了解せられ、愛好せらるゝであろうからである。

日本は、今日、一個の政治的の大使を迎へるのではなくして、詩と理想との大使、精神上の友人を迎へるのである。

誇張された讃辞だが、一九二一年一二月一七日に日仏協会主催の新任大使歓迎晩餐会で古市理事長が挨拶に立ち、クローデルの大使任命の報を聞いて「日本の若い作家、文学者、哲学者が書いた熱狂的記事」に触れ、「古くからの親仏家」である彼の友人と彼自身が「フランスを代表する大使が日本の若い世代の知識人と芸術家から高い敬意を受けている」ことを知った喜びを述べている。同じ挨拶で同理事長は、「フランスを日本の同胞により良く認識させるためのすばらしい計画」の目玉として「日仏の知的同盟を象徴するフランス会館」の設立をあげた。クローデルはそれに答えて、「フランス会館（Maison de France）を設立」し、そこに「将来有望な若手と、知的リーダーの養成を任せられる人々」を派遣することを約束した[20]。これが、クローデルが、三年後に「日仏会館（Maison franco-japonaise）」として実現されることになる文化機関の計画に、公の席で触れた最初である。彼は本省から与えられたこの使命の象徴的実現に自分の名を刻むことを重視していたので、日仏会館は往々にしてクローデルの豊かな頭脳から生まれた計画だと思われているが、実際はそうではない。しかしながら、この計画に特別の努力を傾注し、短期間の割に困難が多かった準備過程を経て、三年後にその「公式の設立[21]（constitution officielle）」に至ったのは、彼の優れた行政手腕によるところが大きい。

そもそも会館設立のアイデアは、一九〇九年に複数の親仏家の団体を集めて結成された地元名士の結社である日仏協会（Société franco-japonaise）から出たものである。日仏協会は、日本の外国語教育でフランス語が次第に影響力を失っていることを憂慮し、明治初期の規範だった英語やドイツ語と対等な待遇の復活を要求して文部省と交渉した。しかし文部省からは満足のいく回答を得られなかったので、日仏協会は成人を対象とする文化機関の設立を計画し、当時のフランス大使ウジェーヌ・ルニョーにその意向を伝えた。クローデルの二代前の大使ルニョーは、一九一四年三月五日の歓迎晩餐会で日仏協会の辻理事長の挨拶に答えて次のように述べている。「私は日仏協会が東京にフランスの新聞雑誌を閲覧できる図書室と、場合によっては講演会ができるセンターの創設を真剣に検討されていることを承わりました。貴協会のイニシアティヴが最善の成果を生むことを私は確信しており、計画の実現に向けて全面的協力を惜しまないことをここに約束します。[22]」

ルニョーは大戦中の四年間、東京の大使として勤めており、コーチシナ選出下院議員エルネスト・ウトレが情報交換の任務で来日したとき、ウトレにこの計画について話し、ルニョーの報告書はウトレが一九一九年八月に外務省に届けている。第三共和政がフランスの地方都市の大学の協力を得て、フィレンツェ（一九〇七年）、ロンドン（一九一〇年）、サンクトペテルブルク（一九一一年）、マドリッド（一九一三年）に設立した「フランス学院（Instituts français）」をモデルに、ウトレによれば、ルニョー大使は、ハノイに一九〇一年に設置されていたフランス極東学院（EFEO）を兵站基地として日本研究者を教授として派遣してもらい、東京のフランス学院設立を構想していた。特にインドシナ総督にこの計画に資金協力してもらうことを期待したのである。学院で教授する科目として、ルニョーは上級フランス語だけでなく、文学、歴史、法律、経済学の講義ないし講演を考えていたようである。

第一次大戦の勃発は当然この計画を休眠状態に置いたが、フランスと日本が同じ連合国側で戦った大戦は、戦後処理を協議する国際会議で重要な外交上の駆け引きを行う日仏両国の絆を強めることに貢献した。日仏両国は戦後秩序を協議するヴェルサイユとワシントンの会議[23]で、対称的で似通った、しかし逆説的な状況にあった。すなわち、共に戦勝国ではあるが、旧連合国の英米アングロサクソン同盟が、日仏の領土的野心と安全保障上の強迫観念に向ける疑い深い視線に直面することになったからである。

まさにこうした文脈において、フランス外務省と公教育省は共同で、一九一九年二月に、「東京にフランス学院（Instituts français）を開設できる条件を現地で調査し」、より一般的には「人的交流と両国文明の相互的研究によって両国の学者と大学人の間の知的接近」をはかる方途を検討する目的で、日本に大学使節を派遣することを決定した。[24]大学使節は、リヨン・アカデミーの大学区長ポール・ジュバンと東洋語学者のモーリス・クーランから成っていた。二人は理想的な相互補完関係にあり、ジュバンは理系の科学者で大学行政を経歴の中心とし、一五年前からリヨン大学区《アカデミー》を指揮していた。リヨン大学文学部で日中韓の三言語を教授するクーランは、北京と京城と東京のフランス代表部で通訳として勤務したことがあり、極東における外交上の経験も豊富だった。

日本側は大学使節を迎え入れ、二人は首相、外務大臣、文部大臣だけでなく、東京と地方の主要大学の学長から市民社会の重要人物に至るまで面会することができた。しかし二人の使節は、日本の政府要人との面談や主要大学の訪問によって、リヨン大学が前年それに基づいて野心的な学際的教育プログラムを立案していたルニョー大使の構想は、大学レベルの講義をフランス語で理解できる語学力をもつ学生人口の存在を前提としていることに気づき、日本でのフランス語教育は後退しており、そのような人口は存在していないことを確認する。そこで二人は、滞在の数週間後には使節に託された計画を根本的に見直し、フランス学院の代わりにフランスの若手東洋学者が滞在して研究する「ローマ学院やアテネ学院[25]」タイプの「フランス会館（Maison de France）」を構想する。ルニョーの後任大使の公信を引用するなら、ジュバンとクーランは、「日本の学生を前にフランス語で高等教育レベルの講義を行う学院（Institut）ではなく、フランスから送られる若手が滞在し、日本の習俗、法律、宗教、芸術を研究し、日本の教養ある階層との接触を通しフランスの思想や現実を広める〈フォワイエ（foyer）〉の建設」が適当だと考えた[26]。

この新しい構想には受け入れ国の強力な支援者が必要だと考えた二人は、日本の実業界の中心人物である渋沢男爵に働きかける[27]。渋沢栄一は、半世紀前の一八六七年に、最後の将軍徳川慶喜の末弟昭武に随行してパリ万国博覧会の機会に渡仏し、一年あまり滞在して以来、フランスとの友情を培っていた。一八六七年のパリ万博は、二世紀の鎖国から抜け出た日本の芸術のすばらしい輝きを世界に開示する、ジャポニスムの出生証明となった。明治維新後、新しく作られた大蔵省の高級官僚を経て、民間に移り日本最初の銀行を作り、数百の企業を起こした渋沢は、産業と商業の道徳的理念の持ち主で、企業のメセナ活動のパイオニアであった。クーランはジュバンと共に訪問した大実業家の魅力的な人物像を書き残している。渋沢は「常時黒のフロックコートを着た小太りの老人で、髭はきれいに剃り髪は頭の天辺から周りに分ける一八四〇年頃のフランス人の風貌を漂わせる。偉ぶった話し方ではなく、人が良さそうに冗談まじりの思い出話を好んでする。私たちにフランスを何度か訪問した話をしてくれた。最初は一八六七年、二本差の侍姿で渡仏したという。[28][29]［……］渋沢は傑出した富裕な財界人で、その誠実な人柄と慈善事業、高邁な思想ゆえ尊敬されている。［……］文芸の世界からも、実業界からも、政府要人からも傾聴される存在である。[30]」

渋沢は二人の使節を八月四日の午餐会をはじめ三度も東京の北の飛鳥山邸に招き応接している。屋敷は奇跡的に一九二三年の大震災も太平洋戦争末期の東京大空襲も免れ[31]、今日では敷地内に日本近代化の立役者の栄光を讃える博物館（渋沢史料館）が建っている。その渋沢が、大学使節にとって、その仲介により「諸々の協会や各界の有力者だけでなく日本政府の寛大な協力[32]」を取りつける上で最良の位置にいる人物だったことは明らかである。一九二一年三月に、日仏協会の終身会員だった渋沢は、協会内に計画の実現に必要な資金を調達する方法を検討するため七人から成る「実行委員会」を結成する。

クローデルは一九二一年初めに駐日大使に任命されるが、皇太子裕仁親王の欧州公式訪問[33]のためパリに留まっており、着任は秋になる。この時から事態は動きはじめ加速する。リヨン大学区長のジュバンから日本側の委員会設置の報を受けたフランス公教育省の大臣官房は、四月三〇日付で外務大臣の官房に宛て、「フランス政府は企てられた任務を遂行する決意である」ことを日本側に「証明すること」の重要性を喚起する。ジュバンが伝える情報によれば、日本側委員会はフランス政府が検討している助成の金額と期間と担当官庁を知ろうとしているので、「上に述べた情報を私からジュバン氏に提供できるようにしていただければ幸いです」と書く。また、公教育省の大臣官房は、国際政治についての考察を前面に出して付け加える。「改めて申すまでもなく、日本との知的協力関係の発展がフランスの利益であることはジュバン・ミッション報告が明らかにしている通りで、その利益は時と共に減じるどころか増大しています。ドイツはあらゆる分野で日本との関係を復活すべく努めており、フランスの味方だった日本の知識人数名がベルリンやボンの同僚の提案に既に応じていると聞いております。戦争前の日本の舞台で圧倒的に優位な地位を占めていたドイツは、短期間のうちに戦前の地位を取り戻すだろうし、それはフランスにとって大変大きな不利益になります。本状のメッセージに対し近々好意的なお返事を頂戴できることを期待しております。」

この懇請を受けて、首相兼外相の官房[34]は六月二日付で公教育相の官房に、「当該プロジェクトを実現するため、日仏学院（Institut franco-japonais）あるいは他の名称の特別機関の設立と維持に必要な金額を外務省の予算に計上すべく検討した」ことを伝える。ただし外務省は、「補助金の額を決める前に、今月初めに新大使として日本に出発するポール・クローデル氏から、計画実現の具体的措置を提案いただくことが必要である」と判断している。[35]

こうしてクローデルは、日本に着任早々、「経済商務」が専門の外交官としてはキャリアを通して最大の文化的案件を担当することになる。「訓令」は日本で行うべき文化と言語普及の行動《アクション》について明示的であるにもかかわらず具体的には述べていないが、クローデルがこの計画を承知していたことは明らかである。実際、六月二日の外務省から公教育省宛は「ポール・クローデル氏がこの計画について既にジュバン氏と連絡をとっている」とし、クローデルは出発にあたり受けた複数のインタビューで計画について語っている。アンドレ・ルボン号の[36]「豪華な一等食堂」にまでインタビューに来た『ラディカル』紙の記者に、クローデルは「最後のお別れの電報を急いで数通打ち」、「ローマ学院やアテネ学院のようなフランス学院を東京に設立する」計画を検討中であることを明かし、「この計画を我々は全面的に支援する」と言っている。[37]

何はともあれ、クローデルは一一月一九日に東京に到着するや、[38]必要な情報を収集し、大使を一二月二四日の会合に招いた日本側実行委員会に渡すため、「東京フランス会館に関する覚書（Note sur la Maison de France de Tokyo）」を執筆する。この覚書は、クローデルの日本大使時代を象徴することになる成果の最初の構想を書き記したものだけに、重要である。彼は、若手東洋学者のためのフォワイエ（学寮）というジュバン構想を基本的に受け継ぐが、ローマ学院やアテネ学院が「発掘や古文書がもたらす資料によって過去の文明を研究する」のに対し、未来の会館の寄宿研究生《パンシヨネール》は、

「その樹液は枯渇しておらず、現在あまたの新しい形で実を結んでいる日本の生きた文明を研究すべきである。この学院（Ecole）はより広い形態の学院で、その研究員は日本の芸術や文学、哲学、音楽だけでなく、その社会組織、教育と学問の方法を研究できる専門家でなければならない」という適切な指摘をしている。

クローデルは「覚書」で、ルニョーの学院（Institut）構想とジュバンの学寮（Foyer）構想の綜合に「フランス会館（Maison de France）の大きな独創性」があるとしてその計画を素描し、こう続ける。フランス会館に滞在する若手研究者は「個人研究を行うだけでなく、教育活動にも従事する」が、その教育は新しいタイプの教育である。クローデルは、「日本におけるフランス教育」が日本人によるものにせよ数少ない在留フランス人によるものにせよ、「概してフランス語の初歩と文法あるいはフランスの文学や文化の過去の成果を教えるだけに留まり、専門化された現代的なものではない」ことを嘆く。「それは現在フランスの思想を作り出している人たちの作業の現場を示すものではなく、フランスの生きた文化がどのように得られ、どのように進歩してゆくかを示すものではない。この学院（Ecole）ができた暁には、初年度に美術家、音楽家、学者、パリの古文書学校あるいは高等商業学校の出身者、それに社会学者が一人ずつ参加したとしよう。」これらの若手はそれぞれ自分の専門分野のフランスの現状を教えることが求められる。そうなれば、「一言にして、機械や絵画の展覧会があるように、学院は毎年いわば最新思想の展示会を開き、世界中、殊にフランスで問題になっているあらゆる主題に関する新しい思想を紹介することになるだろう」。

研究活動だけでなく、こうした教育活動も行うにはもちろん屋根すなわち建物が必要である。不動産の問題については、大使によれば、建物は「研究員用の住居だけでなく」、「会議や講演会や展示会を開けるホールとフランス政府が提供する文献資料を収納する図書室」を持っていなければならない。[39] 彼の考えでは、おそらく一二月二四日の実行委員会の会合でさほど外交的配慮なしに日本側に説明したケー・ドルセの立場に従って、ディレクターと複数の寄宿研究生の派遣費用をフランスが拠出する以上、滞在するフランス人に必要な場所を提供するのは日本側の役目である。こうしてクローデルは、建物の建設と維持費用は日本側が負担し、会館内の学術活動はフランス側が担当する、いわゆる「容器と中身（contenant /contenu）」の考えを初めて表明するのだが、この方式は、数年後に日仏間の関係が緊張した時にクローデルが日本側の理事のひとりに明確に定義することになる。「容器（contenant）とは、日仏会館の建物とそのハード面の機能を保障する諸設備を指し、中身（contenu）とは、財団法人の目的の実現に専念するフランス人研究スタッフを指す。[40]」こうした役割分担方式が発散する植民地主義の匂いを嗅ぎつける人がいたとしても不思議はない。

こうして会館の設立準備が始まる。日本側の協力者には有力な出資者が加わり、計画の実現に向けスタートする。パリから計画実現の任務を与えられて着任したクローデルは、数週間のうちに自分のイメージで計画を練り直し、最初からこの大規模な文化的プロジェクトの実現が自分の功績になることを疑っていなかった。ところがクローデルは、計画の実現に必要不可欠な日本政府の財政支援を獲得する上で、フランス会館とは直接関係がない難問がネックになっていることに気づき、幻想から覚める。ネックとは、それ以外ではまったく良好な日仏関係の上に約一〇年前から懸案になっていたインドシナ関税問題である。

フランスと日本は、中国の周辺に領土を持つ（日本は台湾、朝鮮、満州、フランスはインドシナ）植民地大国として、一九〇七年の日仏協約以来、相互の「利害調整」によって結ばれていた。日仏協約は、舞台を極東に限ってではあるが「同盟」の外見を持っていた[41]。日仏両国がそれぞれ支配権を持つ地域に隣接する清国領土の安定を保障するため、場合によっては互いに力を貸す義務を課しているからである。その上、両国は第一次大戦中、同じ連合国側で戦っており、厄介なインドシナ関税問題を除けば、いかなる係争も抱えていなかった。日仏の本国同士は通商関係で相互に最恵国待遇を与えているが、インドシナはその条項の適用から外されていた。インドシナのフランス人商工会は、すでに中国市場に溢れている日本の低廉な工業産品の進出を警戒していたからである。日本側もインドシナからの主な輸出品である米の輸入を増やすための措置を何もとっていなかった。一九一一年の日仏関税協定締結以来、仏領植民地に進出する障害となっている最恵国待遇のインドシナ除外に対する日本の抗議にもかかわらず、事態は進展していなかった。そのため日本政府は報復措置として、渋沢が一九二二年八月四日に外務大臣、五日に文部大臣を訪ね、フランス会館の建設計画に日本政府の財政支援を要請したとき、回答を先送りする対応しかしなかったのである。

そうしたわけで会館建設の計画は一年半のあいだ進捗を見ず、クローデルはフラストレーションを感じていた。計画実行型の人間だったクローデルは、日本側の決定メカニズムに特有の不透明さと遅さの前になす術がなく、インドシナ関税問題に関する植民地商工会の圧力に譲らざるを得ないフランス政府の頑なな態度が、日仏会館（この名称は一九二二年中に決まった[42]）の案件についてクローデルを困惑させた。一九二三年三月二日の『読売新聞』は、この時の状況を皮肉まじりにクローデル大使「大弱り」と形容している。

自分の教育政策の看板計画が進まないことにじりじりしていたクローデルは、その間にも「日本におけるフランス語教育の惨憺たる状態[43]」を認識して落胆し、東京からの外交書簡で本省に度々訴える。「日本の若者にフランス語の基礎知識を教える施設は幾つかあります。だが、それだけです。あらゆる学問領域において、医学でも、哲学でも、科学でも、法律においてさえも、フランスの影響はほぼ皆無です。大学の総長や大多数の教授は、ドイツに留学しドイツに学んだ人たちです[44]。」この訴えは統計的事実からそう遠くない。クローデルは「フランス語を学ぶ学生は、ドイツ語を学ぶ学生の二〇分の一にすぎない[45]」と見ていたからである。

こうしたフランス大使にとって意気消沈させる認識に基づいて、「詩人大使」は自分が日本の世論に引き起こした好奇心をフランスの「プロパガンダ」（今日なら「文化アクション」と言うだろう）に活かすしかないと考える。日本各地の大学に招かれて講演する機会に、クローデルはフランスの言語と思想を宣言するセールスマンの役割を演じる。ある講演の原稿を添えて送った公信にクローデルはやや気取ってこう書いている。「この種の催し物はひどく厄介で、私が不慣れな教育的講義の準備は辛く大変ですが、この種の招待は断るべきではないと思っています。日本でフランスを代表する立場の私は、やや素朴な好奇心による講演の要請に応じないだけの影響力も行動手段も持ち合わせておらず、また各地での講演は、フランスとその歴史、世界におけるその地位について何の知識も持っていない若い世代と直接接触する機会になります。[46]」

大々的なクローデル歓迎は一九二二年一月一五日に始まっていた。「若い大学生とフランス文明の友」グループが「ポール・クローデル氏歓迎」の大きな「祭典《フエット》」を開いたのである。[47]午後の初めに始まった祭典では何時間かかったか分からないほど多くのスピーチが続いたが、講師のひとりだったアルベール・メーボンは、前年から「日本文学」のページを担当していた『メルキュール・ド・フランス』の二三年五月号に祭典の模様をその準備を含めて報告している。「フランス文学の栄光を代表するひとり」である「新大使」の着任を祝う祭典が呼びかけられ、「東京帝国大学、早稲田などの私立大学や大学校のフランス科がこれに応じて組織委員会が作られ、当日は観衆がクローデルを歓呼して迎えた。複数の学校の代表が代わる代わる若い世代の思いと希望を述べ、クローデルの詩の朗読が日本語でなされ、『東方の認識』の著者による講演が行われた。[48]」

クローデルが『日記』のページの間に挟んだ祭典の日仏両語のプログラムによって、その規模を推しはかることができる。フランス大使の歓迎会とあって、明治初年に開業したフランス料理店の老舗「上野精養軒」の宴会場が会場である。ピアノの伴奏でマスネ、サンサーンス、ドビュッシーのフランス歌曲が歌われ、一流の仏文学者が口々に作家クローデルの美質を讃え、東京外国語学校の生徒数名が（反ドイツ的な）戯曲『一九一四年キリスト降誕祭の夜』の抜粋を演じた。「ドイツのプロパガンダに全力で戦うよう[49]」にパリから激励されていたクローデルにとって、この選択は嬉しかったに違いない。スピーチを求められたクローデルは答礼を真剣にとらえ、荘重なスタイルで演説を切り出す。「ご参会の皆様、東京の全学校、全大学の代表からなる教養ある若人が本日私のために開いて下さった壮大な催しに、私は偽りの謙虚さによる儀礼的な言葉によってではなく、心の底からの感謝と喜びの表現によって答えようと思います。この感謝と喜びを作家ポール・クローデルからフランス大使クローデルに伝えることをお許しください。[50]」このあとスピーチはフランス文学の概要を紹介し、その秩序と明晰への努力を称揚するのだが、秩序と明晰は月並なキーワードであり、作家クローデルと大使が求めるものの間に齟齬がないかが気にかかる。そのためかクローデルはスピーチの最後に、「それなりの価値と有効性をもつ形式であっても、生き続けるという最も神聖な生きとし生けるものの欲求に合致しない形式は、勇気をもって打ち壊す[51]」よう聴衆に呼びかける。

五月にクローデルは初めて関西を旅行する。京都帝国大学から招待され、「一月に東京の学生向けに行ったのと同様の講演を京都の学生の前でするように依頼された」。「日本を講演旅行中の」元ドイツ帝国宰相ミヒャエリスの後につづく講演依頼だったので、クローデルは一も二もなく招待を受け入れる。[52]中国に勤務していた一八九八年に上海を発って日本各地を旅行して以来、クローデルは無条件で京都を愛し、駐日大使時代には些細な口実を見つけては京都の寺や庭を貪欲に見てまわった。飽くことのない旅行者、疲れを知らぬ歩行者だった彼は、一九二二年五月に五日間、古都に滞在する。ただし上洛の目的は大学での講演だったので、彼はフランス語フランス文学の教授がいないことが憂慮されるこの地域で「未だ十分に学ばれても広がってもいない」フランス語について話すことにした。五月二四日、二千人の学生を前に、フランス語を学ぶことで期待できる知的物質的メリットを、職務に忠実な国家公務員として強調した翌日、「個人的に友人関係にある」京都の馬淵市長から市の公会堂でもう一度登壇してほしいと依頼され、「社会のあらゆる階層から」集まった前日と同じだけ大勢の聴衆の前で講演する。さらにその二日後には大阪まで足を延ばし、私立の関西大学で最後の講演をする。この大学の前身は、「日本の主たる法典を起草したフランス人教師ボアソナードの弟子たちによって」三六年前に開設された大阪法律学校である(53)。この商業都市でクローデルは日本の伝統的人形劇「文楽」の公演を観る。大使は文化目的の関西旅行の収穫として、京都大学にフランス文学の講座が設置されフランス人が担当すること、文学部が新設される関西大学と最近大阪に開設された外国語学校でフランス人教師を招くことをあげ、満足して東京に帰る。

二二年の夏、クローデルは八月の大半を東京の北、フランス大使館の中禅寺別荘で過ごす。この別荘は、日光の山中にある将軍家の霊廟東照宮に近い中禅寺湖の湖畔に現在もある。クローデルは東京の蒸し暑い夏を避けられる中禅寺を殊のほか好んだ。夏の宿舎を中禅寺に移してしばしば赴き、四季を通して週末に東京を脱け出し日本の豊かな自然を訪ねた。網羅的性格はもたない日記の記述を見ただけでも一五回は中禅寺別荘に滞在しており、そのいくつかは『朝日の中の黒い鳥』の詩的散文に反映されている。『繻子の靴』の多くのページを書いたのも、墨で書にする前に『百扇帖』

の短詩を書いたのも、この快適な別荘でのことである。完全な平行六面体の建物は、一九世紀末に日本の外務大臣が建設し、後にフランス大使館が大使や館員のためにヴァカンスや週末を過ごす別荘として購入したもので、きわめてシンプルな造りである。完全な日本式建物で、資材は床の黒木、畳、襖《ふすま》のみを使い、全体が湖に面し湖に浸されており、空と、水と、彩を変える木々の葉叢のあいだに吊るされたような趣きで、クローデルが最初の夏から登った円錐形の火山に面している。建物正面の帯状の窓の連なりは、一九二〇年代にル・コルビュジエやマレ＝ステヴァンスのモダニズム建築を飾った窓を思わせ、ミヨー宛の手紙の言葉を借りれば、「森と空と自然の中にそっくり包まれた」[54]船の甲板の手すりにもたれているかのようである（図1）。

一九二二年の夏、クローデルは中禅寺別荘に滞在中の八月二七日に、「日光の夏期大学」で、日本で行った講演のうち（彼自身の目にも）[55]最も重要な講演を行った。「日光の夏期大学」は、いかなる痕跡も見つかっておらず日本のクローデル研究家を悩ませてきた謎である。おそらくは、大学で授業がない時期に日光の避暑地に集まる学生たち向けの夏期講習会だったのだろう。「日本人の魂への眼差し」の出版にはやや複雑な事情があって、初めに「フランスの伝統と日本の伝統」の表題で進歩的雑誌『改造』の一九二三年一月号に仏語オリジナルと日本語訳が掲載された。フランスについては二二年一月と五月の二つの講演で表明された考えを大幅に（明示的に）取り込んで改稿されている。フランスについての考えとはとりわけ、クローデルによれば古代から「数知れぬ侵入と移住」によって異なる人種が「ヨーロッパという突堤の先端に」集まって共存するフランスに典型的な、「説明し自分のことを説明する」ことの必要性である。[56]初稿では、クローデルは「フランスの伝統」についてかなり簡単に語っている。早稲田大学教授の五来欣造から「フランスの伝統主義」について話すように頼まれたと言い、「入るのはやさしいが出るのはやさしくない複雑で錯綜した主題のひとつ」について話すことに「少したじろいでいる」と告白しているが、そこは巧みに言い逃れをして（「よく知らないことについて話すほうが、間違っても言い訳できるので、あまりに身近なため観察するのが難しいことについて話すよりもやさしい」）、無謀にも日本人の聴衆を前に、日本人の国民性のなかにある「より深く」「より独創的な」ものの解明に乗り出す。非宗教的共和国の代表者たるクローデルは、過度の世俗主義（excès de la laïcité）に陥ることなくこう宣言する。「特に日本的な態度と思われるのは［……］私が崇敬（révérence）とか尊敬（respect）とか呼ぶものであり、知性によっては到達できない優れたものを進んで受け入れることであり、存在の神秘を前にした魂全体の宗教的なありようである」。「日本人にとって「創造（Création）」は何よりまず神の御業《みわざ》であるのは確か」であり、自然は「すでに信仰のために準備され整えられた一つの神殿」なのです。聴衆がよく理解できない場合のために彼はさらに駄目を押す。「この崇敬と儀式への態度、魂がこの態度を示してきたのは、神々が鎮座して力をふるう特権的な場所に対してのみならず、あらゆる被創造物、我々とともに同じ「父」の御業《みわざ》によって創られ、同じ御心の現れであるすべての創られたものに対してなのです。[57]」日本学者でフランス極東学院院長だったクロード・メートルはNRF版のテクストの書評を、「日仏接近に務める」のを目的としながら短命に終わった

（一九二三年から二四年まで一二号）月刊『日本と極東』に発表する。[58]
メートルはクローデルによる日本人の宗教性の精密な分析と、「分析を飾るイマージュのすばらしさ」を褒め称えている。しかし、著者が「キリスト教用語から借りた「創造論的（créationniste）」表現」の使用については「若干の留保」をつけており、日本人の宗教性には「超越的な造物主の父なる神の観念にいかなる場所も与えられない」とし、「日本人の魂」の一切を宗教的感情で説明するクローデルの試みに「事物からの甘い誘い」を見た。しかしメートルは書評の最後を、「この宗教的感情の重要性は疑うべくもなく、これほど力強く透徹した解明がされたことはなかった」と結んでいる。[59]

*

中禅寺から帰ったクローデルは、歌舞伎の世界から受けた驚くべき提案に取り組む。[60] 歌舞伎は江戸時代に完成した絢爛豪華な舞台芸術だが、パリのガルニエ宮（オペラ座）を美学的・機能的モデルとして約一〇年前に建てられた帝国劇場で『男とその欲望』を上演したいという申し出である。歌舞伎役者たちはクローデルの台本を使い、音楽は山田耕筰に作曲してもらうという。山田耕筰はベルリン高等音楽院に留学したマックス・ブルッフの弟子で、西洋音楽を最初に日本に紹介した功労者である。クローデルに上演許可を求めた者は、朝日新聞の編集委員が前年のクローデル来日時に二回にわたり朝日紙上で紹介した『男とその欲望』の劇評によってこの舞踏劇の上演を思い立ったのであろう。[61]朝日の劇評は、フランスのプレスよりははるかに肯定的なバランスのとれたものだった。

大使に『男と欲望』の上演許可を求めたのは、当時まだ二二歳の五代目中村福助で、福助は野心的な勉強会「羽衣会」を主宰して歌舞伎舞踊の古典的演目を再検討し、新しい振り付けの舞踊の演目を求めていた。西洋でバレエ・リュスやバレエ・スエドワがつくったモデルと同じように、福助は、歌舞伎のやや骨化し固定化した世界の外の劇作家や音楽家や舞台美術家に囲まれており、そこで『男と欲望』の音楽は山田耕筰に依頼したのだった。山田は一九一五年に日本で最初の交響楽団を編成し、一九二〇年に帝国劇場で《タンホイザー》第三幕の日本初演を指揮している。

クローデルが歌舞伎界からの提案を喜んだのは言うまでもない。日本の歌舞伎はフランスで言えばコメディー・フランセーズかオペラ座に匹敵する地位を持っているからだ。しかし、クローデルにとってミヨー作曲の音楽を断念するのは問題外だったし、ニジンスキーのために書きボルランがパリで初演した曲を日本の伝統的舞踏家が演じるのであれば、それよりは台本全体を日本の舞台に合わせ、日本の音楽をつけるよう書き直すほうがいいと考えた。

福助たちにとっては願ったり叶ったりだと伝えたので、クローデルは伝説的な反応力でさっそく仕事に取りかかり、一九二二年の九月と一二月に『女とその影』の第一稿と第二稿を書き、依頼者のために山内義雄に翻訳させて示す。そこではブラジルで書いたバレエの筋書きのいくつかの要素が日本の伝統演劇から借用した語りの枠組みに取り込まれている。クローデルはバレエを注文されたので最初台詞なしの「パントマイム[62](mimodrame)」として書くが、歌の伴奏で踊る歌舞伎舞踊になるように詩の追加を頼まれたので、役者が台詞から舞踊に移ると三人の唱い方が台詞をうたう歌劇(drame lyrique)の方向で舞踊台本を書き直す。『女と影』の筋立ては、封建時代の武士と二人の女の愛の三角関係で、明らかに『男と欲望』の状況を思い起こさせる。二人の女とは武士の現在の妻(女)と死んだ妻(影)だが、現在の妻も最後に死んでしまう。筋立ては歌舞伎のレパートリーの一つ「怪談狂言」の原型的状況に置き直されている。武士は後妻との関係を嫉妬からかき乱す先妻の亡霊を刀で斬ったと思いきや、幻影に惑わされ実際には生きている妻を斬ってしまう。

羽衣会が作曲を依頼したのは結局、当時の日本の伝統音楽界では近代性にもっとも開かれた精神のひとり杵屋佐吉四世である。杵屋は三味線を中心に、琴、笛、打楽器、唄い方など五〇余名という異例の数の演奏家を帝国劇場のオーケストラ・ボックスに配置した。これは舞台上で演じ踊る役者の背後に、緋毛氈を敷いた雛段に唄い方と三味線方などの囃子方が正面を向いて並ぶ、歌舞伎では前代未聞のことだった。だがクローデルは台本でこう指定している。「舞台の奥に靄が立ちこめていることを示す紙の帷《とばり》を垂らし」、そこに「ぼんやりした影が現れ、次第に明確になり、遂にひとりの女の影になる。[63]」これとまったく同時期に書かれた『繻子の靴』の二日目最後の、「舞台奥のスクリーンに映し出されている「二重の影[64]」」の出現との類似性については説明を要しないだろう。

その上、『女と影』初稿と第二稿のト書きには、舞台の場所として「荒涼とした人里離れた土地」[65]としか記されておらず、クローデルは台本を書く準備段階で、（私の仮説では元になる前作との関係を浮彫りにするため）『男と欲望』に出てくる擬人化された「月」のテーマを導入しようとしたと思われる。『男と欲望』では「月」が舞台上部に設えられた段状の装置を下手から上手に移動し、月の影は三人の子供の踊り手に分かれて舞台装置下部の蓮池を上手から下手に移動する。三段の装置は、クローデルがドイツのヘルラウで観た『マリアへのお告げ』で気に入り、『男と欲望』で使おうとした。ところが問題は、帝国劇場の舞台は左右に長く広がる歌舞伎用の舞台で高さがないことで、額縁舞台の高さは二階バルコンの桟敷席奥の高さしかない。その結果、演技の様々なプランがぶつかり伝染しあうスペクタクルになった。事後的な舞台装置の借用を前にすると、これは人工的な模倣だという印象を禁じ得ない。『男と欲望』が世界と「時間」の非情な秩序における悲惨な人間の条件を浮彫りにする台本であり装置であることは認めるとしても、『女と影』の舞台に、生きている女の暴力的死にいたる明確で劇的なプロットと、水平で高さがない舞台での月とその影の演技の必然的関係を見ることは難しい。舞台の空間的制約ゆえに様々なレベルが混乱し、スペクタクルそのものが理解しがたいものになった。

「三月二六日、帝国劇場で『女と影』上演。［……］中村福助が女、幸四郎が武士、芝鶴が影、杵屋の音楽。月は上段の松の陰に、月の影は下段の蓮の後ろに。大成功。」[66]『男と欲望』のパリでの不評のあと、『日記』の書き出しは勝利宣言の調子である。クローデルは四月一日までの六公演をもらさず観ており、上演の成功を判断できる位置にあったと思われる。いずれにせよ、『女と影』が五演目のうち真中の演目だった公演が満員札止めだったことを確認している（図2）。

「大成功」は実際にはどうだったか。実のところ劇評はかなり否定的だった。『男と欲望』に比べれば一致して好意的ではなかった。ところがクローデルの日記でも書簡でも、このことは問題にされていない。クローデルは日本語が読めないので直接新聞の劇評は読んでいないが、部下の担当者に主要紙の記事の報告をさせていたはずである。彼の部下たちは、彼自身「激しいののしり言葉(67)（coup de boutoir）」と呼んでいた激昂を恐れて批判的な劇評を隠すか表現を和らげて伝えたか、それとも今回は彼が甘んじて受け入れたか、今となっては知る由もない。

　内容について劇評家たちのなかには、独創性を欠く筋書き（愛の三角関係という古典的状況と「幽霊劇」固有の慣習的物語）を嘲笑する者もあったが、著者に対する主な非難はその観光客《ツーリスト》的日本観に向けられた。ある評論家は、石橋、石燈籠、松、蓮の葉の舞台装置をあげ、「日本が紋切り型に還元されるのを見るのは悲しい。これは西洋人が観た日本の概念化で、日本人の見る日本ではない(68)」と嘆く。別の評論家も、この作の「エキゾチスムはパリでやったら評価されるかもしれない(69)」が、日本では評価されないと言う。「三段に設けた舞台装置」も「天上の月といい二段下の影といい、それが蠢く毎に目障りとなって、折角の中心点から視線が阻害される(70)」というのである。

　こうした新たな否定的劇評にもかかわらず、この経験はそれ自体並外れた経験であり、クローデルにはいい思い出になった。メーボンは帝国劇場での公演を「季節《シーズン》の事件(71)」と呼んだ。実際、外国の作家が歌舞伎用に特別に書き下ろした台本を歌舞伎役者が演じたのは初めてであり、政府から文化的プロパガンダの任務を託された大使としては、この高度な芸術的コラボレーション活動を正当に自慢できるだろう。クローデルは政府から何らかの表彰を受けるために書いた職業的報告で、「日本のために特別に書いたバレエ台本『女と影』の帝国劇場公演[72]」を挙げているし、離日に際し日本の親仏家の聴衆を前に行った大使活動報告で、「帝国劇場で上演していただいた劇によって私は日本の芸術的仕草に直接触れ、日本の洗練された寛大な観衆と接触することができた[73]」と回顧している。この点では、クローデルが日本を離れる日に英字紙『ジャパン・タイムズ』が「詩人大使」に捧げた、こうした場合には通例であるにせよ特別に讃辞にみちた記事を引くべきだろう。「彼の文学的創造『女と影』は彼が日本を離れた後も長く我々の記憶に留められるだろうし、彼が日本の文学界に与えた影響はその光を長く拡散しつづけるだろう。[74]」最後に、一九四八年にマリニー座で『女と影』がアレクサンドル・チェレプニンの音楽、ジャニン・シャラの振り付けで再演されたとき、クローデルはこの遠い昔のドラマがかつて「芸者と芸術家の世界で」獲得した「心地よい人気」をノスタルジックに楽しげに振り返っている。[75]

＊

こうして一九二三年春に、クローデルは着任後の一年半、日本における文化アクションをほとんど一人で展開していたあいだに、日仏会館の案件にようやく明るい展望が開けてきただけに、満足した気分になっても無理はなかった。一九二二年六月に、きわめて有力な貿易商社数社の代表からなる利益団体「インドシナ友好協会」[76]が設立され、クローデルはその会合に招かれ、関税問題の解決をはかるため、仏領インドシナのモーリス・ロン総督を協会の費用で招待するべく総督への働きかけを依頼される。クローデルは前年任地に赴く途次にインドシナに滞在して総督と政治問題について長時間議論して、総督が日本との関税問題の改善にやぶさかでないことを知っており、ロン総督は、年度中は日程が詰まっていることを理由に、翌年の訪日招待を受け入れた。しかし残念ながら総督は二三年一月に突然病気で亡くなったため、一からやり直しかと思われたが、総督は原則として招待に応じるとの返事を日本政府に伝えていたので、関税問題の解決を願っていた日本政府は喜び、滞っていた日仏会館の案件も一挙に好転した。一九二二年夏にかけあった外務大臣と文部大臣に体よく追い返された渋沢は、二三年四月八日に首相官邸で二人の大臣に日仏会館設立計画を提示することができたし、クローデルはその翌五月七日に首相とこの問題について意見交換を行う機会を得た[77]。ところが、遂に展望が開けたかと思われたまさにその時、九月一日の正午近く、強風が吹くなか昼食の支度で火を使う時間に、関東大震災が起こったのである。

一九二三年九月一日に東京の大部分と横浜のほぼ全域を破壊した巨大地震は、『レクチュール・プール・トゥース（万人の読み物）』誌の注文で執筆され同誌の二四年一月号に発表された見事な物語が評判になったため、逆説的にもクローデルの栄誉を高める事件になった。実際、「炎の街を横切って」[78]（震災の翌日横浜に到達して仏人コミュニティの救済活動にあたったあと必死で娘の探索に向かう）は、クローデルの黙示録的文体によって、日本の近代史に決定的刻印をきざんだ規格外の大惨事の高みに達しており、人々に強い印象を与えた。東京に住む人々は以来、心のどこかで震災の再来に備えることなしには生活できない。

しかし、クローデルの震災時の行動については、事情はそれほど単純ではなかった。地震のあった日の午後、クローデルは火災を免れると思った大使館（ところが風向きが変わって大使館は夜半に焼け落ちる）を後にして横浜に向かい、逗子で休暇を過ごしていた長女を探しに行く。逗子は地震に続く津波に襲われ、かなり危険な状態にあった。幸い娘は無事だったが、クローデルが大使館に戻ったのは一週間近く後のことで、その間、代理を任命せずに大使館を留守にしたことになる。クローデルには、彼の協力者や在外フランス人コミュニティの中にも敵がいて、震災時に大使館を留守にしたことを職務放棄と見る敵もおり、震災時の行動はクローデルの外交官キャリアを彩るスキャンダルの一つになった。

何はともあれ、駐日大使と連絡が取れないまま、パリの本省はインドシナの地理的近接性を生かし、ハイフォン港から日本向けに人道支援を送ることを決定する。その政治的意図は明らかで、ポワンカレ首相がサロー植民地相に下した指令に明示的に表現されている通り、四〇年前からのインドシナの植民地化によってフランスが太平洋地域における誰も無視し得ない大国であることを示すことにあった。ロン総督の後任のメルラン総督は、直ちに軍艦に二人の軍医を配置し食糧とハノイのパスツール研究所の医薬品を積んで日本に向け出航させる。一週間の苦しい体験から復帰したクローデルは、メルラン総督との間で、日本の世論を長く動かすことになるある計画について合意を取りつける。インドシナ総督府の予算で東京の大使館の敷地に救急診療所を設置するという計画で、診療所は一〇月末にオープンする。

通常の大使業務に復帰したクローデルは、震災時の行動に対する批難がパリにまで届くことを恐れていたが、大震災が逆説的にも彼の外交目的の実現に資することを理解するのに時間はかからなかった。彼は直ちに行動に移り、一九二四年二月二四日にパリからメルラン総督の訪日を組織するとの決定を受け取る。訪日の公式目的は大災害に遭った日本を見舞いフランス政府の弔意を表することだが、現実には日本側が強く求めている関税交渉を再開することだった。時間を浪費せず、メルラン総督は五月にフランス海軍の巡洋艦に乗り、副王さながらに政治と経済の重要人物を引き連れて来日する。総督は日本に対して偏見を持っていたハノイ、ハイフォン、サイゴンのフランス商工会の会頭を説得したのである。日本側は総督の訪日を重要な機会ととらえ国家元首並みの歓迎プログラムを組み[79]、五月七日から三一日まで、東京、京都、大阪から植民地支配下の京城[80]まで盛大な歓迎行事が続き、双方の経済界のリーダーは六回の会合を持って、一〇年来膠着状態にあった関税問題につき交渉を開始した。経済と文化の二つの案件が奇妙な形で結びついているあかしには、総督が離日する前日にインドシナ友好協会の代表が総督を訪ね、「日仏学院」の設立は同協会が引き受けると約束したので、「その約束をしかと受け止めたことを示すため」、メルランはクローデルにその場で「仏領インドシナの貢献」として「一万円の小切手」を手渡した。[81]

これで会館設立計画は完全に軌道に乗った。日本政府はすでに一九二三年一二月に三万円の予算措置を講じており、渋沢は二四年の八月までに実業界から五万五千円の寄付を集めていた。「財団法人」としての日仏会館設立の認可は二四年三月七日に下り、残る懸案の土地・建物の問題は、同年夏、「煙草王」と呼ばれた富豪の実業家・村井吉兵衛（彼は一八九一年に日本で最初の煙草「サンライズ」を発売した）が赤坂山王台に所有する西洋風の別邸を二五年初めから日仏会館に無償貸与すると申し出たため解決された。村井の広大な邸宅は皇居にも近く、自然の砦よろしく沖積平野の高台に立っていた。

渋沢栄一と二人の副理事長は八月四日付クローデル宛の手紙で村井邸の「内部の配置」を次のように書いている。「この建物には、フランスから派遣される碩学が家族と居住できる部屋が七、八あり、八、九室は奨学生の方たちにあてられるでしょう。そのほかの部屋は、応接室、事務室、会議室にあてられ、付属の建物は図書室、集会室として使用されましょう。[82]」渋沢らは書簡を、あとはフランス政府が派遣する碩学と留学生の選択に取り掛かることを期待すると結んでいる。クローデルは八月一五日付の手紙で、派遣する人員の選択は「すこぶる難事なので必要な配慮をもって」行うべきであり、翌二五年初めに予定している休暇での帰国前に行うのは難しいだろうと答えている。[83]

一方、日仏会館常務理事の木島孝蔵は二四年一〇月に寄付金は七万円にのぼったことをパリに伝え、二四年五月の総選挙で左翼連合が勝利しポワンカレに代わって首相になったエドゥアール・エリオは一一月一九日付の常務理事宛で、「前任者の約束通りフランスは三〇万フランの更新可能な助成金」を国家予算に組み込んだことを知らせた[84]。外務省「対外文化事業部」の「大学・学校科[85]」によって準備された書簡に首相兼外相として署名したエリオは、「日仏両国の接近にかくも効果的に貢献する事業を、私は私の権限において全面的に支援しますのでご安心ください」と結んでいる[86]。

これで最後の障害はクリアされ、あとは開館式を挙行するばかりになった。開館式は一九二四年一二月一四日に、村井の山王邸をまだ内務省の震災復興局が使っていたため、丸の内の日本興業倶楽部で閑院宮の臨席のもと、加藤高明首相以下四〇〇人近い招待客を集めて開かれた（**図3**）。翌一月一六日付の本省宛でクローデルは、まだ建物の中に設置されておらず、派遣するフランス人学者・研究員の人選も終わっていない以上、会館の「公式の設立」と呼ぶのが適切であろうとした上で、「何はともあれ、日仏協会は、いずれ時が来たら、長きにわたる努力と交渉の時期にピリオドを打つにふさわしい盛大なイベントで祝うべきものと判断している」と続ける。同じ書簡には開館式での演説が添えられているが、職業上の強い満足感を表現した演説は、クローデル一流の外交的散文の見事なお手本である。

彼はそこで重々しい調子でこう切り出す。「正しい考えにはそれ自体のうちに内在的力があって、どんな障害があっても遂にはその考えを成就する力があるものです。」「世界のどこにも類似のものがない全く新しい形の施設」を準備する上で困難の最大のものは、二三年九月一日の大震災であり、

「私はしばし、このような大異変の後には、日仏会館の計画も犠牲になって、煙を立てる焦土の中に少なくとも数年のあいだ埋もれてしまうのではないかと思いました。しかし、日本の友人たちは私以上に固い信念と勇気を持っていました。〔……〕私の友人たちは、日仏間の知的協力のための恒久的な施設をつくることが、今までにも増して重要なことと考え、ほとんど奇跡によって、その信念を周囲の方々にまで分かち持つようにされました。日本政府には残酷なまでに緊急な経費があったにもかかわらず、補助金を維持して約束された財政支援を行うことにし、民間に呼びかけた財政援助も集まり、寛大な後援者から東京にある最も美しい邸宅を提供いただいて、ここに会館の基礎が定まったのであります。」

クローデルは彼がいう「正しい」考え、会館設立のもとにある「ごく単純な」考えを説明してこう続ける。「外国の人々を知ることは大切なことですが、その知識は本を読むだけで決定的に得られるものではありません。外国の人々は生きており、たえず変化発展しているので、継続して親密に接触するのでなければ、彼らを知ることはできません。」この考えにもとづいてフランス政府は、「過去の文明を専門的に研究するアテネ学院やローマ学院」に続いて、数年前から世界各地にリセ、学院、財団、大学の講座など文化施設を設置してきました。しかし「これら各種の施設と比べ東京の日仏会館には他に見られない特色と複雑な性格があります。第一に、フランスから送られる若い人たちは日本にアテネやローマの文明に劣らない独自の文明を、しかも現在生きているという点で過去のものに勝った文明を見ることになるでしょう。彼らは日本の過去だけでなく、日本の全体を研究対象にするのです。」どんな国民でも他国に知ってもらうことは大切で、特に日本のように距離的に遠く離れ、言語も文化も違うため理解するのが難しい国の場合、「誤解や粗雑な判断を受けることが多く、それはたいへんな損失であり危険なことです」。フランスは、日本が発信すべき「メッセージ」を持っており、そのメッセージは広く知られる価値があると考えるがゆえに、「明治の初めのようにものを教える先生を送るのではなく」、「学生を、善意の持ち主を送ります。〔……〕彼らは修行中の若いうちに日本に来て、生涯に渡って日本の影響を受け、〔……〕フランスに帰ってからは日本の理解者、代弁者になり、日本から我が国に送られる学生たちがフランスについて学ぶ際にはその手伝いができるような人たち」である。「私たちは、外交においても、実業においても、科学や芸術においても、両国の関係の将来を委ねられるような人材の育成を、偶然のみに任せることを望まないのです。」

さしあたり、東京に「活発な一群のフランス人たちが、一つの屋根の下で、一つ家族のようになって一緒に活動するフォワイエ」ができれば、日本の学生諸君にとっても東京に「パリの一隅が、フランス語で話し考える知識と思想のアトリエが」生まれたことになるでしょう。クローデルはさらに、「新しい会館を」第一次大戦後独立と自由を獲得した「ヨーロッパの若い国々を代表する何人かの人々にも開放する」ことを考えており、「そうすれば東京の日仏会館にフランスの縮図のみならず、ヨーロッパの縮図があることになるだろうし、〔……〕日本が若い世代を教育する上で、島国として孤立していることから来る不都合を埋め合わせることになるでしょう」。

大使はこう結論する。「日仏会館の将来は確立されました。村井氏が建物を提供くださり、日本政府は三万円、フランス政府は三〇万フランの補助金を支出し、寛大な寄付者の方々からの資金も集まり、インドシナからも多大の寄付がありました。残るのは、日仏会館に派遣するディレクターと寄宿研究員《パンシヨネール》を選ぶことです。私がパリに帰りましたら、皆様の代表者とご相談しながら、早速その仕事にとりかかります。[87]」

＊

一週間後の一二月二〇日、クローデルは日記に「スウェーデンから東京に参事官ジャンティ氏到着」と書く。[88]この外交官は、クローデルが一九二五年の一年間、職務規定による休暇でフランスに一時帰国する間、代理大使を務めるため派遣された。マルセイユから横浜までは海路で一カ月以上かかる。遠隔地に勤務する外交官には数年毎に長期の休暇が許されていた。クローデルは一九二一年一一月に東京に着任して丸三年勤めたので、与えられた権利を行使したのである。しかしクローデルは日本に帰任するとは考えておらず、海路での往復を含め任地を一三カ月離れての休暇は、実質的に東京勤務の終わりを意味するものと思われた。彼は一月二三日に横浜でアンボワーズ号に乗り込むが、任地を離れる時いつもそうするように、『日記』のページに運命の「日本は終わり」と書きつけている。[89]実際、パリから託されたユートピア的とは言わないが野心的な任務を困難な条件のもとに果たしたと自負するクローデルは、東京勤務であげた実績からして、第一次大戦後の独仏関係はきわめて微妙だっただけに、フランスのトップ外交官がみな狙っていたベルリンのポストを希望できると考えていた。その上、彼は八月と九月に送った息子アンリやロザリー・リントナー宛の手紙で、ユマニスムの高い教養をもつ政治家で互いに尊敬しあう友人のエドゥアール・エリオが「彼をベルリンに考えている」[91]ようだと書いている。クローデルはベルリン任命を確実視していたと思われるので、一月一五日に親仏家団体が大使を送るために組織した「盛大な共感の催し」[92]で、外交官らしからぬ計算された軽率さで、休暇での帰国が実は決定的な離日であることを匂わせていた。[93]

クローデルは一九二五年の一年を、ベルリン転勤を目指してフランスで過ごす。帰国の一カ月後、天体は奇跡的に彼に有利なように回転する。彼の友人エリオは四月二五日の国民議会選挙で、その政治的将来のため「左の政策をとり」、有名な「金の壁」のため敗北したが、議会の多数派とエリオに代わるパンルヴェ内閣は「左派連合」にとどまったし、ブリアンが外相に復帰し、一一月には外相のまま首相になる。ブリアンはクローデルの永遠の保護者フィリップ・ベルトロが、中国工業銀行のスキャンダル（一九二二年）に巻き込まれ失脚していたのを外務省事務総長に呼び戻す。ブリアンはまた若いアレクシ・レジェを外相官房長に任命する。レジェはクローデルが外交官キャリアに後押しし、作家・外交官として二〇歳上のクローデルを後追いする関係を結んでいた。そこでクローデルは休暇の一年を通し、駐独大使に任命されるべく強力な二重のコネクションを使って各方面に働きかけ、職業上の会合を繰り返した。チャンスを自分のほうに引き寄せるためと、激しい反独的出版物を忘れさせるため（その中には一九一八年春のドイツのフランス侵攻中にリオで書き、二三年に東京で出版されワイマール共和国大使館の不評を買った和風仕立ての豪華本『聖女ジュヌヴィエーヴ』[94]がある）、クローデルはパリに着くとさっそく四月に[95]ドイツのカトリック保守を代表する日刊紙『ジェルマニア』の記者を招き、「広い経済分野での独仏間の協力は望ましいばかりではなく、ごく当然で理にかなったことであり」、彼が切望する「ヨーロッパ合衆国[96]」の建設はかつて敵国同士だった独仏の「和解」にかかっていると述べている。

それ以外では、行動的習性のクローデルは、今や日本について公的立場で語る使命を帯びて、休暇の一年間に三本の講演を行っている。特に三本目の講演はヨーロッパの三つの主要都市を巡回した。まず五月二八日の「対外貿易評議会」での講演[97]は日本の「経済状況」に関するもので、経済の専門家クローデルは新たに獲得する必要のない聴衆の「盛大な拍手」を受ける。[98]別のテーマでは、六月二五日のモンマルトル聖ヨハネ研究サークル会員を前にした講演も同様で、九州におけるキリスト教徒の迫害と「信仰を隠して」「七世代ものあいだ」キリシタンの絶滅をはかった政治権力を欺くことができた物語を語り、日本のカトリックのかくも「好奇な」かくも「ロマネスクな」歴史を紹介したあとで、クローデルは開国後の日本におけるカトリックの復活を祝福し、それが特にフランスのマリア会がつくった学校[99]で養成された「知的エリート」によって担われていると述べる。こうしてクローデルは聴衆に「フランスの再興の鍵を握る」「寛大な思想への献身」によって結ばれた信仰の「貴族社会」をつくるよう呼びかけるのである。[100]

にわか司祭よろしくパリの信者にカトリックの信仰を説いた一週間後の七月三日に、クローデルはマドリッドにいる。マドリッドで、前から親しんできたミッシェル・ルヴォンの『日本文学選』[101]を元にして快適な「日本文学散歩」[102]を講じる。ルヴォンの本は「日本人の魂への眼差し」以来、彼の「仕事机を離れたことがない」[103]。秋になるとクローデルはリヨン、ブリュッセル、リュクサンブールをまわり、同じ講演をそれぞれの場所の状況に合わせて行う。原稿はルヴォンによる翻訳のモンタージュで、講師が読み上げるその抜粋が講演の中心になる（活字になった原稿を全部読み上げたら講演は果てしないものになっただろう！）。クローデルは日本文学については「アマチュアに過ぎない」とユーモアまじりに繰り返すが、日本語を読めない無知のなかに、挑発的な性向による物言いだが、驚く力を失わない人間の「お伽話を味わう特権」を見出す。「真実は美しい、だが誤りというものもそれなりの魅力をもっている。」「だから片方の手は真理の探求に向けて、もう一方の手は詩的なファンタジーの探求に向けて」日本の文学と演劇のセンチメンタルな旅に「喜びをもって」[104]同行してくれるよう聴衆を誘うのである。

しかしクローデルは、休暇中も肩書は駐日フランス大使であり、日本とのインドシナ関税交渉のフランス代表団の長など大使の権能に属すいくつかの職責をパリでこなさなければならなかった。第一の案件はインドシナと日本の間の関税問題であり、クローデルはフランス側の長として交渉にあたった。交渉は難所を迎えていたが、フランス側に内部対立が生じた。第一次大戦後の国際関係で協力関係を求める日本のパートナーに協調への意志を示したい外務省の立場は、当然のことながらインドシナでの利益擁護を第一に考える植民地省の立場とぶつかる。日仏間交渉は八月半ばに予定されており、それまでにフランス側の立場を決めるため外務省と植民地省間の会合がもたれる。会合はクローデルにとってフラストレーションがたまるものだった。植民地省は関税率表の案を提示することができないか、提示することに消極的であり、日本側は品目全体を対象とする条約でなければ調印しないことを原則としていたが、大使は日本側が同意してくれた品目ごとの選別的アプローチが最も「妥協的な」解決になると考えていた。だが、会談で両国の代表は合意に達することが不可能なことを確認しなければならなかった。インドシナと日本の間の関税交渉はクローデルの日本勤務が終わった(一九二七年二月)あとの三〇年代まで持ち越される。[105]

大使が抱える二つの案件はパリまで追いかけてきており、クローデルは七月末に外務省の対外事業部で開かれた最初の「日仏会館フランス委員会」の座長をつとめた。委員会には二人のコレージュ・ド・フランス教授、インド学者シルヴァン・レヴィと中国学者ポール・ペリオがいた。在仏日本大使館の一等書記官が大使の代理で出席した。委員会で決まったことは、日仏会館に「フランスの一流の学者」が派遣され、最低一年滞在して、日本の言語と文化の様々な側面を研究する四人の「高い教養をもつ若手」研究員を指導する。日本委員会は、土地建物の取得と維持、暖房や照明、日本側事務局の経費など施設の物質面の費用を負担する。フランス政府は日本に派遣する学者研究者の旅費と手当を支出し、図書室とフランス側事務局の経費を負担する。その上で委員会は、シルヴァン・レヴィが「クローデル大使の求めにより、一九二六年春から一年間、新しい施設を指導することを引き受けた」ことを「感謝の念をもって」確認し、「委員会一同はレヴィ氏に心底からの謝意を表明する。教授の存在は日仏会館に真の威光をもたらし、日本にいるその多くの友人と賛嘆者を喜ばせるであろう。シルヴァン・レヴィ氏の着任を待って、フーシェ氏が一九二五年冬から臨時で指揮をとる。」ソルボンヌの仏教考古学教授アルフレッド・フーシェは、そのときアフガニスタンで発掘調査にあたっていた。同時に三人の「寄宿研究員（pensionnaires）」も任命された。地理学者フランシス・リュエラン、日本学者シャルル・アグノエル、中国学者ポール・ドミエヴィルである。四人目の任命はリヨン商工会議所に一任された[106]。

こうして現地篤志家の寛大な申し出のおかげで入居する建物が決まり、日本政府の補助金と民間の寄付金によって設立された文化機関のトップにフランス人学者を派遣するわけだが、はたしてこの決定が後に大きな困難の種になることを人々は意識していただろうか。

ベルトロと何度か面談したあと、クローデルは一二月七日の日記に「決定的に日本に帰ることになった」と書き記す[107]。「決定的に」という副詞は彼の落胆を示している。しかし彼はベルリンへの希望を捨ててはいない。ポストが空くのが遅れているだけだと思っている。実は、ヴィルヘルムシュトラーセ（ドイツ外務省）は、反独的言辞を疑われるような大使の任命は歓迎されないことを内々にパリに知らせていたと思われる。ベルトロ自身、ケー・ドルセでは中国勤務時代から何をしでかすか分からない外交官という評判があった国家公務員にベルリンを任せることをためらっていた。特にクローデルが上海の若い副領事だった一八九八年に起こった寧波パゴダ事件(108)で、上海フランス租界の激昂した人々とともに寧波人の暴動鎮圧に関与したため、フランス領事館と共和国が現地人の死者を出す戦争に巻き込まれたが、これが彼の外交官キャリアの最初に犯した罪とされていた。しかしクローデルは、ベルリンは叶わなかったが最終的にワシントンに任命され、一九二七年三月に赴任する。アメリカではブリアン路線に忠実な外交官として、戦争の違法化を定めたケロッグ＝ブリアン条約(109)を準備し、金融の専門家として、一九二九年の金融危機を予測する分析を行い、危機に知的に対応したことで名をはせることになる。

一九二六年一月、海路日本へ出発したクローデルがシンガポールに帰港しているとき、二月初めにパリで開かれた第二回フランス委員会は、「日仏会館はフランス人ディレクターが、フランス人秘書と日本人秘書に補佐されて運営する」と釘を打ち込み(110)、その決定を在京大使館を通さず直接日本側委員会に伝えた。日本側はこの決定に激しく反発し、七月二四日に、渋沢栄一が「日仏会館ディレクター」として（実際は日仏会館理事長）、かつてフランスに留学した二人の副理事長、工学者の古市公威と法学者の富井政章が「サブディレクター」として署名した書簡をクローデルに送付する(111)。日本側の主張はこうである。なるほど世界各地にある「もっぱらフランスの資金で建設されたフランス会館がフランス人によって運営され維持される」のは当然であるが、「日本側の資金で設立され維持される日仏会館の場合はそうではありません。［……］したがって」、と署名者たちは過度の表現上の配慮なしに主張する。「フランス委員会によって任命されるディレクターは、もっぱら日本側理事会が責任を持つ日仏会館の予算と運営に関する問題に介入することは避けていただくことが望まれます。」日本側が「両委員会の代表者が、互いに協力して共通の目的に到達できるよう、率直に協議すべく努める」ことを提唱するのは、共同の責任に属する問題についてのみである。[112]

クローデルはパリ委員会の不手際に憤り、後のケー・ドルセ宛の公信で「私どもの頭越しで日本側に伝えられた嘆かわしい委員会議事録[113]」を告発するが、パリのフランス委員会としてはクローデル自身が座長として第一回委員会でお墨付きを与えた案を明示的にして再録したに過ぎない。何はともあれ、クローデルは即刻対応に乗り出し、二日後に中禅寺の別荘から、会館の運営を担当している常務理事の木島孝蔵宛に論点整理の書簡を送り、その中でクローデルは、パリ側の論拠の弱さを率直に認める。「パリ委員会の日仏会館の運営についての理解には誤解があったと思います。日本政府と日本委員会が運営予算を拠出する日仏会館の運営に、フランスから派遣されるディレクターが介入する権限も手段も持たないのは、まったく明らかなことです。[114]」

しかしながら、他方で「両国間の精神的関係の振興をはかる文化施設である日仏会館の知的学術面での指揮が、日本委員会の干渉を受けずに行われるべきであることも、よく理解していただかねばなりません。財団の物質面での運営費用が日本側によって賄われるのと同様に、寄宿研究員とディレクターの俸給はフランス側が支出するのですから。

しかし実際には、どちらが何を負担するかの線引きは時に難しいこともあるでしょう。その場合はフランス側ディレクターと日本側理事会代表の間で、幸いにもこれまで発揮されてきた協調の精神で、あなたが言われる[115]友好的で率直な話し合いによって事が処理されることを期待します。

フランス人ディレクターは、一定の目的に応えるため、日本の友人グループから提供される場所に居を構え、そこに研究と文化交流のフォワイエを作る、いわば小さな学問的コロニーの主人なのです。

したがって日仏会館には、容器（contenant）と中身（contenu）という区別すべき二つのものがあります。容器とは、日仏会館の建物と、その中で行われる活動を支える物理的器官であり、中身とは、会館の設立目的を実現するためフランスから派遣される学術スタッフであります。容器は日本人によって運営（administrer）され、中身はフランス人によって指揮（diriger）されます。日本委員会には立派な法学者がおいでですので[116]説明してくださるでしょうが、財産は運営され、人員は指揮されるのです。これら二つの用語の一方は恒久的な施設の運営を指し、他方はその施設の目的のために行われる事業の指導を指します。」

この区別を明示した上で大使は、日本政府に提出された定款には「会館の日本側の規則が定められているだけ」で、「フランス人ディレクターと日本側理事会代表」それぞれの責任が何ら明確に定義されていないとし、日仏双方の責任者の「権限と権威」を明確化する方向で定款の変更可能性を検討するよう理事会に求めた。彼はさらに、フランス人ディレクターは理事会の正規の一員として考慮されるべきであるとした。

実際、日仏会館に対するフランス人ディレクターの運営上の立場の問題は、(いずれ解決されることがあるとしても)クローデルの大使在任中には解決されなかった。ようやく一九三一年になって、クローデルの二代後の大使と渋沢理事長のあいだの書簡のやりとりによって、「日仏会館の寄宿研究員の活動を指導するためフランスから日本に派遣される学者の肩書を « Directeur français à la Maison franco-japonaise »[117]とし、職務上(ex officio)理事会の一員になる」ことが決まった[118]。会館設立後の最初の半世紀は、他の学問分野に比して会館事業の管理に関わる法学者が相対的に多く、会館のきわめて特殊な法的状況についての考察にしばしば貢献した。法学者は会館の運営は一種の「慣習法」によって行われ、フランス側の学術活動と日本側の運営組織の関係は、日仏双方の事務所が分離して共存する会館にあって、良かれ悪しかれ協力してやっていく慣習が徐々に形成されたことで調整されてきたと見なした。帰国後ドゴールの法相を勤めることになるルネ・カピタンは、「慣習法による組織こそ日仏会館の論理に対応するものであり、結局その円滑な機能を保障している」と述べており[119]、後に憲法院裁判官になるジャック・ロベールは、「クローデルの天才的卓見は、伝統と慣習が法律よりも価値がある国があり、そのような国では慣習の形成がそれ自体のうちに永続性を持つことを理解しえたことにある」と評価している[120]。

これで一件落着したが、クローデル自身はこの芸術的あいまいさに満足していたかどうかは確かではない。初代フランス学長だったシルヴァン・レヴィは日仏会館を「双頭の作品」と呼んだし[121]、第二次大戦中に学長だったフレデリック・ジュオン゠デ゠ロングレの「回想」によれば、より手厳しいある人物は「クローデルの許しがたい過ち」と呼んだという[122]。ともかくもクローデルは、一九二六年二月に東京に帰任して数カ月後に京都の学館（Institut）開設計画に取り掛かったとき、日仏会館（Maison）の時と同じ轍を踏まないように注意した。「東京の会館では人々はもっぱら日本的性格を維持することにこだわったが、京都ではこの施設に何よりもまずフランス的色彩を与えようとし、施設の運営にあたってはフランスの代表に主たる役割を委ねようとした」[123]。クローデルは関西日仏学館（Institut franco-japonais du Kansai）の法的後見人となるべく作られた日仏文化協会の理事長はフランス大使とし、フランス人の館長（Directeur）を学館の主とした。クローデルは過去の失敗に学んだのである。

フランスの学者・研究者は日仏会館にバラバラにやってきた。一九二四年三月から日本にいて東京外国語学校で教えていた日本学者シャルル・アグノエルは、二五年一二月に最初に日仏会館に入居した。ガンダーラのギリシャ仏教美術研究の草分けアルフレッド・フーシェはアフガニスタンでフランス考古学調査団の長として発掘調査にあたっていたが、二六年二月から、高等研究院での恩師でインド学者のシルヴァン・レヴィが九月に着任するまで日仏会館フランス事務所長の代理を務めた。海軍兵学校の若手教師で地理学者のフランシス・リュエランも、関西の地理形態学について博士論文を準備するため二月に入居した。リヨン商工会議所から派遣された経済学者マルセル・ルキアンと中国学者ポール・ドミエヴィルは共に二六年夏に到着する。ドミエヴィルはシルヴァン・レヴィに懇請されて「中国と日本の文献資料を基にした仏教百科事典である法宝義林」の編纂に取り組む。

　彼らは皆、屋根が円錐形の角の小塔と列柱式のベランダをもつ風変わりな洋風木造建築の村井邸に入居した（図４）。数世代にわたる入居者は「スイス風の館」[124]と「ノルマンディー海岸の優雅なゴルフ場のクラブハウス」[125]の間のなんとも「定義しがたいスタイル」[126]と呼んだ。建物の内部は、（明治時代の建物がしばしばそうだったように）床張りの一階に日本事務所とレセプションホールがあり、二階にフランス学長用の畳敷きと襖の和風アパルトマンがあった。脇に延びる付属の建物には、一階に図書室と講演会用会議室、二階には独身の寄宿研究員《パンショネール》の居室が数室あった（カップルの場合は都内に住んだ）。

　村井吉兵衛は一九二六年一月に急死し、翌年、村井銀行は金融恐慌で倒産する。相続人は土地を売却せざるを得ず、日仏会館は二八年三月に村井邸を引き払うことになり[127]、学長と研究員は別の親仏派の実業家、「セメント王」浅野総一郎邸に一時的に居を移す。建物は会館に寄贈されており、「プレハブ建築」だったので、全体を部材に解体して、移転先が見つかるまで大使館の敷地内に保管することができた。経費分担の定めにより移転先の土地の購入は日本事務所の役目で、御茶ノ水に赤坂山王台よりはるかに手狭な土地が見つかった。御茶ノ水は複数の大学と書店が集まる東京のカルティエ・ラタンとも言うべき街だが、道路と下を流れる外堀の間に挟まれ、道路から狭い庭で仕切られた土地に、会館はほぼ元通りに再建された。クローデル大使の通訳官だったジョルジュ・ボンマルシャンは、「村井邸を直接大きなプレートに乗せてそっくり運び、私たちの前に新たに差し出されたのではないか」と面白おかしく回想している。「よく見ると、建物正面の幅が狭いために生じる唯一の違いは、会議室が以前のように玄関と直角にではなく平行に位置していることだった」[128]。

日仏会館は、広い庭園があった村井邸の短い黄金時代と比べれば、場所の質の点で失われたものはあるが、一九二九年四月に再オープンする。木造の建物は第二次大戦末期の空襲による「破壊的な火災」を「奇跡的」に免がれ[129]、一九五〇年代末により近代的な文化施設の要請に適したコンクリートの建物への建替えが決定されるまで、御茶ノ水の地に残った[130]。

# 第二章　関西日仏学館

駐日大使クローデルの足跡として、二つの恒久的文化機関がいまも残る。赴任以前から存在していた日仏会館の計画を、クローデルが——前章で見たとおり、首尾よく、しかし諸々の曲折を経て——実現したのは、あくまで外務省の委任を受けてのことだったが、その彼が続いて試みたのは、それとは反対に、ひとつの新たな機関の創立を、そうしたことをいささかも予想しておらず、アプリオリにはそれを快く思うはずのないフランス外務省に、無理やり呑み込ませることだった。日本国民のアイデンティティの故郷であり、この二極化された国で京浜地域の政治的優位に匹敵する経済的活力を示す関西地方の古都・京都に、フランスの文化機関を打ち建てようというのである。

関西日仏学館について、クローデルは幾度も自らの考えを述べたが、そうした意見表明はごく短い期間（一年にも満たない）に集中している。実際、クローデルは、この計画を成功に導くべく、強い意志と政治的胆力をもって奮闘した。現地で行く手を阻んだのは、クローデル自身が力を貸して日仏会館トップの座に就いた白頭の高名な学者シルヴァン・レヴィだった。レヴィは頑として計画に異を唱えるとともに、国際文化協力を担当する外務省対外事業部との外交書簡を利用して、計画を頓挫させるようパリに働きかけていた。東京の会館をオープンさせたばかりで、日仏間の責任分担をめぐる深刻な問題を抱えてもいた同事業部には、新たな施設の負担を引き受けねばならぬことは懸念材料（予算面でも制度面でも）でしかなかった。

元を辿れば、日仏会館の場合がそうであったように、この計画もおそらく、地元の人々の思惑や要望、つまり、ここでは、関西地方の親仏的な有力者らの思惑や要望から、生まれたのだろう。東京にたいして強烈な対抗意識を燃やすこれらの有力者は、日仏会館のオープンを目の当たりにして、悔しい思いをしていたにちがいない。それゆえ、京都に惚れ込み、大使在任中、京都に赴くいかなる機会も無駄にしなかったクローデルが、こうした人々との会話のなかで、会館に匹敵する施設を建設する費用を負担してもよいと誰かが口にするのを聞き及んだ可能性は大いにありそうだ。関東大震災を免れたぶん（同震災により経済が活気づいたとはいわないまでも）、当地にはいっそうの活力が漲《みなぎ》っていた。そのような話をすることで、彼らが大使の政治的関心を惹きつけこそすれ、損なわなかったことは想像に難くない。東京では、早くも一九一三年に、成人に向けてフランスの言語と文明を教える私立の教育施設アテネ・フランセが開業していたにもかかわらず、地方にはそうした機関が存在しないことを、クローデルはたしかに気に懸けていたのである。

前章に見たとおり、日仏会館の第一期「研究員」に、地理学者で、関西の地形について博士論文を準備中だった海軍兵学校の若き教授フランシス・リュエラン（当時三二歳）がいた。一九二七年、京都に新設される学館の初代館長に就任し、そこで三年を過ごすことになるリュエランは、その職を離れた一八カ月後、対外事業部宛に、遅まきの任務完了報告書の類いを提出した。関西日仏学館設立計画の端緒について、リュエランがそこに書き残した次のような記述を疑う理由はひとつもない。「ポール・クローデル閣下は、京都にも、また関西地方にも、フランスが不在であることを望みませんでした。京都は、今日、六〇万人の人口を数える古都であり、関西地方には、京都から急行列車で半時間の距離に、人口二三〇万人を有する商工業の中心都市・大阪、同じく一時間の距離に、人口七五万人の港町・神戸があります。京都のやや東、汽車で二時間の距離には、産業都市・名古屋があり、人口一〇〇万人を抱えています。

ポール・クローデル氏がご自身の意図を私に打ち明けて下さったのは、パリでのことで、私は日本への出発を間近に控えていました。その後、ご自身も東京に戻られると、クローデル氏は私を、ご友人で大阪商工会議所会頭であられる貴族院議員・稲畑勝太郎氏に引き合わせて下さいました。稲畑氏は、関西にフランスの関連施設が創られることを、長年望んでおられ、藤田男爵、フランス領事オーシュコルヌ氏、松岡・湯川両氏(1)がそれに協力しておられました(2)。」

休暇を終えたクローデルは、一九二六年二月に帰日した。かつてあれほど赴任を望んだこの国は、ベルリンへの異動を期待するクローデルにとって、いまやキャリア上の足踏みのように思えるのだった。

*

それゆえ、クローデルは、六カ月を越えることはないと本省の言質をとっていたこの煉獄期間中、しかたなく日常業務をこなすことに甘んじていた。だが、並外れた活動力を以て知られるクローデルである。政治的にややこしい短期的な案件から解放されたためか、日本の印象を一冊の本にまとめる契約を、パリのある出版社と結んだ。『東方の認識』とローカルな対をなすと著者が位置づけるその本は、一九二七年、『朝日の中の黒い鳥』として出版されることになる。クローデルはいささか無造作に、すでに手元にあり、一部はすでに出版済みでもあった、あらゆる種類の文章をそこに詰め込むことになるが、新たな印象を加えて本の内容をいっそう豊かにするという口実を使って、東京の外へ定期的に出張に――あれやこれやのロケに、ではないにせよ――出られることが何より嬉しかった。とりわけ、フランスの二隻の軍艦が日本に寄港した機を捉えて、一九二六年の春と秋に一度ずつ、瀬戸内海で二週間ほどの快適な周航を楽しむことができたのは幸運だった。しかしお間違えのないように――と、クローデルは、自分がこのように長期間持ち場を離れることに気を揉むかもしれない外務省を、なだめることも忘れない。曰く、これは「たんなる娯楽」ではなく、「我が国の国旗を掲げる軍艦が長年のあいだ停泊することがなかった、瀬戸内海のいくつかの港に、それを見せる[3]」よい機会なのです、と。私信では、クローデルはもっと自由に語っており、おそらく、それほど言葉を濁してもいない。たとえば、友人で芸術上の協力者でもあったオードレ・パールには、こう打ち明けている。「いまは桜の季節が終わり、それに続いて藤とツツジの季節になりました。九月には船に乗せてもらい、日本の海岸を端から端まで見て回る予定です[4]。すばらしきかな人生[5]!」

二回のうち最初の周航から戻ったクローデルは、『黒い鳥』の詩的散文を一時放棄し、突如、短歌や俳句を思わせる一〇〇篇ほどの短詩を制作すると、それを日本語に翻訳させて、京都在住の日本画家、富田渓仙に送った。渓仙とは、任期のもっと早い時期に『聖女ジュヌヴィエーヴ』の制作を共にしており[6]、クローデルはその繊細で奥ゆかしい筆致に加えて、渓仙の生き様をも評価していた。渓仙が送る隠遁生活は、クローデルを魅了し、おそらくは密かに羨望させていただろう。送られた詩から四篇を選ぶよう請われた渓仙が、それを快く実行し、扇形に切り取られた四枚の越前和紙(扇面)に、四つの詩に見合う風景画や仏画を描くと、各面に残された余白にクローデル自身が詩を筆書きした。こうして、一九二六年一〇月、ささやかな書画集『四風帖』が世に出された。

やがて三部作となる一連の作の、この第一弾に続いて、ひと月後には、最初の変更を印づける新たな書画集が出版される。前作と同じ和紙と四枚の書画を留めながらも、第二弾である『雉橋集』

（このタイトルは、当時、東京のフランス大使館があった土地の通称に由来する）は、クローデルが毛筆で詩を記した一六枚の扇面と、渓仙による絵のみを複製したさらに一六枚の扇面から成る。書画それぞれのベクトルはここで切り離され、さらに、一九二七年にコシバ社から刊行される最終版からは、絵（および扇面）が消えることになる。アコーデオン式もしくはレポレロ式に折り畳まれた、並外れて大きい（四〇〇×三〇センチ）三葉の紙で構成されるこの最終版が、『百扇帖』である。この折本には、タイトルに反して一〇〇篇ならぬ、一七二篇の、クローデルによる毛筆書きの詩が収められ、それぞれの詩の向かいの欄には、「その暗示的かつ装飾的価値[7]」のゆえに選ばれたという、画家・有島生馬筆の草書体の漢字二文字が配されて、詩句が結晶化させるものを示している。実際、驚くべき詩集である。リトグラフで複製された毛筆書きの詩句は、作者の肉体的現前を強烈に意識させる。加えて、どうやら悪戯心をくすぐられたらしいクローデルは、いくつかの単語をわざと「音節の区切りとは異なる箇所[8]」で分断するという、二〇歳の作『黄金の頭』にまで遡るやんちゃな技法を用いて、詩の理解を阻む障害物をちりばめてもいる。いささか面食らった読者は、こうして、「まるで小さな茶碗に注がれた熱いお茶を味わうように、ひとつひとつの詩句をゆっくり読み解きながら[9]」、作者の仕事を補完するよう呼びかけられるのである。

大阪に立ち寄ったクローデルは、五月五日、稲畑勝太郎主催の招宴に臨んだ。大阪商工会議所会頭で、完璧なフランス語を話す稲畑は、当地の最も有力な人物のひとりだった。クローデルは、エドゥアール・エリオの妻が私的旅行で日本を訪れたのを機に、七月初めにも稲畑に会っている。エリオ夫人の京都訪問に抜け目なく同行したクローデルは、稲畑が所有する伝統的な日本家屋の別邸にて、エリオ夫人ともども、私たちが想像するとおりの盛大なもてなしを受けたのである。こうした折々の面会の機会に、クローデルと稲畑がリュエランの動向を話頭に上らせたことは疑いを容れない。前章で見たように、クローデル大使に励まされたリュエランは、来日して最初の数週間のうちに、早くも関西の親仏家たちに接触し、比叡山の爽やかな中腹に、三年間にわたって、毎年一〇週間、フランス語とフランス文明を教える夏期大学を開講する計画を抱くようになった。京都市を見下ろすこの聖なる山は、当時設置されたケーブルカーによって、ちょうど不動産開発が可能になったところだった。夏のあいだに自ら執筆した寄附呼びかけの文章（ハコを造り機能させることが必要だが、クローデルは、外務省に宛てた初期の公信に、この件で「フランス政府にいかなる新たな出費も[10]」求めないことを確約していた）のなかで、リュエランは、パリに滞在する外国人留学生のために一九一九年に創設されたソルボンヌ・フランス文明講座の名を、はっきりと引き合いに出すと同時に、「仏日文明接近協会（Société pour le Rapprochement des Civilisations Française et Japonaise）」の設立を予告し、東京のフランス大使館気付で、同協会が寄附金の宛先になることもうたっている。

この計画には、いうまでもなく、新たな渋沢が必要であり、稲畑こそがそれにふさわしい人物だった。関西における稲畑の人望の厚さは、東京での渋沢のそれに引けをとらない。稲畑は規格外の人物であり、ひとり明治期のようなぐつぐつと沸き立つ時代のみが、こうした人物を輩出できたのだろう。京都府派遣留学生として一五歳でリヨンに旅立った稲畑は、現地で工業染色技術を学ぶと、八年の滞在で絹織物工《カニュ》のスラングまで身につけて帰国、日本軍の軍服のカーキ染めで財をなした。ちなみに、軍とのこうした繋がりのゆえに、本書で後述されるとおり、第二次世界大戦後、晩年の稲畑にはいささか面倒が降りかかることになる。若き日には、稲畑は日本初の映画上映も手がけた。リヨンのラ・マルティニエール工業リセでリュミエール兄弟と共に学んだ縁で、開発されたばかりの映画技術《シネマトグラフ》の興行権を買い取ったのだった。大阪商工会議所会頭、貴族院勅選議員として、関西で大いに権勢を振るっていた稲畑は、一九二三年の震災の影響から東京がいまだ立ち直れずにいた当時の関西経済の好調ぶりにも助けられて、順調に事を運び、リュエランが計画する期間限定講座のために彼が集めた寄附金は、渋沢とそのパートナーらが日仏会館のために東京で積み上げた金額の倍を上回った。

　九月の周航の到達地点である神戸の港で下船したクローデルは、そういうわけで、翌日には京都で、さらにその翌日には大阪で、夏期大学の法的後見の役を果たしうる団体「日仏文化協会」の礎石を据えることができた。ところが、寄附募集の結果がリュエランらの期待を上回ったために、リュエランに協力する日本人たちは、京都盆地の東陵、市街を見下ろす九条山という場所に、稲畑が入手可能な土地を見つけたことを聞きつけ、「新施設を一年のあいだ二、三カ月間だけ利用される夏期大学とはせず、年間を通じて、かつ京都の地で、機能させたいという要望を表明した」(11)。それはすなわち「京都日仏学会」の創立を意味するが、商工業の中心地である阪神地域に当初からの寄附者が多かったことに敬意を表し、翌年開業に漕ぎ着けるこの施設の名称は「関西日仏学館(Institut franco-japonais du Kansai)」とされた。協会のほうも、日本語の名称(「日仏文化協会」)は元のまま残しつつ、フランス語の名前を「仏日知的接近協会(**Société de Rapprochement intellectuel franco-japonais**)」と改める。この協会の使命は、授業と講演会を行うための建物と、定款によりポール・クローデルの名を冠することになっている図書室とを、維持することだった。日仏会館の双頭体制から得られた苦い教訓を糧に、日仏文化協会には日仏同数の計八名のメンバーから成る二国合同理事会が置かれ、フランス大使が理事長、稲畑と藤田男爵の二人が副理事長に就任するとともに、在神戸フランス領事と学館館長が職務上の理事を務めることになった。

一二月六日、駐米大使任命の通達を受け取ったばかりのクローデルは、再び関西に出張し、協会の設立総会を主宰する。私はかつて、フランシス・リュエランの長男で、学館の敷地で幼少期を過ごしたクロード氏の手から、この会議で大使が読み上げたスピーチ原稿のコピーを受け取った。教育者として、また行政官として、豊かで変化に富んだキャリアを全うしたのち、[12] 一九七五年に世を去ったフランシス・リュエランは、会議の会場となった大阪ホテルのレターヘッド入りの五枚の用紙を大切に保管していたのである。クローデルの達筆な手書きの原稿には、語句の短縮や省略がひとつも見当たらない。これは通訳者を慮《おもんぱか》ってのことだろうか? いずれにせよ、この原稿を注意深く見れば、他の高官なら付き人や部下に執筆を任せたり、たんにその場の思いつきで話したりすればすむ状況で、クローデルがこのようなスピーチをいかに入念に自分で準備していたのかが分かるだろう。実際、二、三の慣例的な社交辞令が目に留まるとはいえ――それはこうした場面につきものだ――、この文章を輝かせているのは、日本の風景への愛であり、おそらくはまた、いまや終わりを迎えたこの滞在中に「詩人大使」をかくも幸福な気持ちにさせてくれた日本の人々への愛である。「大阪のよき友人たち」にまるで最後の打ち明け話でもするように語るクローデルの言葉に耳を傾けると、彼が日本人たちの目になぜ今なお二国間協力の記念碑として映るのかが理解される。では、しばしクローデル本人に語ってもらおう。その言葉には、まるでいま、この場で発話されているかのような趣がある。

みなさま

本日お集まりくださった友人のみなさまのお顔をこうして見回しますと、恥ずかしさと困惑が入り混じる気持ちを禁じえません。ご存知のとおり、共和国政府が私に次の任地への異動を命じましたため(13)、ありがたいことにかくも多くのみなさまがお足を運んでくださったこの会合が、みなさまへの感謝と同時にお別れを申す場になります。今朝、客車の窓から、かくも調和のとれた、かくもしみ入るような日本の冬景色に目を向けながら、この景色を眺めるのもこれが最後なのだ、そしてまた、長い歴史をもつ東海道を通って、東京から京都へ芸術と美の巡礼に赴くのもこれが最後なのだと思うと、胸が締めつけられました。それだけではありません。みなさま全員のお顔をこうして拝見するだに、私はいっそう強い悲しみにとらわれます。私がお暇を請わねばならない相手は、ひとり芸術や自然や文明の傑作のみではなく、かくも多くのよき友、私が大阪に得たすべての友人たちでもあることに思い至るからです。私はみなさまから、敬意と愛情のこもった数々の感動的な印を頂戴して参りました。せめてみなさまにお伝えしたいのは、私がどこにいようと、私の心の奥底にはみなさまの思い出が刻まれているということでございます。

みなさまとお別れするに当たって、私を慰めてくれますのは、みなさまの感嘆すべきお心の広さのおかげで、五年に及ぶ滞日中、日仏両国が手を取り合うようにと私が行ってきた努力は無駄にならず、この協力関係の常設機関が残るように、この友好の証も残るだろうという思いです。前回の会合の際に私がみなさまにさせていただいた呼びかけには、ご賛同が得られました。それどころか、私の予想を越えるご賛同が集まりましたので、この事業にかくも献身的に協力してくれる我が友、稲畑氏と私は、私たちが取り組んでいる事業をさらに発展させ、二、三カ月間の講座を創設する代わりに、それが有用であることを一年中感じさせるような常設機関の設立をめざすという考えで一致しました。リュエラン氏がみなさまにお届けした覚え書き(14)には、この主題についての彼の新たなアイデアが記されています。かいつまんで申せば、夏期大学という当初の案に加えて、図書室と事務局を備えた施設という案が打ち出されたのです。

リュエラン氏はこの事務局に通年で常勤し、フランスについての実際的ないし学術的情報を求めるすべての人に、書籍や文書、あるいは、もしそうしたものがなければ、少なくともご本人に必要な指示を、提供することになります。この事務局が設置される建物は、同時に集会場として、関西地方全体にかくも大勢おられるフランスの友人のみなさまのお役に立てるでしょう。ようするに、世界文明の都のひとつにあって、リュエラン氏はフランスの知的活動の執行権者となり、現地に常駐するその代理人となるのです。私がこの案を説明すれば、フランス政府がただちに関心を示してくれることは疑う余地がありません。その場合、政府のほうはなお追加の努力を迫られるにちがいありませんが。

お別れのご挨拶とともに、私が最後にみなさまにお願いしたいことはただひとつです。それはこの詩人大使について、どうかあまり悪い思い出をお持ちにならないでいただきたいということです。私は新聞各紙でかくも頻繁にみなさまのお目に我が身を晒して参りましたが、私の人生で最もすばらしい五年間を過ごさせていただいたこの国で、みなさまの古くからの文明を理解しようと努力しつつも、理知や才が及ばぬこともあったかもしれません。しかし愛と、尊敬と、善意を欠くことはありませんでした。日本のみなさまはよいご記憶をおもちのことと存じます。どうかそのなかに私のための小さな場所をご用意いただき、私がみなさまから頂戴するご好意の消えざる証として、私たちが共に礎を築いたこの事業を今後も見守り続けて下さいますよう。この事業が多産で有益なものになるものと、私は確信致しております。[15]

大阪での公務を終えると、クローデルは早くも翌日、私人として京都を訪れ、「数々の偉大な聖域を覆っている、冷気と沈黙と闇とから成るこの永遠の包みに、闖入者としてのおのれの影を添える、名もなき巡礼者」となる。京都での講演「フランス語について」(一九二二年五月)の、彼の言葉を信じて疑わぬ聴衆の前で、とりわけ包み隠さず述べたように、クローデルはこの都市を愛しており、それはこの都市の歴史性、芸術、宗教性のゆえであると同時に、熟慮の末に都に定められたこの都市を、その壮観な自然環境に結びつける「内密で、なおかつ合奏のような」一致のゆえでもある。京都は、この自然環境をまるで「臣従させた」かのようであり、たとえて言うなら、「その玉座に上りさえすれば、民を従わせることができた女帝さながらである。こう言ってもよかろう。京都周辺の大和の地は、ひとり京都がため、調和のとれた波のうねりとなってその足下で息絶えるためにこそ、その切れ目なき地平線を盛り上げ、崇敬と礼儀とを湛えたこの荘重な佇まいをとらせたのである(16)」。

クローデルが京都を愛するのはまた、社交を重んじることが必ずしも多くはないこの外交官が当地で得た友人たちのためでもある。すなわち、ひとりの古物商に数人の芸術家であるが、この一二月七日、クローデルが最初に面会したのは、画家・富田渓仙だった。渓仙の住まいは、嵐山の版画さながらの風景を臨む藁葺きの家であり、一九二三年の春、詩人はその「小さな家屋」を目の当たりにして感激したのだった。「そこに穿たれた窓は、わずかに目がそれを通り、川の水の速い流れや、四月の大気がその上に形作る流れ、無数の猿が住むといわれる森、散ったばかりの桜を見るためだけにある」[17]。二六年の年の瀬、クローデルは、駐日大使時代のこの傑出した芸術上の協力者と、再び仕事上の関係を結んでいた。つまり、リュクサンブール美術館――当時の国立近代美術館――に展示するための一枚の絵画を注文し(ただし無償で)、その主題を正倉院とすることで画家と合意していたのである。正倉院とは、奈良・東大寺の境内に設けられ、八世紀に大陸(中国、朝鮮半島、シルクロード)から届けられた芸術品や調度品を収めた宝物庫である。建物の外壁を形作る木材を継ぎ合わせる過程に見られる創意工夫や、そこから生まれる機密性の高さのおかげで、原産した国ではすでに姿を消して久しい品々がそのなかに保存されてきた。これらの品々からは、はるか遠い時代の極東文化がいかに国際色豊かであったかが偲ばれる。渓仙は、モチーフである正倉院の下絵をしかるべく何枚も描きに出かけたのち、このいささか逸話めく注文品を優雅に、またその作風を特徴づける憎めない無造作さの一滴を添えて、仕上げていた。そして一九二七年二月初旬の数日、この作品をパリへ送る作業は、日本におけるクローデルの最後の外交的手続きのひとつになるだろう。添えられた公信に、彼はこう記している。「富田氏はまだ若い画家ですが、高みに達したその思念とたしかな技術の習熟度により、同世代の先頭を切って歩む存在です。富田氏の絵画には特別な価値があります。と申しますのも、ここに描かれている奈良の寺院は、日本の聖なる場所のひとつだからです。その歴史ある伝統と、そこに収められている宝玉とによって、二重の意味で聖なる場所であると申せます[18]。」二六年一二月のこの日、二人は作品の完成を祝って乾杯し、クローデルは次のような美しいオマージュを渓仙に贈ったのだった。

**富田渓仙を讃える**
色彩が秘めたる天賦の黄金を
絞り出しては
その黄金を凝固させ
夜よりも黒き滴に変じえたがため[19]

夜になった。渓仙のもとを辞したクローデルは、他の二人の友人と夕食を共にする。ひとりは、美術商社大手・山中商会のパリ代表を長年務めたのち、京都に自身の店を開業した古美術商・喜多虎之助。もうひとりは、高名な画家・竹内栖鳳である。そこで「詩と画」[20]が交わされた情景は、その年の夏にクローデルが（稲畑、エリオ夫人とともに）招かれた、京都画壇を代表するもうひとりの大家・山元春挙の琵琶湖畔の邸での晩餐の記憶に重なる。「湖岸に灯されたいくつもの篝火。我々のために色紙に揮毫してくれる画家たち。春挙が太い筆を動かし、一頭の馬と一匹の魚を線描すると、私はそれに合わせた詩を書く。[21]」書画の形で馬の像に添えられた詩は、画家のデミウルゴス的力能を讃える頌歌のごとくである。

山元春挙が
言う
馬よ在れ、と
すると馬が在った(22)

この一二月七日の晩、栖鳳の画――この画の所在は、残念ながらまったくつかめていない――に応えて、クローデルは「軽く、まるで空気のような筆(23)」を取ると、白地の美しい和紙にこう記した――

竹内栖鳳が
筆を浸す
墨は
光に満ちている(24)

これはたんなる世辞、外交官の振りまく愛想にすぎないのだろうか。そうではない。クローデルがここに来たのは外交官としてではなく、自分が感服し、愛してやまぬ友人たちに、別れを告げるためだった。そして、「墨〔が〕光に満ちている」のは、クローデルの場合も同じだった。あれこれの決まり事に制約され、個性を発揮できる余地が乏しい日本画壇にあって、栖鳳を特別な作家たらしめている要素を、クローデルの墨は、あたかも一閃のうちに、明らかにしてみせたのである。一九〇〇年のパリ万博の折にヨーロッパへ遊学し、感嘆と羨望をもって光の画家たち（コロー、ターナー）を見いだした栖鳳は、それとの対照で、中国の水墨画がもつ絶対的な特異性に目を啓かれ、他の日本人たちが次々に油絵に転向していくのを尻目に、日本の画家が負うべき使命は、祖国に伝わる唯一の画材を磨き上げること以外にないという確信を胸に、帰国したのだった。

その栖鳳が帰国後に発展させたのは、興味深いハイブリッドな作風だった。その一例が、一九二六年七月、やはりエリオ夫人を伴って、京都・大原の三千院を訪れたクローデルが出会った、「杉の木に囲まれた土地にコロー風の靄が立ちこめている、墨で描かれた[25]」襖絵だ。それは、洋行から帰国して間もない栖鳳が、芸術を愛好するさる高僧からの依頼で制作した作品《御殿場暮景図》だった。群生する針葉樹がまるでバルビゾン派絵画から抜け出してきたポプラのごとくみえるこの襖絵は、今日も同じ場所にある。その画面は、光のみを描いたといえる中央の襖に収斂していくが、その一方で、スフマート技法[26]で醸し出される一面の霧は、まるで地面から湧き上がってくるかのようだ。《ベニスの月》と題される作品（一九〇四）でも、主役を演じるのは光である。ターナーやグアルディの記憶を湛えるこの水墨画の大作では、おぼろげな月がカナル・グランデやサンタ・マリア・デッラ・サルーテ教会に幽霊めいた光を投げ懸けている。

だが、画材は表現を方向づけずにはおかない。栖鳳は次第に西洋画のモデルから遠ざかり、物体や空間の像を墨の濃淡の調節によって表現する独特な作風を発展させていく。その結果――こうした作風のベクトルが、見事にそれにマッチするからだが――雨の降りしきる風景を描いた秀作が数多く生まれた。それらの作品では、背景のさりげない諸要素――小屋や鳥たち、葉むらを見下ろす見張り櫓――が投錨点となり、全体的に不確かな形の群れにリズムを与えている。

描かれた情景の激しさにふさわしい生き生きとした筆致で、この原理が端的に活かされることになるのが、《雨の蘇州》（一九二二）である。絵画空間を占領するターナー風の巨大なむら雲は、画面の中央部分を覆い隠すだけでなく、前景と後景ではぼかされて遠近を強調するとともに、画中の珠となる図式的に素描された二、三の建築物に、消えかかりそうな細やかな雨滴をしたたらせている。栖鳳はこうして、還暦を間近に赴いた大陸旅行で自らが経験した、中国南部での雨の日の蒸し暑さを、驚くべき雄弁さで表現するに至るのである。

絹本に描かれたこの水墨画は、国民美術サロン（グラン・パレ[27]にて、一九二二年四月―六月に開催）の一環として催された壮大な日本芸術展（絵画、彫刻、装飾芸術をはじめとするあらゆるジャンルの作品四〇〇点余りが展示された）を機に、パリに紹介された。次いで、作家の好意でリュクサンブール美術館に寄贈されたが、それを懇願したのはまたしても「東京と京都の最も優れた日本画家を大衆に知らしめる[28]」ことを望むクローデルだった。その後、クローデルは返礼として、この功にふさわしいレジオン・ドヌール勲章が栖鳳に授与されるよう手配するだろう……。この作品は、ジュ・ド・ポム美術館創設の際に同館に移送されたのち、今日ではオルセー美術館の寄託品としてギメ美術館に所蔵されている。

東京に帰還すべき日が来た。何ものにも遮られぬ富士山のすばらしい眺めを客車の窓から楽しむにはうってつけの、冬の陽射しがあふれる一日だった。一年の他の時期には、「魔の山」がこれほどはっきり姿を見せてくれない日もある。富士山がクローデルに及ぼす魅惑は尽きることがない。友人であるポーランド公使パテックと連れ立ち、徒歩で富士山周辺をひと巡りしたときには、「午後の光の華やぎのなか、非物質的で、亡霊的で、確たる存在を欠き、光線とほとんど変わらぬ淡い色をしたあの巨大な塊が、突如目の前に[29]」浮かび上がるのを目にした。別の日には、二人は富士山に登り、「まるで巨大なマーレボルジェのような、どこかの四つ足の怪物を黒焦げにするための窯のような、見事な噴火口と、それを取り囲む七つの頂点[30]」を目の当たりにした。クローデルが「日本の天使[31]」とも呼ぶこの山は、雲の衣装から頭を出し、能の名高い演目に謡われるように、「羽衣が足下に落ちる[32]」にまかせる姿で望まれることが最も多い。

だが、「雲ひとつない快晴の冬の日」となったこの一二月八日、富士山はただ「比類のない荘厳さで雪を頂いて[33]」いたのだった。

＊

東京に帰還したのち、クローデルが大阪での出来事を公信でパリに知らせる労を執るのは、ようやく一二月一五日になってからだった。

クローデルは、関西での新機関設立の動きを、奨励するとまではいわないにせよ、見守っていたわけだが、実際のところは、これまでなされた決断をフランス側当局の名で承認するための許可を、本省からまったくとりつけていなかった。そもそも、二六年二月末に大使として再来日して以来、ここに至るまで、クローデルはこの件について本省に報告することをほとんどなおざりにしていた。この間、日仏会館は、一九二五年末から二六年初頭にかけて、第一期研究員の受け入れに漕ぎ着けていたが、その開館当初の数カ月についてアルフレッド・フーシェが作成した活動報告書をパリに送る際、添付された二六年四月二五日付公信に、クローデルは付随的にこう記していた。「経済的に豊かな関西地方の中心にある、日本の歴史と芸術の都・京都に、東京の会館と並び立ち、その健全なライバルとなるであろう新たな会館を創設することに、私はかかわっています。」海外での「仏仏摩擦」を飽きるほど見てきた本省が、こうした展望に大いに魅力を感じるかどうか、定かではなかった。いずれにせよ、予算にかかわる反対意見が出ることは避けがたいと見越して、「この計画のために、フランス政府にいかなる新たな出費も求めることはありません」と請け合うことは忘れなかった。六月五日の公信では、クローデルはいくぶん本腰を入れ、「日仏会館の夏期出張所を京都に設ける」という計画をぼんやりと提示しつつ、そこでの「ヴァカンス中の講義は［……］多くの学生を惹きつけるものと思われます」と述べている。そして、一〇月四日になってようやく、自らが乗船したフランス海軍の軍艦の寄港に沸きかえる瀬戸内海の小さな港々の様子を――いささか迎合的に――報告する傍ら、公信の最後で出し抜けにこう記す。「周航の帰路、神戸に立ち寄り、我が国の領事ならびにリュエラン氏とともに、比叡山での新たな夏期大学創設の準備を目的とするいくつかの公式会合に出席しました。この件については、後日、もっと詳しく述べることに致します。[34]」その言葉どおり、一〇月一四日、クローデルはついに、「京都・比叡山におけるフランス語夏期大学設立」にかかわる最初の正式な公信を送る。寄附を呼びかけるリュエランの文章に添付されたその公信のなかで、クローデルは本省に向け、若き地理学者が季節限定の企画を構想するに至った動機や経緯を、自らの言葉で説明し直したのだった[35]。

このように見てくると、それまで一度も相談を受けることなく、一二月一五日の公信を受け取った外務省の文化事業担当者らの驚きは、想像に難くない。クローデルは、財源確保の作戦の成功を予想外の成果としつつ、それへの満足を示した上で、次のように付け足している。「寄附者たちは、新施設を一年のあいだ二、三カ月間だけ利用される夏期大学とはせず、年間を通じて、かつ京都の地で、機能させたいという要望を表明しました。本構想の推進役を務めるリュエラン氏は、目下、彼らの意向に応える手段を検討しております。氏は、常設の事務局を備えた図書館の設立を考えておりますが、そのような施設が実現すれば、夏の数カ月間、継続的な授業を提供できるだけでなく、研究・情報収集・講演会・会合のセンターともなりましょう。」

疑いもなく、ここにはもうひとり、寝耳に水どころではない思いを味わう人物がいた。日仏会館の正式なフランス人ディレクター、シルヴァン・レヴィその人である。レヴィがディレクターに着任したのは九月だったが、関西での計画については、意見を求められることもないまま、いきなり既成事実を突きつけられたのだった。レヴィは、とりわけ、若きリュエランが新施設のディレクターに就くことを了承しなければならない立場にあった。だが、彼の目には、リュエランがもっぱら自分に「有利な状況を整える」ことにしか興味のない「虚栄心の塊[36]」と映るまでに時間がかからなかった上、新施設に割り当てることが避けられない予算（この施設が、クローデルが吹聴するようにフランスからの助成抜きに運営されうるなどと、レヴィはつゆも考えていなかったし、その後の成り行きをみれば、正しいのはレヴィのほうだった）は、彼の予測では、フランス政府が日仏会館に認めている、彼にいわせれば唯でさえ足りない予算を、さらに圧迫することにしかならなかった。それゆえ、早くも一二月二〇日に、レヴィは外務省に公信を送る。そこで展開された論法は、翌一月四日にクローデルが外務省から受け取る威圧的な公電に取り入れられることになる。「リュエラン氏により提示された京都日仏学館設立計画は、当方には承認不可なり。この新施設は、予定される独立かつ常設なる条件では、東京の日仏会館の分身となり、競争相手となることで、同会館のすでに不十分な裁量をさらに狭めることになりかねぬ。我らの目標および手段と両立せぬ労力と資金の分散は避けるべし。ただし、現地で提供される協力と状況を恃みに、京都に夏期講座を設営する構想は維持するもよし。然るに、編成し先導する役をリュエラン氏が担いうるこれらの講義は、東京の会館に帰属し、会館の活動計画に適合するとともに、会館の長の絶対的指導の下に措かれることが枢要なり。シルヴァン・レヴィ氏とともにこの問題を検討し、ここに示した解決が貴殿に可能と思われるか否かを当方に知らされたし。」

一月八日、パリは、刺した釘をさらにぐいと押し込み、「日仏会館の研究員である以上、リュエラン氏が京都で手がけるいかなる企画も、同会館ディレクターの許可を得、その承諾のもとで行う必要があることを、本人に知らせる」よう、クローデルに催促してきた。

世界的に著名なインド学者であり、コレージュ・ド・フランスのサンスクリット語・サンスクリット文学講座の教授でもあったシルヴァン・レヴィは、過去にはドレフュス派として活動し、さらには世界イスラエル同盟の代表として、ヴェルサイユ講和会議におけるパレスチナ問題の討議に臨んだ経歴が示すように、「行動する人物」でもあった。前年、日仏会館のディレクターにレヴィが指名されることに貢献し、一九二六年六月五日の本省宛公信でも「シルヴァン・レヴィの名が日本でもつ偉大な権威は、この機関の威信をいっそう高めてくれることでしょう」ともてはやしていたクローデルは、その実、私生活ではレヴィを「年寄り」扱いし（レヴィは当時六三歳だった）、「ひたすら観念の世界に生きており、現代的で今に通じるというより、むしろ「歴史的」な考え方をする[37]」人物と評していた。ポール・ドミエヴィルによると「他人が自分と同じ意見でないことを容赦しない」というクローデルは、おそらく、レヴィが彼に示した「静かだが、揺らぐことのない抵抗[38]」には我慢がならなかっただろう。

いずれにせよ、一月四日の公電――クローデルはこれを侮辱としか受け取ることができず、それは無理からぬことだったが——によって、シルヴァン・レヴィは大使の「激しい不満の発作[39]」(日仏会館の廊下で「大きな怒鳴り声[40]」を耳にしたドミエヴィルは、「詩人ノ激シ易キ種族[41](*Genus irritabile vatum*)」と冗談めかして注釈している)の的になることを、そして外務省対外事業部の役人たちは、クローデルがレヴィの意見にたいして相応の反論——いささか残酷な粉砕でないとすれば——に打って出る一月一〇日付のくどくどしい公信を受け取ることを、それぞれ余儀なくされる。

「本施設の構想は」と、クローデルはこの公信をはじめる、「長年のあいだ」自分の頭にある。実際、「日本の伝統・歴史・文化の中心は、東京ではなく、京都であり、同様に、経済の中心は隣接する都市・大阪であって、大阪の近郊には神戸港があります」。リュエランは、自身の学術調査のためにこの地域を訪れてみると、「すかさず当地の親仏家たちから働きかけを受けました」。とりわけ、大学でフランス語を講じる教員たちは、「東京に日仏会館が設立されたのを目の当たりにし、嫉妬を覚えずにいられなかったのです」。ところで、クローデルが抜け目なく記憶喚起を行うとおり、関西の親仏家たちが提案したフランス語夏期講座の計画は、日仏会館創設に当たってのミッションのひとつに重なるものだった。すなわち、諸大学機関におけるフランス語教育の体制を、研究員の協力によって強化する、というミッションである。その上さらに、稲畑に焚きつけられて集まった公的・私的資金の目の飛び出るような金額によって、事の成り行きが完全に変わった。二万円の目標にたいして、すでに一〇万円が集まったが、それでもまだ寄附の申し出が絶えない。翻って三年前、日仏会館のために寄附を募ったときには、この金額の半分に「到達するのがやっと」だっ

**図 1**　栃木県・中禅寺湖畔に立つフランス大使館別荘。DR.

**図2**　ポール・クローデル作『舞踊詩劇 女と影』, 2 カ国語オリジナル版の口絵（第一稿,『女性』, 1923 年 3 月）。

**図 3**　日本工業倶楽部で催された日仏会館の開館式（1924 年 12 月 14 日）。前列左端に座っている人物がクローデル。その右隣に閑院宮，通路を挟んでさらに左から右へ，岡田良平文相，幣原喜重郎外相，加藤高明首相。日仏会館所蔵。

**図 4**　日仏会館の初代建物として使用された，東京・赤坂山王台に立つ実業家・村井吉兵衛の別邸。会館は 1925 年末から 28 年までこの建物にあった。その後, 建物は解体され，そっくり御茶の水の地に移築されて，1958 年までそこに留まる。写真は日仏会館所蔵。

**図5**　九条山の関西日仏学館（1927年）。アンスティチュ・フランセ関西所蔵。

**図 6**　九条山の関西日仏学館。アンスティチュ・フランセ関西所蔵。

**図 7**　九条山の学館のポーチから望む京都のパノラマ。アンスティチュ・フランセ関西所蔵。

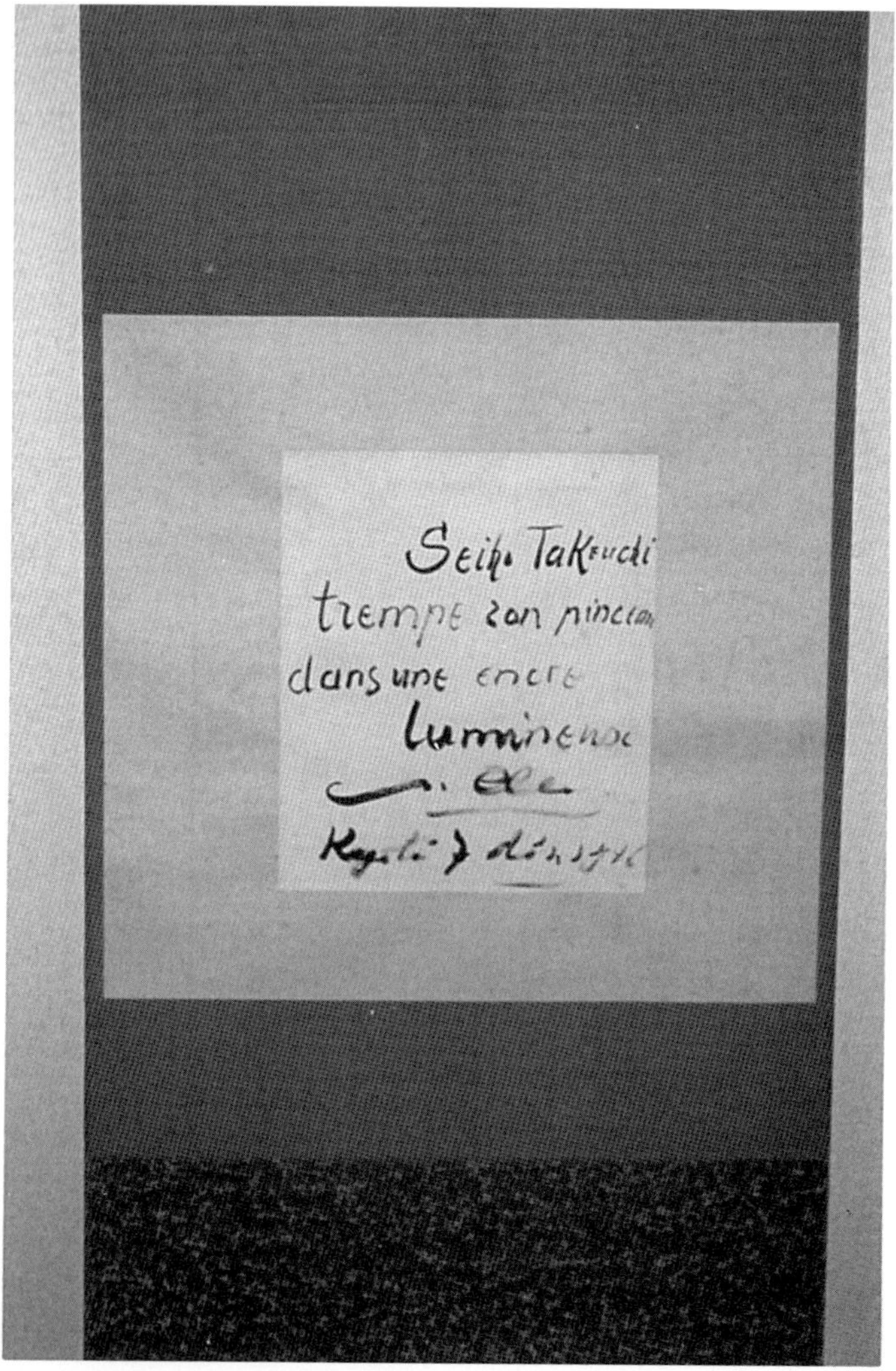


**図 8** 「竹内栖鳳が／筆を浸す／墨は／光に満ちている／P・クローデル／京都，1926 年 12 月 7 日」。ポール・クローデルによる詩と筆書。DR.

**図 9**　アンスティチュ・フランセ関西として現存する関西日仏学館新館（京都・吉田）。竣工時の公式写真（1936 年）。アンスティチュ・フランセ関西所蔵。

**図 10**　御茶ノ水の敷地に再建された日仏会館。竣工時の公式写真（1960 年）。日仏会館所蔵。

**図 11**　ヴィラ九条山建築計画の初期プランである「九条山日仏レジデンス」の模型（1986 年）。DR.

図12　ヴィラ九条山の下部斜面を補強するコンクリート網。1991年撮影。DR.

**図13**　ヴィラ九条山（関西日仏交流会館）開館記念行事プログラムの表紙（1992年11月5日）。冊子は2カ国語表記。地に使われた模様は，クロード・ドビュッシー作《月光謁見のテラス》を友禅染の技術で造形的に解釈した伊砂利彦の屏風絵（作者よりヴィラに寄贈された作品）の部分。ヴィラ九条山所蔵。

**図 14**　ヴィラ九条山のテラスに設置されたオリヴィエ・ドゥブレの壁状陶器。作者より寄贈（1992 年）。DR.

**図 15**　ヴィラ九条山（1992 年竣工）。2017 年撮影。ヴィラ九条山所蔵。

**図 16**　東京・恵比寿に移転した日仏会館の現在の建物（1995 年竣工）。2018 年撮影。DR.

た。関西でこれだけの資金が集まった以上、主だった寄附者たち――「これは大阪の実業家たちです」――は、「常設機関の設立」を目指すことが必然であると考えるようになったのである。

たしかに、と、この点についての自らの立場の弱さ――それはたんに手続き上の問題に留まらない――を承知している大使は、自分の非を認めて続ける。「こうした動向を見守りながら、その各段階で大臣閣下にお詫りするのを怠ってきたことについては、お詫び申し上げます。しかし、そのような手順を踏んでいたのでは、何ごとも起きなかったにちがいありません。と申すのも、日本ではいっさいが信頼関係と個人的な友情にかかってくるからです。人々は私を信頼し、私を喜ばせようとしてくれたのです。」実際、クローデルが「駐米大使に任命され、そのときは差し迫った〔と本人には思われていた〕離日[42]」の報せを受けてはじめて、「日本の友人たち」は「事を早め、フランス政府とその代表者を完全に信頼することを表明するという目的をもった執行体制の上に、新たな機関を打ち立てることで、大使に喜んでもらえるもの」と思うに至ったのだろう。「私がただ待ちの状態に留まっていたら、つまりフランスの利益に適うこの飛躍をその場で捉えていなかったら、何ごとも起きなかったでありましょう。」

「大阪の寄附者たちの要望が〔クローデルに〕明かされたその日のうちに」、クローデルがシルヴァン・レヴィと交わした会話から察するに、どうやら「当初の構想の変更」（夏期大学から常設機関への移行）こそが、新施設はレヴィが責任者となった東京の施設の「分身となり、競争相手となる」という懸念をもたらし、レヴィの強い反対を引き起こしたらしい。「私は彼にこう言い聞かせなければなりませんでした」と、クローデルは続ける。「そんなことはありません、二つの機関はその原則においてと同様、地理的所在についても、財務規程の面でも、切り離されるのです、若い研究者が日本の文物についての高度な知識を身につける高等研究院の研修所と、フランス語を普及させ、若者をフランス的な考え方に入門させることを主眼とする施設のあいだには、いかなる関係もありません、と。東京の会館と京都の学館のあいだに関係がないのは、コレージュ・ド・フランスとどこそこの自治体の中学校のあいだに関係がないのと同じです、と。地理的には、東京と京都は汽車で一二時間の距離で隔てられており、敵対するとはいわないまでも、完全に異なる知的中心地を構成しています。精神風土の面でも、現在の首都に牛耳られる関東地方と、神戸・大阪・京都の三大都市を擁する関西地方のあいだには、つねにライバル関係が——嫉妬や敵対心が、とは申しませんが——存在してきました。後者の地方にも甚だ多く見いだされる親仏家たちは、しかし日仏会館設立のために一文も投じてはくれませんでした。反対に、彼らがリュエラン氏の呼びかけにいかに熱烈に応じてくれたかは、ご覧のとおりです。彼らが口を揃えて訴えるのは、新学館を東京からきっぱりと切り離し、東京にたいしていかなる従属関係ももたぬようにしてほしいという断固たる要望でした。それが、彼らが協力してくれる本質的な条件なのです。」

クローデルの言を信じるなら、シルヴァン・レヴィは以上のような証明を前に、「事の自明さに屈する」しかなかったという。だからこそ、「レヴィ氏自身がその無意味さをお認めになったものと私には思われた議論が、頂戴した公電で蒸し返されたのを見て」驚いたのです——と、本省の役人を相手に、大使はやんわりと当てこする。「またしても、私がご本人と交わした最近の会話のなかで[43]」(おそらくはいささか派手な「会話」だったのだろう、ポール・ドミエヴィルによれば「会館全体がまるで地震のときのように揺れた[44]」というのだから)、学者は――これでもまだオブラートに包んだ言い方だ――「疑いなき事実を前に頭を垂れる[45]」しかなかったのである。

同じ白旗を、おそらくはやむなく、クローデルと対話するパリの役人たちも上げた。クローデルは、この公信を送った同日、さらに同様の内容の公電を送り、そのなかで、よもや自分が「面目を失う」ことを求められるはずはありますまい、と駄目を押していた。パリの執筆者は、一月一四日付の公電で、伝えられた状況に鑑みるに、大使が表明した意見に与せざるをえないが、「ただ、ここまではっきりとした情報をもっと早くに知らせてもらえなかったことは遺憾」であると応じた。

同じ執筆者は続ける。「我が国の知的活動の第二の拠点を京都に設立するとともに、日本人の目に新学館の独立性を印象づけることの意義は、当方も認識するところなり。然るに、我が国とすれば、日本における我が国の大学事業が増えつつあるこの機に、これら諸事業間の結束と協働を請け合わねばならぬ。

貴殿には、この精神のもと、東京と京都の両機関の関係を組み立てる手段を、シルヴァン・レヴィ氏と共に検討されたし。日仏会館の長に、我が国はつねに卓越した学者ないし大学人を登用すべく努めるものであり、その人物は、日本滞在中、フランスの高等文化の最もふさわしい代表者となろう。この一事をもってしても、将来の京都の館長が担うべき協調の可能性と諸義務とを規定すべき所以となりうる。

この方向で満足のゆく措置がとられるまで、当面はリュエラン氏が、現下の待遇のまま、館長としての職務を果たすものとする。」

＊

この一九二七年一月一四日、新たな駐米大使に指名されて間もないクローデルは、本来であれば数日後に、新たな任地に向かうはずだった（当初の離日予定は一月二二日だった）。ところが、一二月の半ば、長く病床にあった今上天皇の容体が急変していた。生後まもなく髄膜炎を患った天皇は、そもそも重い障害をもつ病者としての生活しか知らぬまま、クローデルの赴任後間もない時期に、自らが担うべき務めを皇太子裕仁親王の手に委ねなければならなかった。天皇が崩御したのはクリスマスの日であり、「伝統的な儀礼の観点」からして、葬儀の際に共和国を代表するのはクローデルのほうが「その後継者より適任」[46]であるとするフランス外務相の判断により、クローデルは、崩御後「どれほど早くとも五〇日以内」[47]には――すなわち、死者の魂がそれを包んでいた肉体にまとわり続けると日本でみなされる期間が明けるまでは――執り行われる見込みがない大喪の日まで、離日を延期することを求められたのだった。特別な信任状を受け取り、こうして「嘉仁陛下ご葬儀のための特派大使」[48]に任命されたクローデルは、日本で最も寒い時期にあたる、二月七日から八日にかけての凍てつくような夜、新宿御苑内に設えられた「葬場殿」内で、古代から受け継がれた儀式のさまざまな行程がすべて終了するまで、四時間近くにわたり、ひたすらストイックに忍耐することを余儀なくされる。「クローデル大使の印象記」を読者に届けようと躍起になっていた朝日新聞から、おそらく事前に依頼を受けていたクローデルは、早くも二月九日、彼の目に映った「帝の葬儀」を、翻訳で同紙に発表した（フランス語の原文は三月末に『イリュストラシオン』誌に掲載された）。皇室の御誄《おんるい》が長々と読み上げられるあいだ、外套を脱ぐことを――外交団の他の参列者同様――容赦なく求められ（「私は死んだも同然で、手足をブルブル震わせていた」[49]と、『日記』には吐露されている）、クローデルは日光での講演[50]の記憶を甦らせる。いまにして思えば、日本という国を自分なりに理解していくうえで、決定的なステップとなった講演だ。そうして、自らの考えを次のように明確化する必要を感じた。「清らかさと寒さ、それが私に残る強い印象である。

私はかつて日本魂に對する研究を書いたが、結局敬けんの一語につきると考へた、思へば更に清浄の美徳を加ふべきであった、これこそは神道精神の源で、かくも美しい徳性はどこの國民にも見出すことの出來ないものである。死そのものまでが崇高な浄めと思はれてゐる。さう思へば帝をさめまゐらするに、凍る冬の夜にまさる御衣とてはない、大地は雪にとざされ大空は星影に輝いて居る。[51]」

天皇の亡骸が皇居から新宿へ運ばれていく道々に集まった「二百万人」もの人々が、ひとり残らず亡き主上と一体化するという、自らの胸に刻まれた印象に魅了され、クローデルは、おそらくここでも事前に受けた注文に応えて、次のような「句」を詠んだ。それが五つの行に区切られているのは、明らかに、和歌の三一文字、五七五七七のリズムで翻訳されることが意図されていたからだ。

すめらぎは
神去りましぬ
国民の
玉垣つくる
白雪の道
P・クローデル
東京、一九二七年二月八日

このような日本語訳で、実際、二月九日の報知新聞紙面に、クローデルの句は掲載された[52]。その上の欄には、扇型に切り取られた和紙にクローデル自身の手で筆書きされた「クローデル大使の哀詩」の実物の写真が添えられている。

朝日新聞（および『イリュストラシオン』誌）の記事は、こう結ばれる。「これが日本に対する私の最後の印象である、これにもまして美しく崇高な印象とてはないであらう[53]。」

この二月九日は、ちょうど、不動産開発業者・日本住宅株式会社が「洛東無比の絶好住宅地[54]」と広告にうたう分譲地の入り口に、日仏文化協会が新学館建設のための用地を購入する日に当たっていた。その分譲地とは、足下に広がる市街の東端から、鋭いヘアピン・カーブを切りつつ登らねばならない急な勾配の頂に設けられた三〇ほどの区画だった。どうやら、この土地が外国の文化センターの建設に適していると納得しきってはいなかったらしいクローデルの『日記』には、「京都と琵琶湖に挟まれた峠[55]」と記されているが、それはさすがに言い過ぎだ。いずれにせよ、学館が所蔵する資料には、クローデルが署名した売買契約書が残されており、そこにはさらに、稲畑勝太郎の名代を務める息子・太郎、オーシュコルヌ、リュエラン、松岡、湯川といった、いまや私たちがよく知る面々の署名も添えられている。日仏文化協会が購入した二区画分の土地は、二五〇〇平米の広さで、その金額は二万二千円だった。早くもその翌日、クローデルはパリに売買の成立を知らせ、一月一四日の公電で本省が示した「東京と京都の二つの日仏機関の関係を組み立て規定すべし」という懸念に応えるべく、「両施設が緊密に連携すべきであることを、リュエラン氏は重々理解致しました」と請け合っている。その結果、クローデルがパリに願い出たのは、リュエランを任期五年の館長に任命することであり、それは「館長が長期間在任することを甚だ重視する日仏文化協会理事会および会員総会の要望に適う[56]」ことでもあった。これはまたしても、シルヴァン・レヴィへの当てつけだった。日仏会館館長としての彼の任期は原則一年間とされており、実際にも、レヴィが館長に留まるのはわずか一八カ月余りとなるだろう。二月一六日、クローデルは、学館設立に寄与した篤志家たちの叙勲を提案する。添付された公信に曰く、「学館の土地は購入され、間もなく建設工事が始まります。寄附者たちは、学館理事会の長を駐日大使が担うことに同意しておりますゆえ、学館の指導体制が明確にフランス側に委ねられることはまちがいないことを、申し添えます」。

その翌日、クローデルはかくも愛した日本を後にし、二度と戻ることはなかった。「東京の会館が求めていた補完施設」を「南部の重要な知的・経済的中心地(57)」に設立するという案件を、退任の時刻ギリギリまで見守ったのちの離日だった。

*

三月一四日、日仏会館と日仏協会は合同で、妻子を伴って京都の学館建設の監督に赴くリュエランの歓送昼食会を催した。若き地理学者から出席を求められた代理大使ジャンティは、そんな話は聞いていないとシルヴァン・レヴィが自分に知らせてきたところを見ると、レヴィはおそらく出席を断るだろうと伝えた。するとリュエランは、「昼食会を企画した」のは、日本側事務所の代表として「会館を取り仕切る木島氏であり」、日仏会館の「定款」によれば、「シルヴァン・レヴィ氏の承認は必要ありません」と冷淡に答えたという。一方、リュエランはこの代理大使にひたすら会食への出席を請い（リュエランは「懇願した」、とジャンティは記している）、「貴殿がフランスの代表として、その理事長におなりになるべき京都の学館の創設を、貴殿ご自身がお見捨てになるという印象を日本人たちに与えない」ためにそうしてほしいと説明した。ジャンティは、昼食会への出席をしぶしぶ承諾したものの、式辞を述べるのは断った。

一六日の公信で、代理大使はこうコメントしている。「この些細な出来事は、日仏学館の定款によりシルヴァン・レヴィ氏の置かれた立場がいかに困難なものであるかを証明しています。原則では、いっさいが日本側理事会によって取り決められるとされ、実際にも木島氏がいっさいを決定し、指揮しております。フランス人ディレクターには「館長」という肩書きすら認められていないゆえ、その立場はありえないものになってしまったのです。」

昼食会が開かれた一四日のうちに(「リュエラン氏は本日、会館を離れ、京都に向かいました」)、シルヴァン・レヴィはこの件を外務省対外事業部に知らせていた。事業部のほうでは、起きるべくして起きたこの泥仕合の成り行きを、おそらくうんざりした気分で、見守っていた。レヴィが我を忘れて拘泥していたのは、「我々の日仏会館を害するおそれのある事業の公式化を離任前に確かなものにしようと、我が国の大使があれほどの執拗さで尽力するに至った、一般政策上の理由」だった。おそらく「それと同じ次元の諸考察のために、我が国の大使はまた、日本側からの資金供与がかくも乏しい我々の会館が、なおも大いに必要としている協力を、京都の事業のために、ほかならぬ東京のなかに、求めようと心に決められたのでしょう。それがいかなる理由であるのか、私には残念ながら見破る力がありませんので、私はここで姿を消し、より慧眼な、ないしより柔軟な、精神の持ち主に、我々の事業の指導を託そうと、これまでにないほど強く意を固めております。

［……］幸いにも、これらの不一致は、会館内部の生活にはいささかも影響を及ぼしませんでしたので、パリのみなさまにおかれましては、その点についてはどうぞゆめにもお疑いをもたれませぬよう。人間関係はたいへん良好なままであり、私の周りでなされる打ち明け話が、我が国の大使と会館ディレクターのあいだに不和が生じたという秘密を日本人協力者たちに知らしめるようなことは、ついぞありませんでした[58]」。

学館の建設は、藤田男爵の提案により、建設業界大手・大林組に委託された。工事は五月に、斜面を平らにならす作業から始まり、八月まで続く予定だった。木々の生い茂る丘陵地に拓かれた平地にぽんと置かれたように見える、延べ床面積七二〇平米に及ぶ建物本体は、洋風の木造建築だった（**図5・6**）。特徴的な建物とはいえないものの、そこからは、クローデルの後任ロベール・ド・ビイ大使が六月末に工事現場を訪れた際の印象によれば、当時はまだ手つかずだった京都の街並みの「すばらしい眺め[59]」が得られた（**図7**）。本館のほうは、一階に事務室、応接スペース、図書室が設えられ、二階は館長の住居と短期滞在の客人・講演者用の宿泊室とに分かれていた。北側に延びる別館には、それぞれ三〇人ほどの生徒を収容できる三つの教室があり、折り畳み式の間仕切りで区切られていた。教室の机や椅子を取り払うと、リュエランが一九三二年の報告書に記しているように、「二五〇人をゆったり立たせておく[60]」ことすらできたという（一九二九年のある演奏会の日には、三五〇人もの聴衆が訪れたと、リュエランは誇らしげに語っているが、この時代の京都には西洋風の文化施設が無きに等しかったことを思えば、これが学館の強みであったことは否定しがたい)。

一一月五日の開館式にて、各界から集まった二〇〇人の出席者が見守るなか、記念のスピーチを行うのは、もちろんロベール・ド・ビイの役目だった。学館の施設そのものは、すでに一〇月二二日に開業しており、ベルトロ兄弟のひとり(今回は、哲学者であるルネだった)がこの機会に学館を訪れ、その年ちょうど生誕百年が盛大に祝われていた共和国の誇り、父マルセラン・ベルトロ[61]について講演した。クローデルが日本を去ったのちも、この詩人大使の強い意志のおかげで誕生したといっても過言ではない一施設のオープニングが、ベルトロ家の一員の演説で飾られたのは、意味のないことではないのである。

稲畑勝太郎による土地の選択、すなわち、京都を見下ろすバルコニーのような場所で、それゆえ市の中心部に位置する学生街から離れていることは否めない九条山という土地の選択が、理に適ったものであったかどうかは、定かではない。オーシュコルヌ領事が証言するとおり、「九条山の用地を自ら訪れた」クローデルは、新施設の館長となることが見込まれていた「リュエラン氏が自身の住宅を建てるためにその土地を選択することには反対しないが、計画中の学館を建設するには文教地区に敷地を借りたほうがよいという意見でした。しかし、この示唆は受け入れられませんでした」[1]。

計画を主導した――それがいかに絶えざる摩擦を引き起こしたのかは、前章に見たとおりだ――リュエランには、貧をもって美徳とする傾向があり、学館がどちらかというと隔絶された場所にあるのも、落ち着いた環境を生み出す条件であるとともに、彼に言わせれば、そこに足を運ぶだけのモティヴェーションをもつ学生たちの学びが、それだけ真剣になることの証にほかならなかった。ところが、リュエランの臨時の後任となる日本学者ジョルジュ・ボノーの意見は、このかぎりではなく、一九三二年に館長をボノーから引き継いだルイ・マルシャンの考えは、リュエランのそれとさらに相容れないものだった。一九三七年に編まれた『関西日仏学館新館』のなかで追懐するように、マルシャンは「着任早々、学館の所在地が呈する数々の不便さを思い知らされた。眺望はたしかにすばらしい。しかし、市内の大学街から遠く、アクセスしにくいうえ、階段やら坂やらを登らねばならないという条件が合わさって、学生たちが近寄らなくなっているように見えた(2)」。

マルシャンは、外国語としてのフランス語教育の理論家として歴史に名を残すほどの人物で、彼の書いた教本『初等フランス語教科書――デュポン一家』(一九二〇)は、第二言語としてフランス語を学ぶ人々に、何世代にもわたって用いられた。ドイツ語の高等教育教授資格保持者であったマルシャンがこの教科書の構想を練ったのは、じつは、半世紀間のドイツ支配ののちにフランスに返還されたアルザス・ロレーヌ地方でのフランス語教育のためだった。つまり、『デュポン一家』はもともと、ドイツ語話者に第二言語としてのフランス語を教えることを目的とした教科書であり、語学学習におけるダイレクト・メソッド、すなわち、子供が母語を身につける過程の観察にもとづく外国語への自然なアプローチをヒントに、自由に着想したものだった。一九二三年から二五年にかけて、外務省から大阪外国語学校に派遣されたマルシャンは、ちょうど「西日本の諸都市を視察」中だったクローデルの目の前で、その名教師ぶりを実演してみせることになった。クローデル大使は、任務報告書のなかで、この「卓抜なる教師」への讃辞を惜しまなかった。曰く、マルシャンの「導入した瞠目すべき方法について、こう申し上げても過言ではありません、すなわち、それは生きた言語の教育に革命をもたらす性質のものであるように私にはみえます、と。私は専門家ではないゆえ、「デュポン一家」と呼ばれる教科書がいかなる価値をもつのかについて断定することはできません。［……］私に申せるのは、我々の国語の学習を始めて僅か七カ月しかたたない若者たちと、むずかしい主題についてフランス語で会話を行うことができたことです。これは見事な成果と申すほかありません。もうひとつ、私が驚いたのは、生徒が教師と共同作業を行うようたえず促されるこれらの授業の活気、生き生きとした様子です。それは、私がルイ＝ル＝グラン高等学校でかつて受けたドイツ語の授業とは大違いです。あそこでは、『ヘルマンとドロテーア』の解釈を二時間もさせられてうんざりし、私はすっかりゲーテ嫌いになってしまったのです！」[3]

というわけで、外国語としてのフランス語教育のこの大御所が、フランスへの一時帰国を経て――この帰国中、マルシャンはさらに一年間（一九二七―二八）米国の大学に派遣されている――、一九三二年四月一日、関西日仏学館の館長に就任する。九条山という場所が学館の発展には不向きであると早々に結論を下したマルシャンは、授業用の分館を建てられる土地探しに乗り出し、その結果、京都大学の玄関といってもよい場所に、取得可能な用地を見いだす。そこは日本の文部省が所有する土地だった。マルシャンは、一〇月二八日の手紙で稲畑に事情を伝え、このメセナの了解を取り付けると、早くも一九三三年一月一六日の日仏文化協会理事会会合にて、自らの計画を提示するに至る。このとき帰仏中だった大使に代わって会合の議長を務めた代理大使は、外務大臣に宛てた報告書のなかで、当時の状況をこう説明している。「学館に分館を新設する計画書を、マルシャン氏が理事会で読み上げました。それによると、分館は京都帝国大学の近傍に建てられるとのことでした。この計画の実現は、すでにマルシャン氏の前任者(4)と大使館自体によって目指され、外務省対外事業部もボノー氏から非公式に相談を受けていましたが、学館の授業の場を京都市の中心部に移転させることで、ひどく足の便の悪い地域に置かれている学館に目下通学している人数よりも多くの受講生を惹きつけるという利点がございます。[……]我々が分館を建設できる見込みのある唯一の用地に日独学館を設立しようと、ドイツ大使館が用地取得に向けた活発な働きかけを試みたところをみますと、事態は急を要する性格を帯びつつあります。マルシャン氏のほうも、貴族院議員稲畑氏の支持を得て、日本の当局に接近し、日本側も問題の土地の一部を、無償で、学館に提供することに吝《やぶさ》かでないように思われます。[……]我々の学館にかくも有利な場所を、この土地の寄贈というかたちで、獲得できる好機を逸してはならぬものと、私は思料致します。閣下にご異存がなければ、私は日本の文部大臣に個人的に働きかけ、学館理事会の取り組みを補佐して参る所存です(5)。」

その「働きかけ」は、一九三三年七月、この間に任務に復帰していた大使自らの手で行われ、日本の文部省は、おそらく仏独両政府から同時に要請を受けたせいで、若干ことを長引かせたものの、最終的に、求められている土地をおよそ二〇〇〇平米ずつ厳密に二等分し、両国に無償で貸与する決定を下す。もっとも、日仏文化協会は、はっきりとは定められていないものの、どうやら一〇年を越えない範囲の、将来のある時点までに、フランス側に与えられたこの半分の土地を購入することを誓約しなければならなかった（実際には、土地の購入は、フランス政府によって一九五〇年代末になされることになる）。

土地の問題が解決を見ても、まだ建物の建設というハードルが残っていた。関西財界の太っ腹に頼ってからほんの五、六年しかたたないというのに、もう一度同じプロセスを踏もうとするのは、おそらく自明のことではなかった。学生層をもっと取り込む必要があるという状況は、学館を「山のてっぺんに[6]」建てようとした稲畑の判断ミスを浮き彫りにするだけに、なおさらそうだった。慎重を期して、マルシャンが最初に提案したのは、複数の建物を順次建設してゆくことにし、最初は「我々の事業をもっと大きく発展させる準備が整うまでのあいだ使用できればよい木造家屋の建設[7]」から手を付けるというアイデアだった。そもそも、マルシャン本人の意向がどうであれ、日本の実業家たちがあれほど気前よく建設費を負担してくれた九条山の建物を放棄するという選択肢はありえなかった。それゆえ、吉田地区に移転させるのは、教育活動のみでなくてはならない。研究および文化普及のセンターや、スタッフが寝泊まりする宿舎は、九条山に残されるものとみなされた。こうして、マルシャンは慎ましい新学舎の建設費を三万円と見積もったが、やはりその三分の二は再び寄附で賄わざるをえない状況だった。

ところが、ドイツ人たちの登場により、どうやら事態は一変したようだ。一九三四年四月一〇日、マルシャン館長は日仏文化協会理事会にこう伝える――今後、「我々がもはや京都で唯一のインスティテュートでなくなることは［……］確実です。我々には隣人ができるのであり、仏独の施設が比較されるのを意に介さぬことはできません。新学館があまりに見劣りするようなことになれば、我々の事業に瑕がつくことは免れますまい(8)」。

第一次大戦後間もなく、ドイツの政権がまだワイマール政府によって担われていた当時でさえ、クローデルの駐日ミッションは、先に見たように、フランスの「競争相手」となった「旧敵(9)」の以前と変わらぬ文化的優越を打ち負かすことにあった。いまやヒトラーが政権を奪い、一九三四年一一月に京都にオープンしたドイツ文化研究所(10)の初代館長を務める名高い日本研究者ハンス・エッカートが、前年にナチ党に入党していた事実を、フランス側はどんな気分で見守っていたことだろう。

複数の建物を漸次建設していくが、当座は木造の慎ましい建築からスタートするという当初の計画は、こうしてあっさり放棄され、鉄筋コンクリート製の単一の建物を建設する案に変更された。宿敵ドイツの手で造られた施設に向き合うことになるこの建物は、「世界にフランスが占める座」を例証するという明示的なプロパガンダ任務を果たすことになるだろう。というのも、この世界のなかで、フランスは「人類愛、連帯、普遍的友愛といった心情」を際立たせるのであり、実際、フランスは「肌の色や人種にかかわる偏見(11)」に無縁であるのだから。

それゆえ、新たに造られる建物は、美しければ美しいほどよい、ということになる。その建物の建設に、稲畑は、仏独間の競合に矢も盾もたまらなくなったのだろう、およそ一〇年前よりもなお――ほとんどありえないことだが――いっそう乗り気になって協力し、一九三四年一一月、パリの外務省対外事業部部長に「我々の分館は、すでに存在している隣の建物よりもっと立派な建物になると確信しています[12]」と請け合う一方、新たな計画に必要であると判断される資金二〇万円の八割を集めることに成功する。日本の二つの建築事務所に設計案を求めた結果、最終的に日仏文化協会理事会の選を勝ち取ったのは、オーギュスト・ペレの弟子レイモン・メストラレのプロジェクトだった。理事会の面々が望んだのは、「見た目という点で、パリ国際大学都市の「薩摩館[13]」と対になるような建物が、京都の文教地区に出来る」ことだった。「ご存知のとおり、薩摩館といえば、その見るからに日本的なスタイルのゆえに、フランスの首都で好奇の眼差しを注がれており[14]」、京都の学館の建物には、それゆえ、フランス古典主義の華やぎを際立たせることが求められたのである。実際、オーシュコルヌ領事によれば、学館の新たな建物は、そのファサードによって見事にそれを実現するに至る。領事の目に、このファサードは「充と空の幸福なバランスによって、また、地面からコーニスまで伸びる長い円柱の数々によって、きわめて優雅[15]」であると映った。加えて、フランスの行政が内装の面でとくに力を入れたのは、マルシャンの言葉を借りれば、学館を「教育機関というだけでなく、さらに美の集積地、つまり、建築、絵画、版画、家具から成る、これまで日本でも、極東全体でも見たことのないようなフランス美術の常設展示[16]」にすることだった。しかし、追って見るように、第二次世界大戦の最後の数カ月に起きる装飾品や調度品の略奪と消失によって、不幸にも、学館内のこのような美観は取りかえしのつかない瑕《きず》を被ることになる。

いずれにせよ、こうして、建物にかかわる文書から「分館」の文字が消える。関西日仏学館とその諸機能の総体（教育、文化普及、各種レセプション、館長の宿舎）が吉田に移転することになったのである。一方、九条山の古い建物は、これ以後半世紀にもわたり、容赦なく放置されることになる。

着工は一九三五年六月。工事はほぼ一年にわたって続いた。一九三七年パリ万博でのナチス館とソ連館の睨み合いは、西洋近代の記憶の構造化をもたらした。それに一年先駆けて、二つのインスティテュートが闘鶏よろしく互いに威嚇しあう物珍しいスペクタクルを前に、京都の人々がまったく同じ反応を示したと教えられるのは、なんとも皮肉が利いている。一九三六年一月一六日の大阪毎日新聞に写真入りで掲載された記事を読むと、そのことがよく分かる。

◇黒と白、犬と猿、およそ相對立する二つのものをとり上げる場合、ドイツとフランスの兩國は文句なしに對立させられるコントラストであらう

◇一はハーケンクロイツの旛の下ナチ一色のファッショ王國、一は今日なほ自由《リベルテ》が守り本尊の國、その獨佛兩國の文化研究所がわが大學街に肩をならべて建てられることは何といっても愉快なコントラストに違ひない

◇ドイツ文化のほうは一昨年十一月竣工以來大いに活躍してゐるが日佛學館は昨夏着工、今春

三月末までに完成の豫定、建物もまたドイツ文化が簡素で直截なドイツふうなのに對し日佛學館は豪華でやはらかいフランス風
◇この二つの建物を隔てる京大官舎へ通ずる小路はいまに〝アルサスの小徑〟などとよばれるとで《〔ママ〕》せう(17)

「新学館」は、一九三六年五月二七日、皇族で陸軍幹部（のち陸軍大将）であった東久邇宮稔彦王の臨席のもと、開館した。東久邇宮といえば、一九二〇年代初頭から六年間にわたりサン＝シールの陸軍士官学校に、次いで政治学高等専門学校(18)に留学し、なかなか派手な私生活でパリの人々の噂の的になった人物だ。オーシュコルヌは、「東久邇宮の臨席は［……］滅多に与ることのできぬ名誉であり、新学館を直ちにきわめて高貴な守護のもとに置くものです(19)」と述べている。外務省対外事業部の部長だった経歴をもつフェルナン・ピラ大使は、その演説のなかで単刀直入に、篤志家たちの気前よさにまたしても頼らなければならなかった理由を明らかにした。「関西日仏学館は、そこに辿り着くまでが時に一苦労だった山の上からとうとう下りて、勤勉な受講生のみなさんとお近づきになるべく、平地の、かのすばらしき京都帝国大学の間近に校舎を構えました。帝国大学のお隣になることで、その庇護を求めるかのごとくです(20)。」新しい建物は、堂々たる外観（**図9**）に加えて、その大きさ（延べ床面積一四〇〇平米は、九条山の建物のじつに二倍に及ぶ）と、空間の合理的な配分とによって、施設の活用の可能性を大幅に増やした。実際、そこには、一〇室ほどの

教室――そのうち二室は生徒の「蓄音機を用いた発音練習[21]」専用とされた――のほかに、アカデミー・ジュリアンでジャン＝ポール・ロランスに師事した鹿子木孟郎画伯の授業が行われる「絵画彫塑室[22]」、常設の美術展覧室、さらには、メセナの中心人物に敬意を表して「稲畑ホール」と命名された講堂兼コンサート・ホールが、完備されており、とりわけこの稲畑ホールは、たちまち、地域の様々な芸術団体が猛然と利用し合う文化施設になっていく。自らもアマチュアの音楽家であったマルシャンが、一九三七年三月、「日仏音楽協会」を設立すると、この組織は瞬く間に数百人の会員を数え、プレイエル製の上質なコンサート・ピアノが登場することもある稲畑ホールでの音楽イベントは、当初から目を見張るような催しとなった。その様子は、偉大なラヴェル演奏家アンリ・ジル＝マルシェックスが一九三七年に行った四つの「音楽講演会」――「一六世紀から二〇世紀のヨーロッパの舞踊音楽」（六月二四日）、「ショパン」（一〇月三〇日）、「ドビュッシーにおける異邦の影響」（一一月一三日）、「象徴主義時代の音楽生活」（一一月二三日[23]）――からも推し測ることができる[24]。ラヴェル作曲『ツィガーヌ』初演時にピアノ・パートを務めたことでも知られるこの名高い演奏家は、一九二五年秋に東京と地方で行われた三〇回ほどのリサイタル――それらは広くフランス近代音楽に捧げられ、プーランクやダリウス・ミヨー、アルベール・ルーセル、ジャック・イベールらの作品にまで及んだ――によって、当時の在横浜フランス領事イヴ・メリック・ド・ベルフォンによると、それまで津々浦々ドイツ音楽の影響下にあった日本に「一種の音楽革命[25]」を巻き起こしたのだという。こうして、ついに――もちろん、それこそが学館移転の主たる目的だったわけだが――受講生の数は一気に三倍に跳ね上がった。といっても、それはたんに、マルシャンが冗談めかして書いているように、「マホメットがなかなか山のほうに来てくれないので、山をマホメットのほうに動かした(26)」からというだけでなく、新学館が市街地の中心部、それも大学街の真ん中に造られた結果、夜道の通学距離が長くなるため九条山では断念しなければならなかった夜間講座(「佛語夜間講習會」)を開設することができたおかげでもあった。この夜間講座は、あっというまに、学館の教育的取り組みの無視できぬ一部になっていく。

以上のような独特の文脈に、学館における第二次世界大戦という主題が書き込まれることになる。つまり、この文脈が背景にあるからこそ、枢軸国のひとつであり、しかも(一九四〇年九月には)仏領インドシナ北部を占拠するに至った日本において、フランスの文化インスティテュートの堂々たる建物が、建築物としてのその上背から、そしてフランスに残りえた僅かな誇りの高みから、ドイツの建物を、すなわちフランス本土を占領し、傀儡政権を介してフランスを統治している国の建物を、睥睨《へいげい》する、という状況が生まれたのである。ドイツやオーストリア、イタリアでは、一九三九年以降、アンスティチュ・フランセ(あるいはヴィラ・メディチやフランス・ローマ学院)が次々と閉鎖されていくことを思えば、日本はその点で特異な例外だった。東京の日仏会館および京都の日仏学館は、業務を縮小したとはいえ、一九四四―四五年度の学年末(三月三一日)まで、どうにかこうにか機能し続けるのである。たしかに、京都では、倹約のためただちに活動の規模を縮小する必要があり、一九四〇年九月には専門講義の大半を畳み、講師陣の頭数を二二人から一〇人にまで減らさざるをえなかったが、講演会やコンサートの開催頻度は一定程度に保たれた。時局の大きな困難にもかかわらず、フランス政府から定期的な補助を受けていた学館は、インドシナ総督府からの特別給付金を利用して、ある電気専門学校の敷地内に、大阪分校を開校することすらできた。さらに、パール・ハーバーと国民総動員にもかかわらず、受講者数は四五年三月まで適度な水準を保ち続ける一方、一九三九年に定年退職したマルシャンの後を継いだ新館長マルセル・ロベールと、一九三七年にやはり退職した領事アルマン・オーシュコルヌの息子で、学館教員メンバーのひとりだったジャン＝ピエール・オーシュコルヌは、フランス本土から訪れる講演者が途絶えた穴を埋めるべく、講演に講演を重ねた。学館の文化プログラム構成において、知的協働に次ぐ第二の軸であった音楽についても、今日世界で最も音楽好きの国と言われる日本は、この当時すでに西洋音楽の技法をじゅうぶん習得しており、それに付随していまやフランスのレパートリーにも通じていたので、現地の演奏家や歌手を起用した一定レベルのリサイタルやコンサートを、戦時中もずっと続けることができた。

戦時の不自由さは、とにもかくにも、それ自身の掟を課さずにはおかない。マルシャンが「教育機関というだけでなく、さらに美の集積地、フランス美術の常設展示[27]」とすることを望んだ学館の美しいアール・デコ調内装などを、そうした掟が気にかけてくれるはずもない。一九四二年四月一一日、マルセル・ロベールが理事会で報告したところによると、「国防の必要から、鉄格子やランプ、そして広く新館の金属製品すべてを供出するようにと、日本政府から申し入れがあった」[28]という。こうして多くの装飾品を失った新館、すなわち現在の学館の建物は、この取り返しのつかない損壊をその後もけっして元に戻すことができなかった。

一九四四年、パリが解放されると、学館をめぐる政治状況はがらりと一変する。フランスはもはや、ナチ帝国に隷属する国、それゆえ戦争中も比較的手心を加えられ、「学館は引き続き日本政府と最良の関係を維持した」と年次報告書が儀礼的に繰りかえしもする、そうした国ではなく、打ち倒すべき敵になったのである。実際、その手はじめに、一九四五年三月、日本は、それまで戦時の大半の期間、ヴィシー行政の上に胡座《あぐら》をかくというしかたで事実上占領していたインドシナを、いきなり手中に収める。京都では、学館は新年度のはじまる四月に日本政府に接収され、島津製作所が経営する軍事用精密機器工場がこの場所に設置された。といっても、それはたんなる財産没収ではなかった。しかるべき手続きを踏み、借り主が契約期間終了後に建物を原状回復する義務を負うという、学館にとって比較的有利な条件で、一年間貸し出されたのである。その間、ロベールとオーシュコルヌは、たった一台の手押し車を牛に引かせて、吉田新館の家具調度から教材、一万冊にも及ぶ図書館の蔵書まで、九条山に移転させる作業を敢行した。九条山を一度でも訪れ、あの上り坂の最後のほうの急勾配を経験したことのある人には、この二人のフランス人が自分たちに課した試練がいかほどのものであったか察せられるだろう。三月から五月にかけて、二人は毎日二往復（牛の労力に配慮して徒歩で、しかも自分たちも頂上まで荷物を背負って）を欠かさなかった。食料の配給がどんどん覚束なくなるにつれて、その作業がますます過酷になっていったことはいうまでもない。

六月、オーシュコルヌと学館事務局長・宮本正清は特別高等警察に逮捕され、収監されて、暴力的な取り調べを受ける。この収監の理由は明らかではない。もしかすると、国家の安全を脅かす陰謀の中心にこの二人がおり、学館がその陰謀の軸を担っているといった嫌疑がかけられたか、あるいは、プロパガンダ目的で二人をそのような人物に仕立て上げることが目論まれたのかもしれない。独房でも手錠を解かれることがなかったというオーシュコルヌは、一九五六年の文書で、いわゆる共犯者を告発するよう迫られ、食事も与えられず、殴られ、殺すぞと脅されたことを告白しつつ、彼が「拷問者たち」と名指す人々から受けた「虐待や脅迫」[29]に屈しなかったこと、当局が彼に確認するよう求めたいわゆる共謀者のリストを正しいと請け合うのを拒否し続けたことを、誇らしげに語っている。

オーシュコルヌは、一九四五年八月一七日、すなわち終戦の二日後に、衰弱した状態で釈放され、米軍病院で手当を受けた。しかしその後、早くも一〇月一五日には、マルセル・ロベール館長とともに、学館の業務再開に向けて動き出す。当時、建物は惨憺たる状態に置かれていた。「セントラルヒーターの放熱器を除いて、建物の金属部分はことごとく引き剥がされていた。大階段の鉄製ランプも完全に姿を消していた。二つの階段のステップを飾っていた銅製の帯、さらには扉を飾っていた数々の鉄工芸品も同様だった。窓ガラスの半分は消失しているか、もしくは割れてしまっていた。図書館の書架という書架がなくなっていた。床板の一部は剥ぎとられていた。トイレの水洗装置も動かなくなっていた。などなど。[30]」

緊急の修繕に踏み切り、教材と家具調度の引越を以前とは逆方向に、しかし以前よりは整った装備で、行う必要があった。その一方で、九条山はそれ以後再び休眠状態に入った。それは四〇年間続き、フランス外務省当局ですら九条山の存在を忘れかけていたほどだ。ところが、廃墟と化した旧館の危険性を訴える近隣住民のたえざる抗議を受け、一九八一年、この建物は取り壊されるに至る。逆説的にも——追って見るように——このことが九条山を救い、普通ならありえぬようなその再生に道を開くことになった。

吉田では、早くも一九四五年の年末から授業が再開された。それはアメリカ占領軍向けの授業で、当初は学館にて、次いで、学館に暖房が入らなかったため、「セントラル・アーミー・スクール」にて行われた。学館の通常授業も、一九四六年一月一〇日に再開された。建物にはまだ暖房が入らないままだったが、フランス語、フランス文学、ラテン語の授業のみが開講された冬学期に、延べ二四四人に上る受講登録があった。この数字は、翌年四月からの学期には、じつに二倍に跳ね上がる。

戦争が終わると、学館の二つの建物の相次ぐ建設を気前よく、かつ決定的なしかたで支えてくれた一方で、自らの企業が軍と協力関係にあった稲畑勝太郎は、心中穏やかならぬ状態に置かれたらしい。事実、稲畑が起こした染織会社は、日露戦争以来、帝国陸軍制服のカーキ染めにかかわってきたのである。学館所蔵の資料のなかに、一九四六年三月一九日の日付をもつある文書の写しが残されている。書き手の名前が分からないが（おそらくロベール館長だろう）、横浜のフランス総領事に宛てて、「貴族院議員、レジオン・ドヌール勲章グラントフィシエ級、稲畑勝太郎氏」が、「彼がこれまでつねにフランスの忠実な友人であり、我々の関西日仏学館の創設者のひとりでもあった」ことに鑑み、「彼の身に「困難」が生じたときには、総領事のお力にお縋りできたらありがたいと願っている(31)」ことを伝える内容になっている。稲畑自身も、新たに赴任したフランス大使（より正確には、連合軍最高司令官マッカーサーとの連携を図るフランス使節団《ミッション》代表）ペシュコフ将軍に私信をしたため、「フランスにたいして私が抱く愛着の堅固さと重みは一度たりとも揺らいだことがない」ことを伝えておかねばなるまいと、五月三一日付の郵便で述べている。老稲畑はこのとき八四歳だった。彼の身に起こりえた困難が、残り三年に迫った彼の余命に暗い影を落とさなかったことを、願わずにはいられない。

この哀しい時代についての章を閉じるにあたり、私自身の思い出を打ち明けることをお許し願いたい。一九七九年、若き日本研究者だった私は、コレージュ・ド・フランスで催された「日本学」についてのコロックに参加した。フランスで日本の伝統芸能をテーマになされた研究を総括することが、そのコロックでの私の役目であり、実際私が日本に惹きつけられてきたのはこの領域においてだった。クロード・レヴィ＝ストロースや加藤周一といった大御所を前にして、緊張で震えながら発表したのを覚えている。コロックのあと、出席者たちは会場近くのカフェで喉を潤したのだが、私はそこでジャン＝ピエール・オーシュコルヌその人に出会った。彼と顔を合わせたのは、私の人生で後にも先にもそのときだけである。当時、オーシュコルヌは七〇歳前後、引退してモンプリエのほうに居を移したばかりだった。ただちに好感を抱かせる人物であり、すばらしく話し上手で、しかも休みなくいつまでも語り続けた。戦争中の京都の学館について話してくれた彼の言葉は、強く印象に残り、私の記憶にしっかりと刻みつけられた。そのとき彼が作り話をしたとは思えないし、そんなことをしても何の得にもならなかったはずだ。こういう話題で嘘をつく人がいるだろうか。しかもこんな話をでっち上げることができるものだろうか。オーシュコルヌによると、終戦前の何カ月間かを獄中で過ごしたとき、彼ら囚人に与えられたのは一日に一個のおむすびだけだった。同じ憂き目にあった仲間たちは、おむすびが配られるとすぐにそれに飛びつき、次々に栄養不良で亡くなっていった。それにたいして、オーシュコルヌがはっきりと述べたところでは、彼自身が肉体的にも精神的にも生き延びることができたのは、日々の唯一の楽しみを長続きさせようと、自らを責めさいなむ空腹にもかかわらず、強いておむすびのお米を一粒一粒口に運んだからだった。このような精神力には、ただただ頭が下がるばかりである。

# 第四章　ヴィラ九条山

一九八六年夏、すでに東京で長年——吉阪隆正の建築により、ル・コルビュジエ風の建物になった当時の日仏会館で(1)、研究員として歌舞伎についての研究を進めた年月も含めて——過ごした経験があった私は、国外のフランス文化センターを所轄する外務省から、関西日仏学館の館長になることを命じられた。それまで、九条山の敷地について誰かが話すのを耳にしたことは一度たりともなかったと、私は断言できる。そんな敷地のことは、集団的記憶から姿を消してしまっていたのである。これからの一時期、私が責任を託されることになる機関について、自分にいったい何が期待されているのかを確かめようと、外務省《ケー・ドルセ》を訪れてみると、まったく驚いたことに、担当者の口から出てくるのは、ほとんど、私たちの学館の後見を務める二カ国財団が京都盆地を見下ろす丘の上に所有する土地の話ばかりだった。そしてその土地は、関西日仏学館の創設当初の建物の所在地となったあと、同学館が大学街に移転して以来、放置されたままになっているという。おまけに、半世紀ものあいだ使用されなかった建物は、倒壊のおそれがあったため、周辺住民の抗議を受け入れる形で、五年前に取り壊さなければならなかった。(2) 財団（いうまでもなく、日仏文化協会を指す）はこのとき、解体工事を行うための資金を借り入れねばならなかったので、その分の金額を回収すべく、ふさわしいと思われる買い手が見つかり次第、土地を売却するという決断を下していた。するとその思惑通り、あるインターナショナル・スクールが購入に名乗りを上げたため、財団の日本人理事たちは、自分たちに土地売却の意志があることを、在日フランス大使館を通じて、外務省に知らせてきていた。

それにたいして何らかの判断を示さなくてはならなくなった外務省では、この比類なき都市を一望できるバルコニーのような土地を、二束三文で手放すのは馬鹿げているという判断がなされたことはいうまでもない。こうして、前任者の任期満了というまったく行きがかり上の理由で、私にお鉢が回ってくることになった。つまり、私たちのパートナー（財団の日本人理事たち）に売却を断念させるべく、件の土地に芸術家たちのレジデンスを建てるという計画の内容を提案する役目を、関西日仏学館館長という新たな肩書きのゆえに、私が負うはめになったのである。実際、研究施設である日仏会館を東京に、語学教育・文化普及センターである関西日仏学館をほかならぬ京都に、すでに手にしていた私たちにとって、残るは、ヴィラ・メディチ(3)に遠く連なるアーティスト・イン・レジデンスだった。当時、欧米で流行していたものの、日本ではなお未知のコンセプトだったアーティスト・イン・レジデンスは、たしかに京都のような芸術と歴史の街でこそ意味をもつ。さらに、私に与えられたのは、建築にかかわる調査を実現させるとともに、聞きしに勝る威嚇的な注文（且つ、クローデル的操作術の、ここぞとばかりの復活）だが、私たちにはもちろん一文も出せない建物の建設を、地元のメセナに負担してもらう可能性を検討せよ――そうすれば、フランス側はそれを機能させることに責任を持つ――という指示だった。日仏文化協会の内部には、また、より広く関西地方には、私たちの計画を援助しようと気に懸けてくれる富裕な親仏家の日本人がいるはずだから、大船に乗ったつもりでいてくれとも言われた。

私は日付の覚えがいい――私が京都に到着したのは、一九八六年九月二一日だった。雨が降っていた。学館の建物は、時がもたらす荒廃と、戦争による損壊とを、うまく生き延びてきたとはいえないようだった。全体が灰色がかっており――マルローによる美化修復(4)以前のフランスを知る人には覚えのある、あの一律にくすんだ汚らしい灰色だ――、じつのところ、わずかに染みのように目に入る色といえば、屋根を兼ねるテラスからしみ出る雨水を受けるために、廊下の要所要所に置かれた青いポリバケツのそれだけだった。実際に使ってみると、経年変化と湿度によって腐食したコンクリートの塊が、テラスの手すり部分からぼろぼろと剥がれ、一〇メートルほど下の庭に落下してきていることが分かり、私はうろたえることになる。外務省宛に送った最初の公信で、このことが引き起こしうる損害賠償問題について注意を促すと、館長就任のご祝儀よろしく、ただちに許可が下り、利用者の安全に直接かかわる最も緊急な補修を速やかに行うことができた。それにたいして、衛生状態改善および水漏れ防止のための完全な修理や、建物外壁の塗り直しを実施するための経費を獲得するには、三年間にわたって同じ手続きを繰りかえしつつ、外務省に掛け合わねばならず、これらの工事が施されたのは、ようやく一九八九年になってからだった。このとき、母親的な心配りで、学館の建物をアール・デコ調のメゾン・ブランシュという元の外観に戻してくれたのは、半世紀前の工事も請け負った清水建設だった。建物内部については、私に許されたのは部分的な補修だけで、全面的な修繕はさらに一五年後の新たな大規模改修を待たねばならなかった。いうまでもなく、私が匙を投げてからずっと後のことだ。

一九八六年九月二一日、こうして市の中心部の敷地をこの目で見て回ってから、私は盆地の東端に位置する九条山に向かった。九条山の敷地に通じる道路はヘアピン・カーブの上り坂であり、それを目的地の真下まで来ると、右手に突如、まるで植物の要塞のように、その土地が聳え立つのが目に入る。それゆえ、そこで車を降り、山のなかの舗装されていない道を通って、裏から回り込むように敷地まで歩かねばならない。

こんな具合に、私は問題の土地をはじめて目にした。見るからに、かつて地面をならして造成されたと分かる縦長の区画で、東の方向に目の届かぬ高さまで雑木林を伸ばしている丘陵と、一〇〇メートルほど下方に広がっているはずなのに、分厚い樹木のカーテンですっかり覆い隠され、思い描くことしかできない市街のほうを向いた崖とに、挟まれた場所だった。もはやいかなる建築物も乗せていないその地面の上は、熱帯地域にいささかも引けを取らぬほどの湿度になる日本の夏の終わりの、伸び放題に繁った草木をかき分け、覚束ない足取りで進まねばならなかった。

ぼうっと考え事をしながら、私は帰宅した――京都での私の第一日は有意義だった。実際、学館では日仏文化協会の日本人理事たちと会い、いまや一族の会社の命運を握る地位に就いた稲畑勝太郎の孫が、おそらくは、名高い祖父に劣らぬ懐の広さを見せようと、一肌脱いでくれるだろうと請け合ってもらった。この理事たち自身も、フランスが九条山の土地に再び関心を示してくれたことが嬉しいと述べ、五年前に下された売却の決断を喜んで見直す用意があると明言してくれた。その上、外務省の対外文化関係総局(5)(Direction Générale des Relations culturelles)にせっつかれた調査チームの勧告により、「ステュディオ六と会議室一を置ける延べ床面積五〇〇平米ほどの小規模な建物(6)」となることが見込まれる新施設の具体案の構想を、彼らが任せるつもりであるという地元の建築家に、連絡をとるようにと勧めてくれさえした。ほぼ全員が学生時代に京都大学に学び、その後も同大学で教えるか、そうでなくとも同大学となお関係を維持するかしていた、これらの理事たちの考えでは、同大学で教鞭を執るフランス派建築家に依頼するのは、まったくもって当然のことだった。こうして、何らかのコンペを組織するかどうかといった話もいっさい出ないまま(建設事業にまったく資金を提供しないフランス側は、そもそも、いかなる案であろうと、人選であろうと、日本側に押しつけることのできる立場にはなかった)、私は加藤邦男に面会した。私にとってすばらしい出会いであるとともに、動き出した計画にとっても、他に比べようもないことがやがて明らかになる切り札だった。

日本の近代建築を支配していたル・コルビュジエ信仰の空気を吸いながら、京都大学で育まれた加藤は、フランス政府給費留学生選抜試験に合格し、一九五九年、パリに赴いた。ほんの一握りの人数しか合格しないため、特段に高い競争率をもって知られるこの試験は、教授資格にかかわるフランス式の選抜試験が存在しない日本では、長年のあいだ、様々な分野の合格者にとって、大学の教員ポストを手に入れる登竜門の役目を果たしてきた。加藤は、ボナパルト通りの国立高等美術学校《エコール・デ・ボザール》で勉学を続けたのち、建築事務所に勤務した。それは、かつてル・コルビュジエと共同作業を行っていたミッシェル・エコシャールの事務所であり、建築家であると同時に、アラブ世界を研究する考古学者でもあったエコシャールの薫陶を受け、加藤は、伝統的な社会環境での創造に関心を向けると同時に、土地とその元々の植生および地形を深く尊重することを意識するようになる。この長い滞仏から、フランス語を完全にマスターして帰国した加藤は、母校にて自らが主宰するアトリエのなかで、数々のパリの建築学校との緊密な連携を維持していた。温厚であると同時にカリスマ的なこの人物の周りには、それゆえ、自らが手がける計画の遂行に「来る者は拒まず」とばかりに彼が連携させる若いフランス人たちが詰めかけるので、加藤は彼らのために定期的なセミナーを開き、建築の歴史や哲学にかかわる様々な問いをフランス語で論じていた。

こうして、アカデミックな演習として、また実現できるかどうかをいっさい気に懸けることなく（このテーマにやがて本格的に取り組む日が来るかもしれないと予想させるものは、当時何ひとつなかった）、加藤は、私が出会う二年前に、七、八名の若手協力者から成るグループに、旧学館跡地への「日仏文化センター」[7]建設計画を検討させていた。ヴィラを実現する際に投入される諸原理が、きわめて完成度の高いこの研究にすでに懐胎されていたのだろう。そう考えると、私たちが加藤に設計を依頼したとき、彼が本腰を入れて既存の原案を見直し、僅か三カ月足らずで最初の「九条山日仏レジデンス計画書」[8]を作成できた理由が、おそらく説明できる（**図11**）。どこまでも深く思考を突き詰め、どうやら仏教思想とも関係がありそうな達観した印象的な雰囲気を漂わせる、この碩学の巨匠に特徴的なことだが、学生たちの研究のなかで追求されていた主要な目的は「人間の真理の探求」であり、これは、加藤によれば、「場に思索的雰囲気が染みこむ」[9]ことを必要とする。加藤はヴィラ九条山を僧院のような雰囲気にしてしまった、ル・コルビュジエがラ・トゥーレットの聖マリア修道院を設計する際に着想した諸原理にしたがって、いわばロワイヨーモン大僧院風の文化センター[10]を建ててしまった、という批判の声も後年挙がったが、いずれにせよ、加藤がこの場所に最大限の野心をもって臨んだ事実は否定しがたい。当初、いかなる依頼とも無関係に、加藤はこの場所を、日仏の知識人（加藤には芸術家レジデンスという発想はなかった――そうしたコンセプトそのものが、当時の日本では未知のものだった）が共同体の経験にもとづいて文化的交流を実践する生活空間にしようと考えていたのである。

日本の典型的な植物（「桜、松、コナラ、竹」）を飾られた「自然環境のなかの飛び地、山裾の自由な空間[11]」として捉えられた初期計画の建築物は、住居と研究という二つのウイングに分かれ、そのあいだに交流のための中央スペースが設けられる構想だった。諸機能をこのように個別化することは、配分の仕方こそ違え、一九八六年の計画にも取り入れられることになる。しかし、この計画が目を惹くのは、鮮烈なひとつのイノヴェーションによってであり、それこそがこの取り組みの個性になった。一九八四年の時点では、計画はじつのところ知的思弁に留まり、実現可能かどうかは度外視されていた。それにたいして、二年後の計画では、車で乗り入れることのできない、この特段にアクセスの悪い敷地内にまで、将来の利用者（居住者、職員、来館者）を導いてくることが求められた。そこで加藤が選んだのは、じつにラディカルな解決策、すなわち、車数台分の駐車場の真上に、施設本体が始まる階にまで、坂道をものともせず、じかに辿り着くことを可能にする二〇メートルほどのエレベーター塔を設置するという案だった。このエレベーター塔が――まるで鐘楼のように――際立たせる、完成した計画の目を見張るような外観は、来館者が最後のカーブを曲がりきったところで、いきなり驚きをもって目の当たりにする、ローアングルからの急角度の眺めによってしか、捉えることができない。丘陵をならして造成された平地におとなしく建てられた旧学館の建物とは反対に、崖に張り出した建物という加藤の建築学的所作は、仰角四五度の急勾配上での土留め作業を含むので、工事が格段に複雑になるとともに、当初の予定を大幅に上回る工期や工費が必要になった。また、この建物が、京都のなかでも保護規制が特に厳しい地区の地形を変化させるものとみなされる可能性があるため、建築許可の発行が遅れることも免れなかった。これらの困難が次第に明らかになるにつれて、加藤の注文主たちが、加藤に設計を任せた自らの判断を、事後に問いに付すことがまったくなかったかどうか、定かではない――いや、「定かではない」と記すのもすでに婉曲にすぎる表現かもしれない。しかしながら、終わってみれば、加藤が勇気をもってこれらの構想を練り、それに勝利を与えるのに成功したことを、喜ぶほかない。

一九八六年一一月一一日、日仏文化協会理事会――五年前には「九条山の所有地の売却」案を「全会一致で採択[12]」したあの理事会である――は、同財団理事長として発言したフランス大使の提案に則り、次のような措置を承認する。「フランス外務省は、フランスのハイレベルの芸術家および研究者のためのレジデンスの建設をめざして、日仏文化協会の所有地である九条山の土地を活用する意向を明確にしたのであるから、一九八一年に下され、現在まで実行されずにいる、売却の決定を見直し、日本側理事たちの同意が得られるならば、これを取り消すことが望ましい。フランス外務省によれば、建築物の実現は日仏文化協会に託され、本協会は投資予算および稼働予算[13]を確定したのち、必要な額の資金集めを受けもつものとする。それと引き替えに、フランス外務省は、旧学館の建物の取り壊しに際して本協会が負った一〇〇〇万円の負債を支払うことを受け入れる。

この提案を検討した結果、理事会は、一九八一年に下された売却の決定を取り消し、計画実現の可能性を模索する委員会を設立することを決定した[14]。」

この文書にはいくつか気になる点がある。まず、旧館解体時に協会が稲畑産業から借り入れる形で負った負債を支払うことは、フランス側の計算では、よくいえば日本側パートナーにたいする善意の証、しかし見方によれば、それほど質《たち》のよいものではなく、フランス側の負担をできるだけ抑えつつ、日本側の集金ポンプを焚きつけるための、「海老で鯛を釣る」式の作戦だった。[15] クローデルの方法は、立派な後継者を見出していたのである。

一方、魔は細部に潜むといわれるが、読者もおそらく気づかれたとおり、新たなプログラムは、ここでは「芸術家および研究者」のためのものとされている。ところが、これに先立ち、私が夏のあいだに受けていた任務は、アーティスト・イン・レジデンスの開設に尽力することだった。在日フランス大使館内部の資料によれば、一〇月一〇日の段階でもなお、大使館付文化参事官の念頭にあるのは「芸術家や創作家を現地に住まわせる、よく練られたプログラム」であり、早くもそれを「アジアのヴィラ・メディチ」に準えることを躊躇しない人々もいた。[16]

じつは、一九八六年秋、私が日仏文化協会の日本側パートナー（すでにかなり年輩の有力者や京都大学教授ないし元教授といった面々）と初めて突っ込んだ話し合いを重ねるにつれて、分かってきたのは、アーティスト・イン・レジデンスという構想に彼ら自身がものすごく乗り気だというわけではないこと、彼らの目から見ると、そもそもこの構想は、ほとんどが関西の財界人になるであろう寄附者ら（クローデルがかつて「大阪の実業家たち」[17]と呼んで、彼らにたいする自らの働きかけを外務省に説明したところの人々）を説き伏せるにはあまり適さないこと、寄附者らにいま一度フランス側の不可思議な気紛れに付き合ってもらおうと思えば、京都のような大学都市の場合、将来の新機関のプログラムには、自然科学や人文・社会科学の研究が、芸術と半々になる程度まで含まれるべきだというのが、少なくとも理事たちの考えであることだった。先に見たとおり、フランス側は居室六という数字を当て込んでいるので、やがて、半ば暗々裏にではあるが、芸術家二、一時滞在ゲスト二（この案が早々と計画から跡形もなく姿を消すことになったのは、じつに幸いだった）、研究者二という申し合わせに落ち着いた。この最後の二枠のうち、一方は、フランス極東学院から新施設への派遣という形を取る可能性があった。同学院は、パリの所属研究員の一人を九条山に配置することで、京都支部——魅力的ではあるものの、機能性に乏しい仏教寺院に置かれたそのオフィスは、手狭だった——の活動に肉付けしたい意向を打ち出したのだった。加えて、私たちが同学院に提案したのは、同学院自らの獲得資金で設置する図書館スペースを、将来の新施設の建築計画に組み入れることだった。そのようなスペースがあれば、「西洋の誇る仏教文献学の大家[18]」、エティエンヌ・ラモット神父没時に遺贈を受けた学術的蔵書を、京都支部が同学院の名にふさわしい条件で供覧に付すという、当時の狭隘なオフィスでは不可能だったことを実現する道が開けるかもしれない。研究者二枠にかかわるもう一方の協力関係は、医学研究とのあいだで生まれる見込みがあった。実際、私が学館で訪問を受けたアラン・ポンピドゥー教授（コシャン＝ポール・ロワイヤル大学病院センター）は、京都大学ウイルス研究所でなされているエイズ研究のレベルの高さに魅せられ、フランスの国立科学研究センター（CNRS）、国立保健・医学研究インスティテュート

（INSERM）、もしくはパストゥール研究所の資金で、公衆衛生監視分野のミッションのために派遣される研究者を九条山に配置することに、関心を示していたのである。

九条山の計画には、クローデルの時代の日仏会館計画と重なるところがある。最初は勢いよく滑り出すものの、その後たちまち、何ごとも決まらずフラストレーションだけが募る長い停滞期、すなわち、寄附による税控除の認可という、資金援助を求める戦略の成功を絶対的に左右すると日本側パートナーが判断する優遇措置を、日本の行政から取りつけるための彼らの努力が、暗礁に乗り上げる時期に、突入するのである。実際、両者は互いに矛盾する原則的立場に固執する。まず、日仏文化協会は（クローデルのいう「容器」と「中身」方式[19]に則り）、建物の建設費用の調達はもっぱら自分たちのみが責任を負うべきことがらであるのにたいし、フランス政府はその後、鍵とともに手渡される施設を機能させる費用を負担するものとの考えだった。一方、日本の行政はといえば、フランス国家が計画の実現過程にかかわることがないかぎり、寄附による税控除の要求を顧慮するのを拒否するという立場だった。互いに相容れぬそれぞれの立場に両陣営がしがみついたため、関係するさまざまな省（外務省、大蔵省、文部省）を相手に、一年半ものあいだ、諸手続きを繰りかえしつつ待たされた末に、八八年四月、協会の二人の日本人理事と私が面会した国税庁のある職員が、ようやく私たちにひとつの解決策を授けてくれた――京都大学出身で、関西日仏学館の元生徒でもあるこの後藤氏は、私たちに特に好意を寄せてくれる理由に事欠かなかったのである！ 建物に備え付ける装置、たとえば、将来のセンターの冷暖房設備の設置費用を、フランス側が負担すれば、それは日本政府により、建物の建設工程へのフランス公的権力の参加とみなされうるがゆえに（調度品やオーディオ＝ヴィジュアル機器の費用を負担するのでは、そうはいかないのだという）、大蔵省はそれを以て、寄附による税控除の要求を受けつける根拠とすることができるのだった。

私たちが説明を受けた比較的複雑な手続きによれば、寄附者は寄附金を「建設準備委員会」なる法人――これは日仏文化協会とは別の法人である――に預けなければならず、この委員会は続いてそれを国際交流基金[20]に、そして国際交流基金は、寄附金額に応じた税控除を許可する貴重な書類を寄附者に発行したのち、それを最終的に日仏文化協会に収めるということだった。稲畑勝太郎の孫・勝雄氏が件の「委員会」の代表を務めることを引き受けてくれたため、協会理事会は一九八八年一一月二五日の会合にて、以上の手続きを承認するとともに、この機会を捉えて、将来の施設のための資金募集活動をスタートできるように、その日本語名称を「関西日仏交流会館」と決定した。ただし、「この名称は、いかなる意味でも、今後適切な時期に採用されるべきフランス語名称を予め限定するものではない[21]」との説明もなされた。

相談を受けたフランス外務省が、一五〇〇万円と見積もられた冷暖房設備設置費用をフランス側で負担することを了承すると、日本の行政のほうも、もはや寄附による税控除を認めない理由はなくなったと明言したため、以上の取り決めにもとづいて、一九八九年四月一日、五億円を目標にした資金集めの活動をスタートすることができた。同じ年の七月三日には、このスタートを思いのほか盛大に記念するパーティが開かれ、ベルナール・ドラン駐日大使がそれに出席すべく来洛する。集会に先立つ記者会見に臨んだのは、建設準備委員会代表・稲畑勝雄である。全国紙の地方版や、関西地方の主要メディアは、この催しや、ドラン大使がその席で行った演説を、大々的に取り上げた。大使は、関西における日仏二国間協力のすでに長い伝統の上に、新センター設立を然るべく位置づけ直すとともに、偉大な先人たちの記憶と遺産を想起することを、もちろん忘れない。

本日、この関西地方で、みなさまと一堂に会せましたことを、たいへん嬉しく存じます。日本文明の揺り籠である関西地方は、今日もなお、近代日本の歴史を構造化してきた二極化の一方の極でありつづけています。パリがフランスでないのと同様に、東京もまた日本全体を代表してはいないゆえ、日仏両国の協力は互いの首都同士の対話に限定されるものではありえません。関西の文化遺産の豊かさ、関西経済のダイナミズム、未来の学研都市[22]や大阪湾に建設中の新空港[23]といった、たいへん野心的なプロジェクトに映し出される将来の有望さ、そうしたことにいっさいに促されて、フランス政府は、みなさまの地方とのあらゆる次元での交流の強化を切に希求せずにいられません。

この点について、私たちはいまや、かけがえのないひとつの道具を文化的領域に有しております。その道具とは、いまを遡ること六〇年以上前に、時の駐日フランス大使ポール・クローデルと貴族院議員・稲畑勝太郎の手で設立された日仏文化協会にほかなりません。本日、勝太郎氏のご偉業をかくもご立派な忠実さで受け継いでおられるご令孫を前に、勝太郎氏の思い出に敬意を表することができますことを、光栄に存じます。日仏同数の理事により運営されるこの協会が、非の打ち所のない献身でもって、歴史のなかの最も暗い時代においてさえ、後見を務めて参りました関西日仏学館は、教育および文化普及の機関として、何世代にもわたる日本の親仏家のみなさまに、我が国の言語および文明についての知識をお伝えして参りました。しかし私たちは、今日、この知的接近の努力の新たな敷居を跨ぐことができます。いまや日本は、その経済的パワーやテクノロジーの進歩に加え、驚くべき文化的特異性の維持によっても、西洋を惹きつけ、あたかも第二のジャポニスム時代を到来させつつあるのですから。

こうして、ほぼ三年前に生まれたのが、関西日仏学館の最初の建物のためにポール・クローデルと稲畑勝太郎が選んだ土地に、芸術および学術の主要領域で活躍するハイレベルのフランス人創作家・研究者を受け入れ、日仏両国の知識人が触れあい、交流する特権的な会館となるべき新たな施設を建設する計画です。日仏文化協会の所有地でありつづけたものの、今日いかなる建築物も残っていないこの土地は、樹木に覆われた丘陵を背にして、抜きん出た歴史都市・京都を見下ろす自然の岬のごとくであり、おのずから精神に自己超克を呼びかけるような趣がございます。フランス政府は、それゆえ、日本文化との接触や、日本の芸術家・知識人たちとの交流から、お互いに真の魅力を及ぼし合うことをけっして絶やさずに来た偉大な両国の協力関係を最高水準で顕現させる精神や芸術の作品が生み出されるよう、我が国の最良の創作家・研究者をこの新たなセンターに派遣する所存でございます。
それゆえ、ポール・クローデルと稲畑勝太郎がほぼ六〇年前に着手した知的接近事業のなかで、本質的な役割を演じることが望まれる新たな施設が間もなく誕生するであろうことを、私たちとともにお祝い下さるために、本日、貴重なお時間を割いて下さった、栄えあるご来賓のみなさまに、御礼を申し上げたく存じます。クローデルと稲畑という偉大な開拓者の精神が、日仏両国の文化的協力関係が新段階にさしかかったいま、私たちのアクションを導いてくれることを願っております。(24)

資金集めの活動が期待どおりの成果に達したか否かを判断するのは、一九八九年末まで待つという申し合わせができていた。潜在的な出資者らとの最初のコンタクトで明らかになったのは、レジデンスの計画は、実際のところ、フランスの知識人——芸術家であろうと研究者であろうと——に育成の補完的プロセスを提供するにすぎないので、地元の篤志家たちの気を惹くにはあまり適さないということだった。日本側パートナーらは、それゆえ、計画内容の一部を日仏両国知識人間の交流という考え方に向け変える必要性を強調し、その結果、建築の計画のほうにも、集団利用設備を著しく増やす方向での変更が生じた。その設備というのは、舞踏家たちの要求に特別に適合させた床を敷きつめた座席数一〇〇の多目的ホールにはじまり、ラモット財団の蔵書をとくに受け容れる際のことを見越した図書閲覧室、そして、眼下に市街を望むバルコニーのような形になる屋根つきのテラスに設えられ、塑像芸術の軽量な展示を可能にする備品も整った、いくつかの懇親スペースといった具合だ。将来の居住者《レジデント》はといえば、丘陵を背にした風景式庭園内に矢筈模様に配置される、個室化された住居ユニットに住まうことになった（図15）。各々六〇平米ほどの延べ床面積をもつこれら六つのユニットは、いずれも二層に分かれ、日常生活スペースと、ミッションの性格に応じた作業スペース（アトリエもしくはオフィス）とを有するのである。こうして、建物の総延べ床面積は、計画当初の六三五平米から、実際の建築では一一五〇平米にまで、じつに二倍近くも膨らんだのだった。

一九九〇年に年が変わるころ、国外のフランス文化センター・施設の活動を当時パリで統括していた外務省文化機関局次長が、私信で「ヴィラ九条山」という呼称を用いはじめる。ヴィラ・メディチをモデルにすることは、その伝統や募集人員の規模からみても、フランス・アカデミーの三世紀にわたる歴史を通じて積み重ねられてきた栄光の記憶に照らしても、恐れ多い気がして、私自身はそれまで、そうした発想を控えてきた。だが、それは誤りだった。ヴィラ九条山のレジデントになることは、今日ではおそらく、由緒正しきローマの姉妹施設の場合よりなお競争率が高いだろう。いずれにせよ、「ヴィラ」という――この施設に見事なまでにピッタリくると言うべき――名称はこうして、けっしていかなる上級機関が決めるでも公的に承認するでもなく、完全に自然な成り行きで、定着するに至ったのである。

一九九〇年春、加藤邦男の野心的な建築が、景観保護をめぐる京都市の比較的厳しい方針に抵触する。九条山周辺は、実際、第一種住居地域に分類されているため、建物の高さが制限されるとともに、日本の伝統的な基準に沿って建設を行わねばならない。加えて、住居専用であるべき地区に、文化的な性格をもつ集会場を備えた建物を建設することも、やはり問題になった。この種の交渉に慣れている加藤とその協力者たちは、新たな日仏文化センターには両国における建築思想の最新の動向を証言する務めがあると、京都市側に掛けあった。その上で、彼らが協調したのは、住居の個室化と屋根組みに採用したスタイルとは、伝統的な日本建築に着想を得たものであること、そして、用地の複雑な地形に建物を溶け込ませ、植物の生い茂る区域をできるだけ保全するために、特段の努力を行ったことだった。この地区が住居専用であることについては、京都市のほうでも、新施設の精神は、同じ用地に建設された最初の学館を動かしていた精神と相違ないものであり、最初の学館が建てられた時代には、都市空間の用途指定にかかわる規制がまだ実施されていなかったことを認めるのに吝《やぶさ》かではなかった。とはいえ、周辺住民の同意を取りつけることは必要だった。その同意は、一九九〇年九月五日に開かれた公聴会の結果、無事に得られた。こうして、一一月三〇日、京都市からいよいよ建設許可が下りる。工事予定期間は一六カ月。最初の六カ月は、仰角四五度の斜面を補強するためのコンクリート網を——ザイルを装着した作業員の手で——設置する工事に充てられ、建物本体の建築はその後に行われる予定だった。工事の開始にあたり、地鎮祭が執り行われた。隣接する由緒正しい神社・日向大神宮の宮司が、大幣を振るって土地と参列者を清めたのち、祝詞を唱え、この土地の氏神の加護と——この加護に含まれることではあるが——工事の安全を願った。いまでは遠い日のこの儀式の記憶は、私のなかで不思議と豊穣であり、年初の張り詰めたような寒さのなかでの、驚くほどの清らかさをいまも覚えている。その数週間前に、ルネ・ドラン大使が新たな任地であるロンドンに赴いたため、この日、大使に代わって式辞を述べるのは在大阪総領事ヴェレ夫人の役目だった。総領事の言葉は以下のとおりだ。

今日、私たちが集っておりますこの土地は、いまから七〇年近くも前に関西日仏学館の礎石が置かれた場所にほかなりません。その学館は華々しい発展を遂げ、いまや、隆盛の一途を辿るひとつの日仏対話の本拠地となっております。

この地に計画されている建物、すなわち、日仏交流の歴史に新たなステップを刻むことを可能にしてくれる建物は、驚くべき連続性を印づけるものでもあります。実際、今世紀の初めに、フランスが京都に進出できたのは、貴族院議員・稲畑勝太郎氏のおかげでした。新たな「交流と創作のためのセンター」[25]が日の目を見ることができるのは、そのご令孫・稲畑勝雄氏のお力添えのおかげでございます。思いますに、稲畑家とご賛助者のみなさまへのかくも莫大な負債を、我が国が清算できる方法があるとするなら、それはこのセンターを、日本におけるフランスの光輝の源、そしてフランス文化と日本の融合の源とすること、これ以外にございません。ここにおられるすべてのみなさまと緊密に協力していくことができれば、私たちは必ずやこの目標に到達できるものと確信致します。[……]

いま暫くはなお願望の時期が続きますゆえ、新施設が最高の成果に恵まれますこと、そして、ここにお集まりのみなさまの上に最大の幸福がありますことを、願ってやみません。[26]

この地鎮祭のあと間もなくだったにちがいないし、そうでしかありえない時期のことだ。述べたように、工事は斜面の補強作業から、ということはつまり、最初の建物の建設からこの当時に至る三四半世紀ものあいだにすっかり根を下ろし、いまでは市街のほうの眺めを完全に塞いでしまっていた樹木の伐採から、始まった。ある日の朝、私は作業員たちが到着する前の現場を訪れてみた。斜面の下に車を駐め、ぐるりと回り込むようにして北側から敷地に通じるあの斜めの道を歩いていった。辿り着いた平地の上を二、三歩進んだとき、私は人生で最大の衝撃のひとつに襲われた。「かつては街があった、だがいまはもう何もない」とヌガロ[27]は歌ったが、私の場合その正反対のことが書けそうだった。私の右手、つまり西の方角には、嵐山周辺で盆地を閉じる遠い山並みに至るまで、いまはひとつの街、京都があった、しかも京都の最も美しい地域、洛北があったのだ。この地域はまだ、京都駅周辺のように大阪の惨めな郊外になりはてる——その上、清水寺の「舞台」から一望できるはずの至高と思しき眺望を、手の施しようもないほど壊滅させる——運命をまぬがれていた。ほとんど超自然的な出現としか感じられないものを前にして、私は長いあいだ、ただ呆然と立ち尽くした。いや、つまるところ、私はこの感動からけっしてほんとうに我に返ったことがないのであり、いまも京都住まいを続けながら、ヴィラを訪れる機会があると、その度に必ずテラスの上に登り、この最初の印象の名残のようなものを見出そうとしてしまう。

加藤はこの建物を、インクラインの軸線に沿って方向づけていた。インクラインとは、北東二〇キロメートルほどの距離にある琵琶湖から京都に水（これは水力発電用のエネルギーでもあった）を引くための疏水を通り、丘陵のもう少し高い部分に掘られたトンネルから出てくる商用の伝馬船（平底船）を、市街地まで数百メートルにわたって運搬する目的で、一九世紀末に敷設された、あのほとんどありえない鉄軌道のことだ。不思議なことだが、ヴェルサイユから受け継がれたパースペクティヴのもとでは、下方の市街地に向けて消失線を形づくるミニチュア鉄軌道は、ヴィラのほうから望むと、ル・ノートル(28)が大運河に与えたのと同じ軸の役割を演じているのが分かる。実際、加藤の考えでは、最初の学館が建設された時代に――彼によれば――選定され、「丘陵の高さから一望のなかに古都を納める」この配置は、西洋の古典的伝統を受け継ぐ確かなフランス的眼差しに」のみ帰されうる。ヴィラ九条山開館式の数週間前に加藤自らが日本語で書き、私に訳させた見事な文章のなかで、加藤はいかに「この眼差しが、このたびここに新たに建設される「ヴィラ九条山」の建築計画において再生されることになった」か、そしてこのベースの上に、彼がいかに自らの記念碑的建築を、それが構想された目的である「日仏交流活動」の隠喩にしようとしたのかを、説明している。こうして、「建物の構成は、整斉な方格型グリッドと規則正しいモデュールを基にして、比例を重視する正統的な西洋の建築手法に則り、それが彫塑的な打ち放しコンクリートを素材にして具体化された。一方では建物各部分の配置の自由さ、銅板を葺いた方形および寄棟形の屋根は、変化の激しい地形と豊かな植生と一体化して、日本的な情緒を漂わせている。

ここは、京都を代表する東山連峰[29]のなかにある。それは、近江から東海道を経て入洛する都への入り口、粟田口にあたり、歴史上、地理上、京都の重要な拠点の一つである。「インクライン」は、都市軸として旧学館の建築構成に取り入れられていたが、それを保存し、その軸上にアプローチや諸々の空間単位が地形にしたがって上昇するように配置計画された。

そこで、まったくの擬和風に陥らず、またこの地区には異質な洋風をも突出させず、日仏両文化に共通すべき、理性的精神と繊細の精神のいずれをも、一なる建築空間において実現することに最大の努力がなされた。ここに、日仏交流活動とそのための施設が衆目を集め、その双方が一つになって、新しい風景としてあらわれることになった。しかしそれだけにとどまらず、この土地に移り行く悠久の時間と場所の特質がさらに顧慮され、それが、土の香りと湿り気、光と影、空気と緑、つまり大自然の静寂として、この日仏交流の拠点の背後に密やかに予想されているのである。[30]」

一九九一年六月半ば、コンクリート網を設置する工事は続いていたが、注文主らはおかんむりだった。斜面（建物の背後に聳え、そこからの土砂崩落が建物を危険に晒すことがあってはならない斜面も含まれる）の補強という工程だけで、建設工事全体のために組まれた予算三億円のうち二億円が消費されつつあり、その予算もすでにこの金額の倍に跳ね上がってしまった――という情報を、計画が実行段階に入ったことで頻繁に開かれる必要が生じた理事会外の会合の折に、日本側パートナーが伝えてくれた。その六月半ば、日仏会館の手引きで日本各地のフランス文化センター――そのひとつが関西日仏学館だった――をめぐる講演ツアーを行っていたミッシェル・セールが、我が学館を訪れた。私はもちろん彼のために一日京都散策の予定を組み、しばしばそうするように、観光コースにあまり入らない場所に客人を連れて行った。それらの場所に観光客が少ないのは、あまり知られていないからか、京都の狭い中心部に位置するため、観光バスで乗り付けることができないからか、あるいは、ごく単純に、人里離れた郊外にあるため、そこを訪れるのに自家用車が必要になるからかの、いずれかだ。そういうわけで、私はまず、私が特に気に入っている場所、すなわち、賀茂川の水源に立つ古刹・志明院に、客人を車で案内した。この寺の建立は平安京制定の時代（八世紀末）に遡り、僅か一〇キロメートルほどの距離で山の急流が市街地を流れる河川に変貌するため――このような川は日本に珍しくない――、破局的な水害を引き起こす恐れがある、賀茂川の予測不能な流れから、その霊験によって都を守るべく建てられたのだった。私のような歌舞伎ファンにとって、この寺の魅惑がさらに増すのは、洞窟や滝を含むその贅沢な自然の背景が、一八世紀の名歌舞伎役者・二代目市川團十郎により、『鳴神』という名高い演目のなかでそのまま再現され、それがこの演目の決定版になったからだ[31]。ミッシェル・セールと過ごした一日はすばらしかった。ミッシェル・セールは想像のとおり、深く、寛大で、悦ばしき知の井戸のような人物だ。私たちは大事なことから取るに足らぬことまで、あらゆることをしゃべり、当然のことながらヴィラの計画や、建物の建設がもたらす問題にまで話が及んだ。すると、驚いたことに、あまり一般的ではないこの工事の技術的側面に、彼は強い関心を示してくれた。それゆえ、志明院から市街地に戻ると、今度は九条山の工事現場を二人で訪れた。そこでは、先に述べたとおりザイルを着けた作業員が、目を奪うようなコンクリート網に最後の仕上げを行っているところで、その網はいまや、山全体をある種の怪物のように押しとどめているようにみえた——怪物は、いくつもの触手で網を締めつけるかもしれないが、じつにありがたいことに、夏には雨と猛暑に見舞われるこの国の燃えるような緑の陰に、あっというまに姿を消してしまうだろう（図12）。ミッシェル・セールは、魅入られたように作業員たちの仕事を見守ってから、前置きもなく、自分の子ども時代のことを語りはじめた。もちろん、そのとき彼が話してくれたことを、一言一句正確に思い出すことはできない。だが、幸いなことに、セールは二〇一一年、『南仏通信』の記者に同じ話を打ち明けている。記事にはこうある——「〈セール家の歴史を遡れるだけ遡ったかぎり、私たちは水のなかで生きていました、つまりガロンヌ川の住人だったのです〉と、彼ははっきり述べた。［私という人間は］〈ガロンヌ川中流域の最後の船乗りの最後の一族の最後の末裔なのです。［……］一族が住んでいたのは、河岸ではありません。私たちの家、つまり私の父や兄や私が住んでいた家は、浚渫船だったのです。［……］それは私をときめかせていたし、いまでもまだときめかせる生業です。自分が五五冊もの本を書いてきたことに、我ながら驚きますよ、私はまだ自分を浚渫工と感じているのですから〉。彼は両手を見つめ、それを広げてみせる——〈ロープの感覚がまだ残っています。すばらしい生業です。［……］私たちは何でもやりました。農作業もあれば、漁もあり、川のこと、産業、商売もありました。船の造り方や、船を離礁させるやりかたを知り、どこに浅瀬があり、突出した岩があるかを知らなくてはなりませんでした。私たちは石工と理工科学校出身者《ポリテクニシャン》の両方と付き合いがありました〉。それは〈トータルな人間的経験〉であり、哲学者としての経歴の前奏曲にふさわしい——哲学者とは、あらゆる知に興味を抱く博学の人なのであるから[32]」。

ロープを着けた作業員を目にして、ミッシェル・セールが家業の苛酷な労働を思い出し、こみ上げる感情を隠すことができないのは明らかだった。そこで、私は思いきって押してみることにした——これからやってくる機会は、それが永久に刻印を残すことになる計画にとって、あまりにすばらしく、あまりに重要だったからだ。それまで二人であちこちを見学して回っているあいだに、クローデルの名はおそらく幾度となく話題に上っていたはずだが、私は彼にあらためてクローデルのことを話し、一九二四年に日仏会館の記念すべき開館演説を行ったのはこの名大使だったことを教えた。そして尋ねたのだった——一八カ月後にオープンする予定のヴィラ九条山の開館演説は、あなたに引き受けていただけませんか、と。彼は驚いた様子で、と同時に、おそらくは気をよくして、私を見つめた——いかにアカデミー・フランセーズ会員といえども、クローデルの衣鉢を継ぐ機会はめったにないのだから！　そして、彼はその場で承諾してくれた。その言葉は、彼にとってかくも多くのことを表していたあの名もない作業員たちの労働の前では、約束の意味をもっていた。

ミッシェル・セールがパリに戻ってから、私に送ってくれた一通の手紙がある。そこにはこう書かれている。「川の水源に立つ寺院の余韻がまだ覚めませんが、貴兄と訪れた工事現場、斜面に沿って設置されたコンクリートの土留め、そしてさながら建設者に変身なさった貴兄の姿を、よく思い出します。もちろん、帰国してすぐ、貴兄が勧めてくださったクローデルの文章はすべて読みました。すばらしい文章でした、ほんとうに！　同時に、これほどの言語と並べられると、私などはいかにも小粒で憐れなものだと感じます。謙虚たれというこの上ない教訓です。[33]」ミッシェル・セールにはこのあと、参考までにと、日仏会館開館式でクローデルが読んだ演説を送った記憶があるので、本書で繰りかえし言及してきた「日本人の魂への眼差し」についても、私は彼に話していたはずだし、もしかすると、関東大震災直後の「炎の街を横切」るドラマティックな彷徨の物語[34]についても、話していたかもしれない。とすれば、さらに、日本時代の作品のなかで私が偏愛する『百扇帖』にも一瞥を投げてみてくれと、彼に勧めていた可能性も否定しがたい。

　それ以来、私たちは定期的に、たいていはファックスで、やりとりした。ミッシェル・セールは仕事にとりかかり、日本の自然や文明に結びついた諸側面にかんする自身の言葉の正確さを私の目で確かめてほしいと、謙虚に求めてきた。「九条山の最初の寄宿者の身になった」つもりで考えてみる、と彼は私に書いてくれた。彼の目には、この寄宿者は「日仏のハイフン」――ここでは「日仏（franco-japonais）」という二つの形容詞を繋ぐ「通常の文法的意味」をもつと同時に、「しかし何よりも、交流（échange）と連合（association）の道筋という深い意味合い[35]」をもつハイフン、と彼は説明する――と映っていた。「交流《エシャンジュ》」――ひどく難解であると評されるこの国との創造的対話という、ヴィラの根本的な使命を考慮に入れた語が、こうして放たれた。だが、同時に、この語のクローデル的次元をどうして思い出さずにいられるだろうか、というのも、ミッシェル・セールは講演のなかで、自らがクローデルの戯曲に負うているものをはっきりと示しながら、こう述べているのだから。「『交換《エシャンジュ》』、この戯曲のタイトルは、私たちをくすぐらないでしょうか？」[36]こうして、ミッシェル・セールと私は、講演タイトルの候補をいくつか検討したのち、最終的に、私たちが経験することになる祝祭と、私たちがオープンさせる施設の目的とを同時に、たった三つの単語で言い表す、かくもシンプルなタイトルを採用することで一致したのだった。すなわち、『交流を祝う(*Pour célébrer l'échange*)』である。

ミッシェル・セールは言う、「勇敢な人が広い川を、あるいは海峡を、泳いで渡る」ところを想像してみよう、と。この川ないし海峡は、たいへん広いので、ある「決定的で悲壮感が漂う」時点が来ると、泳ぎ手はもはや完全な自分自身でも、完全な他人でもない状態に置かれ、「未踏破で地図にも載っておらず、いかなる旅人も、いまだかつて描写したことのない空間を認識する」[37]。続いて、話し手自身が、アキテーヌと日本のあいだに「本質的でただひとつの春」が「君臨」する「第三の場所」を探求し、見出す、この旅人と一体化すると想像してみよう。さらには、「驚きと衝撃」をもって、この旅人が当の「第三の場所」を京都に、より正確にいえば桂離宮に、見出したと想像してみよう。一七世紀に八条宮の親王たちによって実現されたこの夢のような離宮では、どこで庭が終わり、どこで建物が始まるか分からなくなるがゆえに、建築という、諸空間を仕切り、覆う技術の観念そのものが、意味を失う。実際、桂離宮では、「住居は内と外を分け隔てず、庭に配された樹木と人工物とのあいだにも境界はない」のである。旅人は京都で、もうひとつ発見をする。今度の場所は九条山であり、見出されたのは「自らが準備したこの場所で、私たちを半世紀ものあいだ待っていた[38]」偉大な芸術家の影である。その芸術家は、戯曲『交換』の第二稿で、舞台上に、「梁か、何でも思いどおりのものに吊された」ひとつの「ブランコ[39]」を置いた。ブランコという奇妙な機械は、自分がいま去ったばかりの位置に抗いがたく連れ戻すのであり、その「多様な運動は不動性へと傾いていく」。国際関係のなかでの交換《エシャンジュ》=交流は、戦争という醜悪な相貌をまとうことがあまりにも多すぎたし、人々の不幸に寄与することがあまりにも多すぎた。「ブランコは白い正義を、取り戻された交流の平和を印づける。戦う者は創造をなしえず、野蛮で動物的な行動に根を張る太古の振る舞いを反復するのみである。幾千年もの歴史をもつこれらの行動の無言劇を際限なく繰りかえすのであるから、戦う者には革新もなければ発見もない。［……］

交流は二つの普遍的言語しか持たない。一つは、転落のように容易で、常に反復的な言語であり、戦争の混沌とした騒音を発する。もう一つは稀で、困難で、絶えず新しさを失わぬ言語であり、文化的創造に専心する。

新たなものを生み出すことは、平和状態だからこそ可能になるのであり、この状態は人類の唯一の福音である。希少さを世に広めることは、平和状態だからこそ可能になるのであるが、この状態は人類の歴史上、奇妙なまでに稀である。［……］

騒々しくも静寂に満ち、暗くかつ白く、差異を生み出しつつも安定した、この忘れられた宇宙、私たちの足下で世界がそうするのと同じく、私たちの真ん中で時を刻むこの宇宙を背景に、今日から、私たちの目の前で、ダンスの、ソナタやロマンスの、淡彩画やグワッシュの、彫像たちの、さまざまな方法と結果の、色とりどりのブーケが立ち上がり、飛びたつだろう……、九条山は花咲き誇る空中庭園のような媒介、春を告げる芸術作品と科学的所産とが、アキテーヌと日本の二つの春のあいだに。(40)」

*

二つの斜面の補強工事は、それでもなんとか終わりに達し、一九九一年一〇月一日からは建物本体を建設する段階に進んだ。その一〇日前、赴任して間もないフランス大使ロイック・エンキンが来洛し、この第二工期に先立つ新たな神道儀式に参列したのち、稲畑会長にレジオン・ドヌール勲章オフィシエ級を授与した。

私自身は一二月にパリに赴き、外務省対外文化関係総局の諸部局（書籍、芸術活動、在外研究奨学金プログラム）が集まる会議に出席する予定だった。これらの部局は、それぞれの権限で決定した寄宿者を派遣することで、ヴィラ九条山のプロジェクトに協力するよう求められたのだった。

出発の数日前、大使館から連絡があり、画家のオリヴィエ・ドゥブレがこのパリ出張中に私との面会を求めていると知らされた。そして、感動的であまりに美しいと言いたくなる、またその実、ヴィラの設立が呼び起こす集団的鷹揚さの躍動を見事に象徴してもいる、次のような話を耳にした。二〇年ほど前、大阪万博（一九七〇）のヨーロッパ共同体（ＥＣ）館のために、ドゥブレはサイズの大きな（一六・五〇メートル×二・八〇メートル）壁状の陶器を制作し、万博の会期終了後、それを京都のさる美術学校に、最終的な形で設置する心づもりでいた。だが実際には、日本の当局の命令で規則が盲目的に適用された結果、この作品は破壊されてしまった。数々の栄誉に浴し、モニュメンタルな建築にかかわる依頼（コメディ・フランセーズや香港歌劇院の緞帳など）にも応じてきた作家であるだけに、ドゥブレは行政によるこの破壊行為《ヴァンダリスム》に意気消沈し、その作品（見事なできばえだった）の喪失を悔やむ気持ちがなかなか消えなかった。ところが、そこへ、フランスの新たな文化センターが、彼の親しんでいる都市に建設中であるという報せが舞い込んだ。京都では、彼は定期的にギャラリーに作品を展示し、大覚寺の大沢池の畔でピクニックのような青空絵画制作に興じていた。日曜日の散策を楽しむ人々に混じって、芝生に遠慮なく大きなカンヴァスをいくつも広げては、それらに箒を走らせ、自分がねらっている深い色合いに達するまで、さまざまな色彩を何層にも塗り重ねていくのである。そうした経緯で、オリヴィエ・ドゥブレは、失われた作品へのやみがたい悔いを追い払おうとするかのように、新たな壁状陶器を新施設に寄贈することに決めたのだという。大使館からそう話があったのは、私がパリに発つ二、三日前のことだった。私は大慌てで、加藤と、本計画でのその主要な協力者である中村貴志に連絡をとった。これほどの大家からの気前のよい申し出に、二人はひたすら感激するほかなく、私たち三者のあいだで、作品を置くのに最も適した場所は、市街地に面するテラスの端であると決まった。そこになら、縦二メートル、横四メートルの陽当たりのよいスペースを設けることができ、南西方向のパースペクティヴに彩りを添えることにもなるだろう。

パリに到着するが早いか、私は七区サン・シモン通りのアトリエに、巨匠を訪ねた。一二月半ば、外は凍てつくような寒さで、アトリエには暖房がなかったが、オリヴィエ・ドゥブレは上着も羽織らず、所狭しと置かれた描きかけの絵画や作りかけの塑像作品のあいだを、妖精のように行ったり来たりしていた。すばらしく感じのよい人物で、彼が構想し、彩色したテラス用の装飾陶器を、私たちが費用を負担してフランスで焼き上げ、分解された状態で日本に送られてきたものを現地で組み立てるという条件で、作品の寄贈が難なく決まった。彼が念頭に置いている支持体はタイル組み（スレートもしくは炻器質タイル）であり、壁が横長なので細長いタイルを用いる予定だった。ただし、制作に取りかかるのは、翌年の四月二一日から五月三一日にかけて京都のギャラリー「音響あーとさろん」で彼の近作が展示される機会に、現地を自分の目で見てからにしたいと、彼は言った。私はその言葉を捉え、京都訪問時にはぜひ稲畑ホールで講演してほしいと願い出て、彼の承諾を取りつけた。一九九二年四月二二日に実現したその講演会は、私にとって忘れがたい記憶でありつづけている。彼は作品の写真を携えて来てくれたが、それらの作品は、当時、世界各地への旅をベースに制作されたものだった。いずれも一メートル四方の正方形で、完全な抽象画だったが、ただ色彩の魔法のみで、当の絵が制作された場所——それらは野外で制作された——のエスプリを衝撃的なまでに表現していた。当時すでに活字になって久しかったダニエル・アバディとのインタビューで、彼はこう告白している。「私が興味を惹かれるのは、私のなかの画家の部分は敏感で心動かされるこの個人の一部であり、物はいわば私を通り抜けていくのだということ、私はそれを知的に支配し、その成長を導くとはいえ、物はやはりひとり歩きしていくのだということです。こうして、私は自然の一要素に、つまり手で扱われる何かになります。私が風のようなもの、雨のようなもの、流れゆく水のようなものになるとき、私は自然の一部になり、自然は私を通り抜けていくのです。[41]」オリヴィエ・ドゥブレは、もちろんヴィラの建設現場を訪れ、建築家らと見事に打ち解けて、[42]九月、自らが構想する作品の素案（幅広の刷毛で塗られた三本のシンプルな線であり、おそらくは文化交流によって交わる二筋の水の流れを象ったものだろう）を私に送ってくれた。「貴兄のお気に召すことを願っています[43]」と、彼は親切にも書き添えてくれた。私は返信を送り、彼にたいする賞賛の念と感謝の気持ちとを伝えたのだった。

半世紀前に学館の「新館」を竣工させた実績がある清水建設は、予定の工期を守り、ヴィラは一〇月一日に開業を迎えることができた。外務省対外文化関係総局長が委員長を務める選考委員会によって、四月に指名されていたレジデントたちの到着は、ひと月にわたって続いた。六つのステュディオはこうして最初から埋まったが、フランス極東学院の管轄になる一枠分にかんしては若干の遅れが出た。この初年度に学院から指名された台湾系研究員・郭麗英《クオ・リーイン》夫人が、当時申請中だったフランスへの帰化の手続きのために、一二月初めまでフランスから出国できなかったのである。医学研究についてでは、アラン・ポンピドゥー教授が、自らの研究室からハイレベルな生物学者をひとり抜けさせるのはどうしても不可能であると認めて、枠の割り当て取り消しを年初に申し入れていた。これにより、「研究者用の第二ステュディオ」は、「真に関心に値する候補者がいないため、最初の六カ月間は一名の建築家に割り当てられ、続く六カ月は一名の芸術家に提供される予定[44]」になった。レジデント受け入れプログラム自体がまだほとんど知られていなかったため、当時は二〇人ほどの候補者しかおらず（ところが今日では三〇〇人近くもの応募があるという……）、しかもその多くが、外務省自らが日頃の関係者に当たってかき集めてきた人材だった。そういうわけで、乗り込んできたのは当時の現代芸術界の重鎮たちであり、そのなかに造形作家アンジュ・レッツィアや、写真エージェンシー・メティス（Métis）の共同設立者である写真家グザヴィエ・ランブールがいた。私のほうでも、幸運なことに、振付師スーザン・バージュの選考に一役買うことができた。スーザン・バージュは、プログラムを練り上げる期間の全体にわたり、私にとって決定的な役割を演じてくれたのだった。

実際、日本側パートナーが私たちに差し出した豪華なギフトに目を見張るばかりだった（いや、いまも目を見張っている）私は、本章でもここまで、事実上、本案件のうち、土地と建物にかかわる諸側面のみを扱ってきた。だが、計画が表に出た当初から、私がとにかく気に懸けてきたのは中身の問題だった。日仏会館のような研究施設を建てる場合、「研究員」たちは定義上、東洋学者であるので、現地に到着するが早いか、自らの仕事に自律的に取りかかってくれる。それにたいして、京都はローマとは異なるため、日本人自身にとっても分かりづらいとされるこの都市のはずれに、非日本語話者をいきなり住まわせることになるレジデンスを設立するのは、並大抵のことではなかった。しかも、京都という都市は、たしかに、伝統的な芸術分野ではいまだに権威を持ち続けているとはいえ、現代的な芸術を制作し普及させる経路となると、東京にお株を奪われてしまって久しい。おまけに、私はどうやら、一九九〇年四月に駐日大使の名でフランス外務省への公信にサインをした在日大使館付文化参事官に、私の懸念を伝染させてしまったらしかった。その公信にはこう記されている。「レジデントの選抜は、彼らが現地に住まうという課題と同様、[……]京都という都市の実情を考慮に入れなくてはなりません。つまり、京都に長期間にわたって滞在する場合、主に言語や文化の面でのこととはいえ、創作家たちが孤立してしまうリスクがあまりに大きいので、それを避けようと思えば、ひとつひとつのことに手ほどきが必要になるのです(45)」

このように難問を抱えた状態の私のもとに、振付師スーザン・バージュが京都に一時滞在するという情報が外務省から届いたのは、いま引用した公信が書かれる数カ月前、すなわち一九八九年秋のことだ。彼女の京都滞在は、舞踏空間についての研究旅行の一環であり、中東および極東諸国を回るいくつかのステップに日本が含まれているとのことだった。かつてアーウィン・ニコラスのカンパニーに所属するダンサー（カロリン・カールソンと並ぶ）だったスーザンは、ミネソタ生まれで、彼女曰く、西から東へ遍歴しながら人生を送り、一九七〇年代初頭にフランスに定住すると、そこで自らの舞踏団スーザン・バージュ・プロジェクトを立ち上げる一方、何よりもその教育活動によって、「ヌーヴェル・ダンス・フランセーズ」と呼ばれる舞踏家たちの世代全体に影響を与えてきた。そのスーザンを一週間、私に預ける代わりに、名高い教育者でもある彼女が地元の若いダンサーのためのコンテンポラリー・ダンス・アトリエで教えるスケジュールを私に組ませようというのが、外務省の意向だった。伝統的な日本舞踊の一大中心地である京都では、なるほどコンテンポラリー・ダンスはあまり盛んではないものの、パリ・オペラ座のかつての花形ダンサーたちを京都に定期的に招いては、最後の一花を大演目で咲かせる機会を提供していたいくつかのクラシック・バレエ団のなかに、創作ダンス専門のスタジオをそのころ設置したばかりのカンパニーがあることに、私は気づいていた。

それゆえ、私は宮下靖子バレエ団と連絡をとり、スーザンの滞在にリズムを与えるための三回のアトリエをぬかりなくプログラムした。スーザンは予定どおりの日にちに到着し、彼女が果たすことになっている役目の詳細を私が説明しているあいだ、彼女のほうも私に期待していることを述べたのだが、それを聞いた刹那、私はいささか考え込まずにはいられなかった。じつは、関西日仏学館に到着するまでの道すがら、彼女はある神社の境内で、たまたま舞楽が演じられているのを目にして、じつに見事だと感じた。そこで、ぜひ話を聞かせてほしいと、舞った本人に英語で乞うたところ、相手は一瞥だに応じず顔を背けてしまった。もしかすると、舞人はたんに彼女の言ったことがひと言も分からなかっただけなのかもしれない（日本人は長年英語を学習するにもかかわらず、西洋人が一般に想像するよりはるかに英語を解さないし、とりわけ話さない)。だがいずれにせよ、彼女にはこの一件がひどく癪に障り、その結果、彼女はいたってシンプルに、こう心に決めたのだった——京都で過ごす一週間を活かして、この驚くべき舞踊に入門してやろう、と。少なくとも、彼女はそう私に説明したのであり、そのことばには純真さと、権威——これは彼女にも欠けていなかった——とが伴っていた。ところが、私のほうはといえば、その彼女の期待にどう応えたらよいものかと自問するばかりだった。舞楽とは、大陸から伝わった舞が日本で独自に洗練され、皇居やいくつかの神社の儀式に組み入れられたものだが、実際、日本でこれほど尊大に研ぎ澄まされてきた芸術は、おそらくほかになく、演技者というよりむしろ祭司に近い存在である舞人たちに近づける方法など、私には知る由もなかった。ましてや、そのうちの誰かひとりに、天空のごときその高みから降りてきて、一時滞在の西洋人振付師に、しかも女性に、大急ぎで稽古をつけてやってほしいと依頼するに至っては……。

そのとき、私は閃いた。同じ日の晩に再びスーザンと落ち合い、居酒屋で食事を済ませたあと、私は彼女を祇園に連れて行き、私が常連になる特権を授かっていたあるお茶屋で一杯やらないかと誘った。一見さんお断りのそのお茶屋は「つる居」といい、歌舞練場の厳めしく高い建物の足元にひっそりと立つ瀟洒なつくりの店だが、私がそこに出入りを許されるようになったのは、友人のひとりである着物作家の好意のおかげだった。店を切り盛りするのは元芸妓の姉妹で、一方の女将の気品のある振る舞いは、花街にいまも残る伝統的舞踊の長い経験を感じさせ、もう一方の女将の歳のわりにはむくんだ顔には、あまりに愛想よく酔客の相手をしてきた人生の過酷さが刻まれていた。それぞれのお茶屋に出入りする客層は決まっていて、この店は名だたる大学人や芸術家に人気があった。二人の女将は、常連客ひとりひとりの人生のすべてを知り、その職業にさも関心があるかのようにふるまい、頭に入れてある得意客の好みにしたがって、ウィスキーの水割り――この国では、これはひとつの制度になっている――を完璧な配合で作ることができるのだった。

職業上、京都の文化的領域にかんすることで、二人の耳に入らないことは何ひとつなかったし、私は過去に二、三度、店に置かれているアドレス帳の分厚さと、その御利益とを、目にする機会があった。そこで、私は女将たちにスーザンを紹介し、どういう事情で私たちが来店したのかを説明した。すると、二人は驚いた様子もなく、まるで自明の真理でも告げるかのように、それなら飛騨さんにご相談なさるのがよろしいでしょう、と言った。飛騨さんとは、市比賣神社の宮司・飛騨富久氏のことで、京都市の高校生や学生に舞楽と雅楽を教えているという。二人は私たちのためにわざわざ神社に連絡をとってくれ、市内中心部のビルに挟まれた慎ましい神社だと説明してくれた。私たちは、できるだけ早くその場所を訪れなければならない（スーザンが京都にいる時間は一週間だけと限られていたので、ぼやぼやしている時間はなかった）。神社に赴いたのは、朝だった。畳敷きの小さな部屋に通され、部屋の唯一の家具である朱塗りの座卓を囲んで座らされた。襖が開き、主が姿を見せると、働き盛りの、貫禄のある日本人で、私たちがうずくまっていたせいで、なおさら大柄で体格よくみえた。神職の純白の衣装を身につけた宮司は、真に温もりのある態度で私たちに挨拶した。ひとしきり社交辞令を交わしたのち、宮司はどこか歴史記念物のガイドのような調子で、舞楽と雅楽の紹介を足早に、かつ教育的に、私たちに施すなり、前置きもなく金色の金属製の桴《ばち》をスーザンに握らせ、彼女を自分の背後に回らせると、彼女に背を向けたまま、ひとつの舞の動きを彼女に分かるように分解して教えはじめた。すると、根本的に強情で、先生や学校から逃げ回る人生を送ってきたスーザンが、かくも物静かに露わにされた権威に屈服したかのように、身を任せるのだった。上半身を真っ直ぐ伸ばし、両脚を心もち開いて、手を腰に置くと、次の瞬間には右手を伸ばし、桴の指す方向に視線を合わせるというふうに、宮司が示す高貴で雄々しい動作を熱心に再現しながら、スーザンは子供のような喜びを味わっていた。その授業が終わるころには、師弟は見るからに互いに満足しあい、もはや私の通訳などまったく不要であることは明らかだった。

一週間の滞在時間は、うまく配分された。スーザンは一日おきに、コンテンポラリー・ダンスのスタジオに集まった研修生らに自らの身体的な知を伝授し、それぞれのレッスンの翌日には、飛騨先生と蘭稜王の舞の研究に取り組んだ。出発の前夜は、四人――スーザン、飛騨氏、宮下バレエ団の宮下和夫氏、私――での会食になり、話の最中に私がヴィラの計画を持ち出すと、打てば響くようにそれに反応してくれたのは宮下氏だった。スーザンのレッスンが生徒たちにたいへん好評だったことを強調しつつ、宮下氏は、初年度採用のレジデントのひとりとしてスーザンに京都に戻ってきてもらい、宮下バレエ団の正式な新作を、飛騨門下の雅楽演奏家らの伴奏で上演することはできないだろうか、と問いかけたのである。こうして、スーザンの日本での冒険がはじまり、彼女はほんとうに、ヴィラのオープンに合わせ、四カ月の滞在の予定で、戻ってきてくれた。このとき彼女がまず手がけたのは、宮下氏の広報により集まった四〇名ほどの候補者から、オーディションの末に選ばれた女性四人・男性三人の七人の踊り手のための、第一弾の作品《間と間の間（*Matomanoma*）》の制作だった。本作は、彼女の九条山滞在の最後に、京都府立府民ホールALTIで上演され、次いで、翌年夏にはモンプリエ・ダンス・フェスティバルのプログラムのひとつとして紹介された[46]。スーザンは、続いて、やはり同じ踊り手および飛騨門下の雅楽演奏家らと、半常設的な一座を立ち上げると、毎年一作のペースで、日本の四季を描く四部作を構築していった。今日、二〇世紀末ダンス界の主要作品のひとつに数えられる本四部作は、一九九四年から九八年にかけて、パリ市立劇場や地方の大規模な芸術祭の夕べを彩る演目になった。

私にかんしていえば、スーザンはこの上なくよいタイミングで現れてくれた。参加を呼び起こし、人々のエネルギーを連携させる、このすばらしい牽引力によって、彼女は、将来のパートナーとなる人々とのあの最初の短いコンタクトから、理想的には（いつでもスーザンの場合のように、レジデントとして来日するまで三年もの余裕があるとはかぎらないので……）九条山をどうするのがよいのかを私に示してくれたのである――九条山は、日仏両国のプロフェッショナルが、事前の周到な準備の末に集まり、ミッシェル・セールの演説がその哲学を言い表すことになる異種交配作品を生み出す、ひとつの例外的な場でなくてはならない、と。

公式オープンは一九九二年一一月六日金曜日に予定されていた。だが、その理由は忘れてしまったし、文書にも記録が見当たらないが――たしか、祝典の一部を行う京都市のホールが使えなかったのだと思う――、この予定を一日早めることを余儀なくされた結果、ヴィラの開館式が執り行われたのは、期せずして、六五年前に九条山で関西日仏学館の開館式が催されたのとちょうど同じ日になった。

当日、私たちが実行したプログラムは込み入っていた。中心に置かれたのは、主要イベントとなるミッシェル・セールの講演タイトルが示すとおり、フランスと日本の（そしてとりわけ、フランスと関西の）「交流を祝う」ための大がかりな多種目プログラムだったが、ヴィラ内の定員一〇〇名のホールでは、大勢の招待客全員を収容することができない。そこで、次善の策として、比較的近所に立つ京都市国際交流会館のホスピタリティに甘え、同会館の定員二二〇名のホールを使わせてもらうことで、午後に予定されていたプログラムを、余裕をもって催行できる見通しになった。とはいえ、午前中には、ヴィラを招待客に公開しなくてはならないことに変わりはないし、その場で喉を潤してもらうこともできたほうがよい。というわけで、プログラムの全体は、南禅寺の近傍一帯を股にかけるオリエンテーリング大会の観を呈した。祝典に出席したル・モンド紙の日本特派員フィリップ・ポンスは、同紙上（一九九二年一一月一九日）で「ヴィラ九条山の開業――東洋を望むフランスのバルコニー」に捧げられた一頁全体にわたる優れた記事のなかで、両国関係のエンブレムとなるこの新たな器の誕生に彼が見いだす賭け金と意義を、明瞭にこう言葉にしてみせた。

去る一一月五日、哲学者ミッシェル・セールは、日仏の各界代表者から成る聴衆を前に、ヴィラ九条山の開館演説を行った。この新たな文化センターは、ローマのヴィラ・メディチをモデルに、仏日間の芸術交流の促進を図るものである。

その敷地はすばらしい。丘陵の中腹に張り出す形で建設されたヴィラ九条山は、テラスから古都の北西部を見下ろせる。この地域は高層ビルディングによる景観破壊をいまなお免れており、京都御所の緑がくっきりと浮き立ってみえる。新施設が建てられたのは、一九二七年のちょうど同じ日に最初の関西日仏学館が開館を迎えた土地である。同学館は、時の駐日大使ポール・クローデルによって、その一年前に創設され、後年、市の中心部に移転したのである。［……］ミッシェル・セールは、まさに「交流《エシャンジュ》」の概念——これはクローデル的主題でもある——をめぐって、その舞台となるべきヴィラの開館を祝う演説の美しい文章を構築した。［……］そのモダンさと差異とによって、日本は、創作家たちが自分自身と向き合うように他者と向き合う坩堝のひとつとなりつつある。やがてヴィラ・メディチに軒を借りることになるフランス・アカデミーが、コルベールの手で創設されたとき、それが迎えるべく想定されていたのは、古代の偉大さに創意の源を求めてやってきた芸術家たちだった。その彼らと同じ立場に立つ現代の芸術家たちは、ヴィラ九条山で、アイデンティティの遷移を経験するかもしれない。彼らは、ひとつの計画にもとづいて任命されたのち、日本について作業するためにではなく、日本で創作するためにやってくるのである。
威信あるこの文化的構造体のオープンがなおさら印象的であるのは、そこに具現された光輝と永続性への配慮がつねにフランス外務省の政策の信条であるわけではないからだ。外務省の政策は「盛り上がり」を、すなわちイベントを特別視することがあまりにも多いが、それはメディア向けであるだけでなく、長い目で見れば無意味である。［……］
ヴィラ九条山の計画はなるほど「貴族的」であるが、それは語の最良の意味において、すなわち、そこで行われる諸活動は格調が高いという意味においてである。仏日の文化的連携にはそのような推進力こそが最も必要なのである。

祝典は、午前の終わりに、日向大神宮の宮司・津田光茂氏の三度目のお出まし——今回は新しい建物のお清めが目的だ——で幕を開け、続いて、オリヴィエ・ドゥブレの壁状陶器（図14）の——この日のために改めて来日した制作者本人を迎えての——お披露目が行われた。それが終わると、招待客らは建物を自由に見学し、レジデントはそれぞれのステュディオに彼らを迎え入れた。招待客らはまた、インフォーマルな集会も催すことができる広いエントランスホールで、染めの大家・伊砂利彦による四曲一隻の屏風絵を鑑賞することもできた。この屏風絵は、クロード・ドビュッシー作曲、ピアノのための二四の《前奏曲》第一九番《月光謁見のテラス》を造形的に解釈したものだ。実際、現代の染色作家のなかには、本来は繊維を染めるのに用いる技術を和紙に応用する人がおり、伊砂氏もそのひとりだが、私は京都に赴任した矢先に彼の作品に出会い、一九八七年には、六〇センチ×四〇センチの縦長の和紙を用いてドビュッシーの作品を表現した型絵染の連作二四枚（一九八四―八六）の全体を関西日仏学館に展示するのを急いだ経緯があった。匠はまた、ドビュッシーの作品のいくつかを四曲一隻の屏風絵の形式でも扱っており、そのうちの一点である《テラス》を、開業に合わせてヴィラに寄贈してくれたのである。モチーフとなった楽曲は、ドビュッシー作の「月」にまつわる三作品のひとつ（ベルガマスク組曲中の不滅の一篇《月の光》、および《映像》の第五曲《そして月は廃寺に降臨す》と並ぶ）であり、伊佐がこの曲に与えた解釈における月光の表現は独特に印象的である。あえてこう付け加える必要があるだろうか――西洋芸術の最も繊細な表現のひとつに着想を得て、日本の巨匠が制作した本作において、仏日の文化的交流は最高度に達している、と。だからこそ、私たちは午後のプログラムのパンフレット(47)の表紙に、このすばらしい作品の一部をあしらったのである。そのプログラムは、ミッシェル・セールが講演ではっきりと「祝う」ことになる「交流」概念を具体的に例証する意図で組まれたものだった。中身を挙げていくと、中世フランスのファルス『洗濯桶』を翻案して一九五〇年代初めに制作され、それ以後すっかり狂言演目として定着した『濯ぎ川』の、大藏流狂言師たちによる上演。前年の東洋への修行の旅を経て、スーザン・バージュが制作し、自ら演じるダンス・ソロで、その遍歴のさまざまな段階から想を得た断片的なアティテュードが堰を切ったように回帰してくる作品《大いなる亡命》（一九九〇）からの抜粋。また、リサイタル・プログラムの半分はドビュッシー（《ヴァイオリン・ソナタ》）とラヴェル（《ハバネラ形式の小品》）の作品に捧げられ、フランスの格式ある音楽アンサンブルで長年キャリアを磨いてきた日本のソリストたちが演奏した。

ミッシェル・セールは生まれながらの弁舌家で、フランス南西部の優美なアクセントに包まれたその言語は、読んで美しいだけでなく、聴いても美しい。彼がその見事な演説を、見るからに愉快そうに行ったのは、スーザンのダンス・ソロに引き続いてのことだった。祝典のあと、舞踏家と哲学者は互いに賛辞を惜しまなかったが、私は二人のあいだで次のような世辞の交換《エシャンジュ》が行われるのを聞き逃さなかった。即興でなされる問答としては、なかなか上手いやりとりだ。「結構なダンスでした（Vous avez bien *dansé*）」と、スーザンはミッシェル・セールに言った。答えは自ずと決まってくる。「あなたこそ、結構な思索でした（Vous avez bien *pensé*）」と、知の大家は返したのだった。

【付録1】

# 在日フランス人レジスタン——ジャン＝ピエール・オーシュコルヌ

以下に収録するのは、ジャン＝ピエール・オーシュコルヌが、国民教育省の枠組のなかでの昇進をフランス政府に願い出る際の資料として、在日フランス大使館宛に送った比較的遅い時期（一九五六年）の文書である。アンスティチュ・フランセ関西所蔵史料に、この文書の写しが保存されていた。クローデル駐日大使の時代に在神戸フランス領事を務めたアルマン・オーシュコルヌの息子であるジャン＝ピエール・オーシュコルヌは、一九三八年以後、関西日仏学館に常勤職を得て、講師および事実上の館長補佐を務めた。それゆえ、第二次世界大戦の年月、とりわけ、以下に感情をこめて力強く記述される劇的な時期を、オーシュコルヌは学館で過ごしたのである。一九四五年四月の年度初めに、学館は日本政府により接収され、帝国陸軍用の精密機械を製造する工場がそこに設置される。オーシュコルヌと学館事務局長・宮本正清は、このとき特高警察により逮捕・投獄され、飢えを強いられ、拷問を受けた（本書一四一頁参照）。

京都、一九五六年三月二一日

［……］ここで、あえて申すことをお許しいただきたいのですが、京都の日仏学館での職務は、一九四〇年六月のフランス降伏後に流れた年月のあいだ、とくに困難を極めました。その困難は、一九四一年一二月七日〔ママ〕に日本が太平洋戦争に突入すると、なお増すばかりでした。

学館の諸活動を維持するには、極度の肉体的疲労および精神的不安という代償を払わねばなりませんでした。学館とフランス人職員は、しばしば危うい立場に置かれました。日本人の教員は、動員されたり、政治的な理由で学館から遠ざかったりして、次第に数が減っていきました。戦時中に学館が活動しえた最後の年、すなわち一九四四年から一九四五年春にかけて、業務を実際に行えるのは、館長であるマルセル・ロベール氏と、私、そして事務局長兼講師である宮本正清氏のみでした。［……］

この試練の年月、館長の全き同意のもと、学館で行われる教育は、ひとり我々のみの責任で、かつ外部からのいかなる指令も意に介することなく、続けられました。そういうわけで、授業では、日本の文部省の公式カリキュラムでは当時禁止されていたテキストの読解と説明、とりわけ、我々の知的および文学的財産と切り離すことができないと我々がみなすヴォルテール、〔判読不能な作家名〕、モーパッサン、ボードレール、ジッド、その他の作家のテキストの読解と説明を、方法として用い続けました。

すでに、一九四〇年六月のフランスの敗北直後から、東京のドイツ大使館の諸部署は、日仏学館を閉鎖するよう日本政府に申し入れていました。ヨーロッパでの混沌とした状況に鑑み、日本政府はこの要求に応じませんでした。

しかし、日本の憲兵と警察による監視は、戦争が進むにつれて、次第に緊密で粗暴になっていきました。一九四四年になると、学館は幾度となく行政や軍の当局から差押えの脅迫を受けました。我々はたえまない努力を行い、一年以上にもわたって、脅迫をやり過ごすことができました。しかし、一九四五年初頭、いよいよほんとうに学館を明け渡さざるをえなくなりました。抵抗が不可能になったため、建物のなかにあって、物理的に動かすことのできるもの一切を持ち出し、避難させることに決めました。この時点でも、学館にはまだ一五〇名ほどの学生がおりました。

この引越――我々の身体の衰弱と、きわめて不安定な時局とからして、それは緩慢で消耗を強いるものにならざるをえませんでした――は、一九四五年三月から五月まで、二カ月続きました。三・五キロメートル隔たった場所まで（最後の五〇〇メートルは過度に急な勾配で、二〇〇メートルにわたって素手で物を運ぶ必要がありました）、きわめて重い物品の巨大な塊を搬送する作業です。すなわち、図書室の一万冊もの書籍に、数百点にのぼる教室の椅子と机、プレイエル製の中型グランドピアノ、三五ミリフィルム映写機、レコード、映画フィルム、学館の文書資料、館長のアパルトマンと応接室、そしてゲストルームの家具全般などを、搬送したのです。

引越の際に用いられたのは、一頭の牛に引かれた一台きりの小さな荷車という、この戦争末期に我々が調達することのできた唯一の搬送手段でした。作業はすべて四人の男性によって進められました。すなわち、身体的衰弱が甚だしい館長ロベール氏に、私、さらに、一九二七年の設立当初から学館で働き、この時期も変わらず献身してくれていた伊藤氏(1)、そして牛飼いの四人です。[……]
この時期、京都市にたえず空襲警報が出され、毎日数百機の米軍爆撃機B29が、何時間ものあいだ上空を飛び交っていたことをご想像いただけましたら、この引越がいかに消耗を強いるものであったかがお分かりいただけるものと存じます。これらの爆撃機は、日本本土のあちこちを爆撃する前や後に、京都上空で不断の神経戦を仕掛けていたのです。
我々は、しかし、空襲警報を意に介さず、徒歩で一日二往復――ざっと一四キロメートルの道のりです――というほぼ一定のリズムを守ることで、荷車を引く一頭きりの牛の体力を消耗させまいとしました。牛が荷車を引くといっても、最後の五〇〇メートルの勾配は除きます。というのも、その部分の行程は、行きは荷物を満載した状態で、我々自身が荷車を押さねばならないだけでなく、しばしば荷物を下ろし、それを人間が背負って目的地まで運ばねばならなかったからです。毎日決まった時間にこの荷車を使わせてもらえるように、ときには我々の僅かな配給を削り、牛飼いに分けてやらねばなりませんでした。
京都市は最終的に空爆を免れましたが、そうなることを当時は知る由もありませんでしたから、この辛い日々の記憶に、私が個人的に誇らしい感情を抱くことも、おそらく、お許しいただけるものと存じます。これらの日々、荷車が目的地に無事に到着するたびに、我々はこう思いなすことができたのです――最後の世界動乱のさなかに、我が国の財産がまた一包み破壊を免れた、と。

引越が終わったとき、我々の消耗がいかに激しかったかと申しますと、何日ものあいだ床に伏せなければならないほどでした。我々に与えられていたのは配給食のみであり、加えて、我々には移動の禁止が科せられていましたので、都市のすべての日本人がそうするように、あちこちの田舎に食料を調達しに行ける算段すらつきませんでした。

この試練からようやく立ち直りかけたころ、私は、一九四五年六月、日本の特高警察に逮捕されました――特高警察は憲兵隊に僅かに先んじてそうしたのですが、私が今日生きていられるのはおそらくそのおかげです。逮捕されると、私はただちに秘密の場所に押し込められたので、私がどこに監禁されているかを知る者は誰もおりませんでした。牢屋にいるあいだ、私は度々殴られ、殺すぞと脅され、飢えさせるために食事を制限されました――たえまなく尋問を受けたこと、そしてほとんどの時間、独房のなかでさえ、手錠をはめられていたことは、言うに及ばずです。

その上、私はややこしい状況に置かれていました。というのも、学館に多少なりともかかわりのあった多くの日本人が拘束され、脅迫されていたからです――そのひとりは、学館の事務局長兼講師である宮本正清氏でした。私が集めることのできた情報によると、特高警察はどうやら、地元での――さらには、もしかすると、もっと一般的な――プロパガンダを行う必要から、私を、国家の安全を脅かす巨大な陰謀の中心人物に仕立てるつもりだったようです。私を拷問にかけた人物たちの口ぶりから、こうした疑いがやがて確信に変わりました。しかしながら、いかに折檻や脅迫を受けようとも、また我が身の安全を気にかけることもなく、私は唯一の行動指針を守ることでよしとしました。それは、自白を迫られても応じないこと、特別な一覧に名前が載っていると示唆された人々を共謀者（想像上のそれであろうとなかろうと）として告発したり断罪したりするのを拒絶することです。

太平洋戦争終結の二日後（一九四五年八月一七日）、私はようやく釈放されました。肉体がひどく衰弱し、脚気を煩い、重い浮腫を併発していましたが、米軍の病院施設で、ペニシリンとスルホンアミドを用いた積極的治療を受けられたおかげで、すんでのところで外科的手術を免れました。私は、少なくとも、自らの信念を曲げることなく、自分の心にあれほど懸かっていた自由の理想の最終的な勝利を味わえたことに、精神的に満足していました。〔……〕

一九四六年一月、我々は――前年よりは楽な条件で――逆方向の引越を完了させました。ところが、我々の手に戻ってきた建物は、日本軍のために生産活動を行う精密機器工場が設置されていたせいで、内部が極度に傷んでいました。セントラルヒーターの放熱器を除いて、建物の金属部分はことごとく引き剥がされていました。大階段の鉄製ランプも完全に姿を消していました。二つの階段のステップを飾っていた銅製の帯、さらには扉を飾っていた数々の鉄工芸品も同様でした。窓ガラスの半分は消失しているか、もしくは割れてしまっていました。図書館の書架という書架がなくなっていました。床板の一部は剥ぎとられていました。トイレの水洗装置も動かなくなっていました。他にも数えればきりがありません。

しかし、第一弾の修理をおこなったあと、一九四六年四月、日本の新年度に合わせて、我々は学館の授業を再開しました。

それから間もなく、学館館長のロベール氏が休暇を取られ、フランスに戻られました。七カ月のあいだ、私はひとりで学館の管理を行わねばなりませんでしたが、物質的状況はひどく心許ないものでした。すなわち、資金は欠乏し、送金もままならず、教職員も不足していることに加えて、日本は深刻なインフレ期にさしかかっていたため、予算の計算や予測がいっさいできない状態だったのです。

また、次のことも申し添えたく存じます。私の行政上の身分では、日本で活動する仏国機関の他のすべての職員のように、米軍の物資供給センターの食料配給や他の便宜に与るという、当時は貴重で欠かせなかった特権を、享受することができませんでした。それゆえ、日本が潜在的な飢餓にあったこの時期、私は、配給では足りない分を、闇市で買う食品で補わねばならず、乏しい現金の蓄えはすぐに底をつくのでした。

この不確かな身分に、私は一九四八年一二月まで甘んじざるをえませんでした。しかしこの月、私の上司であるロベール館長の計らいで、外務省文化部は私を第五級小学校教諭相当とみなしてくれました。［……］さらに三年余り後の一九五二年一月、文化部は私の身分を第四級小学校教諭相当に引き上げることに同意してくれました。［……］

あえて申し添えてよろしければ、日本に、そして学館に、長年勤務するあいだ、私は公的ないかなる慰労状も、公的であろうとなかろうといかなる表彰も、いっさい受けたことがありません。

「……」

## 【付録2】
# 日仏会館の建物の歴史

村井吉兵衛の死後、日仏会館に無償貸与されていた赤坂山王台の村井別邸は取り壊され、御茶ノ水の地に運ばれてそっくり再建されたことは前述した。[1] 一九二九年四月に再オープンした日仏会館は大戦中辛うじて戦禍を免れたが、その間に然るべき保守修繕が行われなかったため、戦時中のフランス学長ジュオン＝デ＝ロングレによれば、「かなり痛みがひどくなった」[2]。一九五〇年代末には建物は老朽化が進み、当然のこととして建て直しの必要が生じた。不動産に関わる問題と資金の工面は財団法人理事会の担当なので、日本人の理事たちは新築する建物に大きな貸しホールを造り、その収益によって会館の運営に必要な費用を賄おうと考えた。

設計は建築家の吉坂隆正に依頼された。吉坂隆正は五〇年代初めにフランス政府給費留学生として渡仏し、ル・コルビュジエのアトリエに二年間勤務して、マルセイユの集合住宅ユニテ・ダビタシオンの建設や、インド北部パンジャーブ州の行政首府になるチャンディーガル新都市計画に関わった。日本に帰国した吉坂は、ル・コルビュジエの二人の先輩弟子である前川國男と坂倉準三[3]とともに、ル・コルビュジエが基本設計した国立西洋美術館の実施設計案に参加する。この計画は日仏二カ国間の大型プロジェクトで、一九二〇年代から日本の建築シーンを支配した巨匠による日本での唯一の作品である。早稲田大学建築学科教授の吉坂はル・コルビュジエの著書『建築をめざして』(原著一九二三年/翻訳一九六七年)、『アテネ憲章』(一九四三/一九七六)、『モデュロール1・2』(一九五〇・五五/一九七六)を翻訳しており、日本にル・コルビュジエの思想を紹介した主要人物である。したがって、日仏会館が新館を建設するにあたり、会館をよく知り、当時の建築界のスターだった吉坂に設計を依頼したのは当然だった。二、三年後に吉坂は、一九一三年から東京でフランス語フランス文化を教えてきたアテネ・フランセの新校舎の設計を依頼され、一九六二年に落成した新館は日本建築学会賞を受けている。

日仏会館の古い木造の建物は一九五八年七月に取り壊され、清水建設が請負った工事は一八カ月続き、その間、会館事務室は赤坂霊南坂に移された。御茶ノ水の狭い敷地に再建された旧村井邸を長年使ってきた日本人とフランス人は、吉坂に大ホールを含む大がかりな建設計画を考慮に入れて設計するよう依頼していた。財団法人側は四七三席の貸ホールに大いに期待していたのである。敷地は一〇〇〇平米(三〇三坪)に限られており、吉坂はそこに九層(地上六階・地下二階と半地下)の建物を設計する。ホールと観客ロビー、楽屋、機械室、映写室、音調室などホール関連施設は地下二階と半地下におかれる。(4) 吉坂隆正というラディカルな建築家が意識的に実践するブルータリズム(5)を受け入れた建物は、ル・コルビュジエの建築語彙のカリカチュアと言う人もいたが、その要約的表現だった(図10)。鉄筋コンクリートの建築、ピロティの上の二階に一〇〇席の会議室を含む付属建物、本館の横長一列の窓、地下ホール上のテラスの庭。ホールとその付属施設だけで建坪三三〇〇平米の半分以上の一七〇〇平米を占める。建物の建築は、会館本来の使命とは関係が薄いプログラムのための収益性を第一に考えたホール施設を中心に組織されている。コンクリート五階建の本館にはエレベーターがあり、二階に日本側役員室と事務室、三階にフランス学長室と事務室があった。日本事務所、フランス事務所と呼び習わされた財団法人とフランスの研究組織は、運営の仕方も優先する使命も異なる別々の世界に生きていた。日本人理事たちは民間の財団法人として困難な財務上のバランス維持に意を注ぎ、フランス外務省から派遣される学長と研究員は学術研究と文化普及の任務に勤しんだ。一階の図書室には四〇人収容の閲覧室があり、四万冊の書籍を所蔵する書庫が地下にあった。四階は寄宿研究員《パンシヨネール》と来日するフランス人学者の宿舎、五階は学長宿舎にあてられ、さらにその上の階に昔ながらの「使用人の部屋」(6)があった。

新館の落成式は一九六〇年二月二三日に盛大にとり行われた。当時のフランス学長は、後にドゴールの法務大臣になる憲法学者ルネ・カピタンで、岸首相、吉田元首相が出席し、文化大臣のアンドレ・マルローが来日して、「複数の文明が存在するという偉大な発見が初めてなされた現代における」日仏会館のような文化機関の重要性を強調した。(7)

残念ながら、吉坂設計の建築は幾つかの問題を孕んでいた。実際の工事は、よくあることだが、当初の建設予算をオーバーし、財団法人は清水建設に二〇〇〇万円の借金ができてしまった。[8]このことで私が思い出すのは、二〇年後に九条山の旧関西日仏学館の建物を解体したとき、解体費用が予算を一〇〇〇万円オーバーし稲畑産業に借金を抱えてしまった日仏文化協会の日本人理事たちの苦慮である。こうした苦慮なしに、ヴィラ九条山ができることはなかったことを誰が知っているだろう。

もう一つの問題は、会館の運営諸経費に充当を予定していた貸ホールからの収益が、期待外れであったことである。大ホールの建設にはもともと反対意見もあったのだが、建設費は大きく嵩み、蓋を開けてみると管理費・人件費を差し引いた収益は期待を下まわった。

第三の問題はもっと大きな不安材料である。工事を請け負った建設会社は、手持ちの手段の制約から建築資材の質をケチったのか、「一九六〇年に建てられた会館新館の資材は、最も優良であったとはいい難く、一九七五年ごろから会館にはあちこち損傷が見られるようになった」[9]。これは日仏会館の副理事長だった数学者の彌永昌吉が、一九九五年に恵比寿への移転を前にしての述懐である。いずれにせよ、会館の理事たちが一九八六年に清水建設に建物の検診を依頼したところ、築後わずか二五年の建物の建て替えを強く勧められることになった。

御茶ノ水の土地を売って恵比寿に移転する決定がなされたのは一九九一年秋のことだが、それまでの経緯は複雑である。八〇年代初めからフランス大使館が管轄する東京の教育機関（リセ・フランセ、日仏会館、日仏学院）の再編・移転構想が複数検討されていたからである。詳細はここでは省くが[10]、日仏会館の建て替えを決定した財団法人は一九九一年の初めに次の二つの選択肢の前に立たされた。御茶ノ水の土地の三分の一を売って残りの三分の二の土地に新館を建てるか、御茶ノ水の土地を全部売却して地価がより安い場所に土地を購入し、土地の売り買いで得られる差額を新館建設費にあてるか。財団法人が選択したのは第二のオプションである。御茶ノ水の土地購入に名乗りをあげた大成建設は、新館を建設する候補地の所有者だった。三〇年前に御茶ノ水の会館を建て替えた時と異なり、今回は新館の建設工事が終わるまで、会館は御茶ノ水に留まることができる。しかも、当初の移転計画では、恵比寿の五二五坪の敷地にビルを二棟建て、総面積四四〇〇平米のメインビルに会館が入り、二〇〇〇平米の別棟は貸しビルにしてテナント収入を会館の運営費にあてる予定だった。しかし九〇年代初めのバブル崩壊で貸室市場は急速に悪化し、テナント棟を建てる計画は中止のやむなきに至り、一棟のみ建てることで満足することになったのである。大成建設は建設契約の変更を了承し、建築計画は日本設計に委託され、基本設計は九二年一〇月一六日に財団法人の建設委員会によって承認された。恵比寿の新館は九三年六月に着工し、九五年三月に竣工し、引き渡された。

ガラスとコンクリートでできた現在の日仏会館の建物は、良かれ悪しかれ吉坂の建築スタイルに認められたラディカル性はないにしても、堂々たるシルエットを見せている（図16）。七階建てで総面積四四〇〇平米は御茶ノ水の一・三倍にとどまるが、スペースの配分が御茶ノ水の旧館とは根本的に異なる。旧館の大ホール一七〇〇平米を廃止して、その面積は五〇〇平米の多目的ホール（一八〇席）[11]、二〇平米から一四〇平米の様々な広さの会議室、研究室と事務室、特に三階から成る九〇〇平米の図書室・書庫に充当された。しかし図書室は広さの割に利用率は低く、そのため二〇一四年に二階部分の二〇〇平米が多目的ギャラリーに改造されている。御茶ノ水時代と同様、日本事務所は四階、フランス事務所は六階と別々の階を占めていて、連絡は必ずしもよくない。最上階の七階にはフランス事務所代表のアパルトマンとレセプション用サロンがあり（三六〇平米、テラスを含めれば五〇〇平米）[12]、日仏会館設立当初フランス側立案者がこのポストに対して抱いていた野心の大きさを思わせる。このポストに就任した者は、日仏会館という知的および行政的に奇妙な構築物において真に自らの位置を見つけるに至らなかった[13]。新館の建築計画で学長アパルトマンを維持するかどうかについては建設委員会の内部で議論され反対意見も出たという。御茶ノ水時代はパンショネールと呼ばれた宿泊研究員は、恵比寿移転後は市内に移り住むことになり、六階の客室三室は、会館の講演会に講師として招待された学者研究者と、新規に来日した会館研究員《シェルシュール》の一時的滞在用になっている[14]。

【付録3】

# ヴィラ九条山二五周年――クリスチャン・メルリオとの対談(1)

二〇一七年、ヴィラ九条山は二五周年を祝った。

その機会に、ヴィラでは記念の二カ国語小冊子が編まれ、本書の著者と映画作家クリスチャン・メルリオの対談が掲載された。その対談を、以下に再録する（原口研治訳）。

二〇一一年にレジデントとしてヴィラに滞在したクリスチャン・メルリオは、二〇一四年、改修工事のための一年間の閉鎖後に新規オープンしたヴィラの館長に就任した。じつは、このとき、ヴィラの行政上の位置づけにも変更があった。かつて関西日仏学館の附属施設だったヴィラ九条山は、今日、定款上、アンスティチュ・フランセに所属する。アンスティチュ・フランセとは、フランスの在外文化活動を担う外務省および文化省の実働機関である。それゆえ、ヴィラにはいまや、関西日仏学館（より正確には、二〇一三年にその機能を受け継いだアンスティチュ・フランセ関西）と職務上の関係をもたない専属の館長がいる。

一九九二年の開館以来、ヴィラ九条山は、厳格な選考プロセスの結果選ばれた三五〇名以上のレジデントを迎えてきた。現在、毎年二〇名ほどに絞られるレジデント資格への応募者は、三〇〇名近くに上る。二〇一四年以来、フランスと日本の創作家《クリエータ》が連携して行うプロジェクトに、いくつかのレジデント枠（「ヴィラ九条山アン・デュオ（Villa Kujoyama en duo）」プログラム）が設けられるようになった。

**クリスチャン・メルリオ**――ヴィラ・メディチが一六六六年に、カーサ・デ・ベラスケス(2)が一九二八年に設立されたあと、ヴィラ九条山は、フランスがアジアに保有する唯一のアーティスト・イン・レジデンス施設として、一九九二年末に開館しました。一九九〇年代を象徴するこのプロジェクトは、どんな文脈において計画されたのですか？　どんな歴史を受け継いでいるのですか？

**ミッシェル・ワッセルマン**――答えは少し回りくどくならざるを得ず、意外と思われるかも知れません。ヴィラの建設は時間をかけて周到に準備されたプロジェクトからはほど遠く、自衛策と言えるものでした。用地が競売にかけられるのを避けるため、慌ただしく計画され、建設されたもので、少し当て所もないものでした。用地はクローデルが駐日フランス大使だった頃に、関西日仏学館を受け入れるために、親仏家の実業家・稲畑勝太郎によって選ばれたもので、学館は一九二七年に建てられました。とは言え、この場所は中心街から外れていたため、大学に通う学生を主として集めることを目的とした語学・文化センターにはあまり適していませんでした。この点をクローデルも指摘していましたが、聞き入れられませんでした。「外国語としてのフランス語」の実践家として有名な三代目館長のルイ・マルシャンは、一九三二年に着任し、不便な立地にある学館は精彩を欠いた存在にならざるを得ないことをすぐにも確信し、稲畑を説き伏せて、今度は京都の学生街の真っ只中に位置する新しい学館の建設に、関西の財界の協力を仰いで資金を出してもらうことにしました。新しい学館が開館したのは一九三六年のことでした。その時から九条山の用地は放置されたままになり、フランス外務省の記憶からも消え去ってしまいました。一九七〇年代には、建物の損傷が激しく、近隣住民から危険性を咎められるほどになりました。後見役を担っていた財団法人「日仏文化協会」は一九八一年に旧学館の取り壊しを決定し、稲畑産業からその資金を借りることになりました。そして、用地の売却が決定されたのです。一九八六年のこと、納得できる買い手が現れ、日仏文化協会の日本人メンバーはそのことをフランス政府に伝えました。外務省のミッションが結成され、取るに足らない資金条件でこれだけの用地を手放すのは理に適わない取引だとの評価が下され、売却計画は撤回させられました。そこで、クローデルが編み出した方式（日本側が建設費を、フランス側が運営費を負担）に従って、新たな施設を建設することが決められましたが、その中身を詰める必要がありました。東京には日仏会館という極東研究センターがあり、学生街の真ん中に建てられた関西日仏学館は京都において語学教育・文化発信機関の役割を担っていました。そこで、アーティスト・イン・レジデンスという、日本では目新しく、発展性のあるコンセプトが採用され、当初は、大学都市という京都の性格を踏まえて、東洋学を中心とした学術研究の側面を付け加えようとする動きが見られました。しかし、これを実行に移すことは難しいことが分かり、ヴィラの開館初年度（一九九二―九三年）には、フランス極東学院だけが研究者の一人を派遣することを了承しました。二年目からは、ヴィラは完全にアーティスト・イン・レジデンス専用となり、ヴィラで開催されたレジテントの仕事の発表は、東京のその筋の専門家からも、京都に比較的数多くある美術系大学からも注目を集めました。したがって、ヴィラは明確な目的に沿って、時間をかけて熟成されたプロジェクトの対象ではなかった訳ですが、日本の関係者が多くは無意識的にであれ抱いていた、明確な期待に応えるものであったことに違いはありません。

二五年を経た今、またヴィラのレジデント、さらには館長としての経験に照らして見て、こうした歴史を振り返ってみてどう思いますか？

**クリスチャン・メルリオ**――ヴィラ九条山を知ることになって驚かされたのは、この場所が人のつながりを生み出し、アーティストのネットワーク作りやその拡大に力を発揮していることです。かつては、ローマへ行くのは、ルネッサンスや古代の芸術を模写するためでしたが、今では日本に来るのは、日本の文化・芸術との対話を始めたり、継続するためとなっています。その点で、ヴィラ九条山の用地を引き継いだ関西日仏学館の生みの親である日仏文化協会のフランス語名に《知的接近》という言葉が用いられているのは当を得ています。ポール・クローデルが一九二〇年代に導入した文化外交のための手段は、六〇年の時を経て、ヴィラ九条山に、他のレジデンス・プログラムとは大きく異なった、ひとつの基軸と使命を与えたように思えます。印象深いのは、一九二七年の学館設立と一九九二年のヴィラ創設との間、さらには二〇一四年のヴィラのリニューアル・オープン以降の新しいプログラムとの間に見られる連続性です。一九二〇年代からの一貫した大プロジェクトと見なせるものは、日仏のアーティスト同士の《知的接近》と対話に、これに伴うコラボレーションにまさに主眼を置いています。おそらく、模倣による発想というアカデミックなモデルは、日仏文化の交流を目指す上でまったく将来性がなかったのでしょう。樂吉左衛門の茶碗をコピーすることは、歴史も生命も伴わない空虚なオブジェを作り出すにすぎず、樂茶碗が結びついた世界や対話を交わしている芸術が抜け落ちてしまうことになるでしょう。開館当初から日仏文化交流のモデルとして目指された《接近》はアーティストたちを別の道に導きました。今では、耳を傾け、観察し、対話し、《一緒に行う》ことが、ヴィラ九条山のレジデント・アーティストによるリサーチ活動を語る上で、最も的確なプロトコルだと言えます。ヴィラ九条山の最初のレジデントたちと日本文化との対話はどのように構築されたのですか？

**ミッシェル・ワッセルマン**——ご質問の点にはプロジェクトの準備期間中、絶えず頭を悩ませました。既に日本側パートナーに建設を任せるのは、京都の風致地区ということもあり、簡単とは言えませんでした。しかし、さらに問題が大きいと思えたのは実のところその後のヴィラの運営でした。事実、京都はローマではなく、この町のえも言われぬ美しさが呼び起こす当初の大きな感動を過ぎてしまえば、レジデント・アーティストたちは、何とも不可解な言語環境の中で、また日本の伝統文化に秀でてはいたが、現代的芸術活動の創作・発信の回路をずっと以前に東京に譲り渡した（それ以降、事情が大きく変わったとも思えない）都市の周辺部に身を置きながら、どのような反応を見せることになるのか。こうした意味で、フランス極東学院の離脱には大きなショックを受けました。レジデントが発する決まり切った質問に答えられる力を備えた、東洋学の専門機関が常に身近にあったことは、開館初年度において、貴重な活性剤であった訳で、これを穴埋めするため、東洋の宗教に詳しいフランス人哲学者と日本人の美術史家に週に一度、臨時に来てもらいました。そのほかは、レジデントたちは東京に行くことが多く、当初は東京の大手メディアも彼らの仕事に対してとても好意的な態度を示していました。しかしすぐに戻ってきては、彼らが言うには、創作活動に適したヴィラの静けさの中で、京都という他に類のない町の落ち着いた風情と古くからの芸術的な営みの中で英気を養っていました。

**クリスチャン・メルリオ**――これに関して指摘できるのは、アーティスト・イン・レジデンス施設の設立に当たって京都を選択したのは、フランスとドイツに共通していることです。ドイツは五年前にヴィラ鴨川を開館しています。芸術を通じての日本との対話において歴史的に最も影響力のある仏独両国は、自国アーティストの派遣先として東京を選ばなかったのです。日本文化との対話は、近代の歴史が常に伝統的な営みのフィルターを通して感知されている京都では、ほかとは異なっています。一九九〇年代には、京都は東京での革新的な創作とは縁がないと思われることもありました。こうした印象は事実によって部分的には否定されてはいますが。現在では、ヴィラ九条山のレジデント・アーティストたちは伝統的な知と技を日本の中でも最も良く守って来た環境の中に身を浸すという恩恵に浴しています。レジデンス・プログラムが依って立つ対話と交流の観点からは、そもそも問題なのはフランスや日本の芸術作品を評価することではなく、独創的な論理と新しい創作方法に照らして、プロジェクトの直感力を問いかけることです。京都でのレジデンスと日本滞在がプロジェクトを熟成させるのに役立つとしても、時には厳しく保護されていることもある、多様な技と意匠（savoir-faire）が存在することは、クリエーターたちにとって、またとない育成の場となります。リサーチのためのレジデンスの目的は、新たな発想モデルや参照モデルに基づいて仕事に取り組むことで、アーティストに自らの仕事の新たな可能性を発見してもらうことにあります。ヴィラ九条山で近年開始された二つのプログラムはこうした方向に沿ったものです。その一つは二人一組で企画されたプロジェクトの枠内で日仏のアーティストのコラボレーションを促すものであり、もう一つは日本の伝統芸術との対話を促進するため、工芸作家にレジデンスの門戸を開くものです。

# 注

## はじめに

（1） 一八六八年生まれのクローデルは一九五五年に八六歳で亡くなるから、同世代の中では長寿である。〔訳注〕

（2） ブラングはクローデルが一九二七年に購入したイゼール県のローヌ河に近いブラングの城館。クローデルは外交官の経歴が終わる一九三六年から五五年に亡くなるまで、パリにもアパルトマンがあったが、主にブラングに住み、墓もブラングにある。〔訳注〕

（3） フランス外務省外交史料館所蔵（以下、「フランス外務省史料」と省略）、一九二六年一二月一六日付クローデルから本省宛書簡。

（4） クローデルの中国勤務は一八九五年七月から一九〇九年一〇月まで、日清戦争での敗北後、列強による中国分割が進んだ清朝末期にあたり、クローデルは福州兵器廠再建や漢口－北京間鉄道敷設権の仕事に従事した。〔訳注〕

（5） *Mémoires improvisés*, Gallimard, 1954, rééd. Cahiers de la NRF, 2001, p.161.〔『即興の回想録』、未訳〕

（6） フランス外務省史料、一九二一年九月九日付「駐日大使ポール・クローデル氏への訓令」。

（7）　クローデルは既にリオデジャネイロとコペンハーゲンで全権公使としてフランスの首席代表を務めている。東京の代表部は日露戦争での日本の勝利により大使館に昇格しており、クローデルは一九二一年初めに外務省の職階で最上位の「大使」に任命されている。

（8）　フィリップ・ベルトロは一九二〇年から三四年に引退するまで（一九二二年末から二五年四月までを除く）外務省事務総長として首相ないし外相のアリスティッド・ブリアンを支えた。〔訳注〕

（9）　フランス外務省史料、一九二二年三月二八日付クローデルから本省宛書簡。〔「ポール・クローデル外交書簡一九二一―二七」『孤独な帝国　日本の一九二〇年代』奈良道子訳、草思社、一九九九年／文庫版二〇一八年に翻訳あり。以下、「奈良訳あり」と記す〕

（10）　一九二一年九月九日付「駐日大使ポール・クローデル氏への訓令」。〔訓令はアリスティッド・ブリアン首相兼外相からクローデル氏宛になっている。訓令の執筆にはフィリップ・ベルトロが関与していると思われるが特定できない〕

（11）　一九二五年一月一六日付クローデルから本省宛書簡。〔奈良訳あり〕

（12）　『*Pour célébrer l'échange*　交流を祝う』本多眞知子訳、京都、ヴィラ九条山、一九九二年、一二頁。

**第一章　日仏会館**

（1）　« M. Paul Claudel, ambassadeur de France et bonze de la poésie, à Tokyo », *Excelsior*, 5 avril 1922, repris dans Albert Londres, *Au Japon*, Paris, Arléa, 2010, p.81.〔ジョッフル元帥は、皇太子裕仁のフランス訪問の答礼使節として一九二二年一月二〇日から三月一七日にかけて日本を訪問し、国賓として歓迎された〕

（2）　後出のように、一九二一年六月にシャンゼリゼ劇場で初演された『男と欲望』が酷評されたことを指す。〔訳注〕

（3）　« Nijinsky », *Positions et propositions*, I, 1928, *Œuvres en prose*, Bibliothèque de la Pléiade, Gallimard, 1965, p. 386.

（4）　一九二一年一〇月五日の日記。*Journal*, I, Bibliothèque de la Pléiade, Gallimard, 1969, p. 523.

（5） *Théâtre*, II, Bibliothèque de la Pléiade, Gallimard, 2011, p. 252.
（6） Gustave Samazeuilh, *La République*, 9 juin 1921.
（7） Roger Allard, *La Revue universelle*, 1er juillet 1921.
（8） Louis-Charles Watelin, *Revue hebdomadaire*, 13 août 1921.
（9） *Le Rire*, 23 juin 1921.〔「月」は登場人物として出てくるが、lune には俗語で「尻」の意味もある〕
（10） 一九二一年一一月二一日付アンリ・オプノ宛書簡。« Lettres de Paul Claudel à Henri Hoppenot », présentation par Michel Lioure, *Bulletin de la Société Paul Claudel*, nº 131, 3e trimestre 1993, p.11.
（11） *Journal*, I, p. 531.
（12） 一九二二年六月二九日付エーヴ・フランシス宛書簡。Ève Francis, *Un autre Claudel*, Paris, Grasset, 1973, p.200.〔女優は一九一四年に制作座で『人質』に出演して以来クローデルの親しい友人になる〕
（13） *Mémoires improvisés*, *op. cit.*, p. 329.
（14） *Ibid.*
（15） « Le Poison wagnérien », *Le Figaro*, 26 mars 1938 ; *Œuvres en prose*, p. 369.
（16） 一九二一年九月九日付「駐日大使ポール・クローデル氏への一般的訓令」。
（17） Quai d'Orsay（オルセ河岸）はパリ七区、セーヌ左岸にあるフランス外務省の所在地だが、外務省の代名詞として使われる。〔訳注〕
（18） 『東京日日新聞』は一一月二一日、二二日、二三日に鈴木信太郎の「ポオル・クロオデル氏の傾向に就いて」を連載した。〔訳注〕
（19） 一九二二年三月二八日付クローデルから本省宛書簡。〔奈良訳あり〕
（20） 二つのスピーチ原稿は、一九二一年一二月二〇日付クローデルから本省宛書簡〔奈良訳あり〕に添付されている。
（21） 一九二四年一二月一四日の開館式を報告する一九二五年一月一六日付クローデルから本省宛書簡。〔奈良訳

あり〕

(22) 日仏協会第六回報告書付録仏国大使送別会・歓迎会報告。日仏会館発行『日仏文化 *Nichifutsu Bunka*』、三一号、一九七四年三月、仏文は p. 3／翻訳は一七頁（以下、日仏両語の文献を参照する場合は同様に表記する）。

(23) 正しくは一九一九年一月～六月のパリ講和会議と一九二一年一一月から二二年二月にかけてのワシントン海軍軍縮会議。パリ講和会議で連合国とドイツの間でヴェルサイユ条約が結ばれた。〔訳注〕

(24) モーリス・クーラン「日本へのリヨン大学使節（一九一九）」。Daniel Bouchez, « Un rapport de Maurice Courant sur la mission de 1919 », *Nichifutsu Bunka*, n° 45, décembre 1982, p. 32.

(25) *Ibid.*, p. 47.〔アテネ学院（École française d'Athènes）は一八四六年、ローマ学院（École française de Rome）は一八七五年に設立されたフランスの在外研究機関〕

(26) 引用は、フランス外務省史料、一九二一年三月一日付エドモン・バストから本省宛書簡。〔foyer は「暖炉・かまど」を原義とし、家・家庭、宿泊所・集会所、（光・熱などの）発生源の意味を持つ〕

(27) 渋沢栄一は翌一九二〇年に実業家としては例外的に子爵を授けられる。〔訳注〕

(28) 「老人」とあるが、一八四〇年生まれの渋沢はこのとき七九歳である。〔一九三一年没、享年九一〕

(29) 渋沢は一九〇二年に三十数年ぶりにパリを再訪したときの感慨を漢詩に詠んでおり、財団法人日仏会館は渋沢が自ら書にした掛け物を大切に保管している。漢詩を読み下し文にすれば、

一花一草　総て情《こころ》に関《かか》る
目に触るる山河は皆な旧盟なり
俯仰《ふぎょう》せば　あに今昔の感なからんや
秋風夢を吹いて巴城に入る
巴里懐古　青淵逸人

渋沢による書の写真はベルナール・フランクと彌永昌吉による日仏会館五〇年史（『日仏文化』三一号、一九七四年七月）写真ページの最後に掲載されており、読み下し文とクローデルの通訳官だったジョルジュ・ボンマルシ

ャンによる仏訳が付されている。なお、日仏会館五〇年史でフランクは渋沢のパリ再訪をパリ講和会議の一九一九年としているが〔渋沢は一九一九年にパリに行っておらず〕、彌永昌吉は会館六〇周年の一九八四年三月七日の講演で一九〇二年に訂正している（『日仏文化』四五号、一九八四年一二月、一七頁）。

(30) 前掲、モーリス・クーラン「日本へのリヨン大学使節（一九一九）」、*Nichifutsu Bunka, op. cit.*, p. 47-48.

(31) 正確に言えば、飛鳥山邸の住居の主要部分は一九四五年四月の空襲で焼失してしまったが、庭園内の「晩香盧」と「青淵文庫」は焼失を免れている。〔訳注〕

(32) 財団法人日仏会館史料。**Paul Joubin et Maurice Courant, « Note pour M. le baron Shibusawa ».** ジュバンとクーランは八月に中国に行きジュバンは八月末にフランスに帰国したので、クーランが日本に戻り九月二二日に渋沢に報告書を手渡した。

(33) 訪問先は英国、フランス、ベルギー、オランダ、イタリア、バチカン。横浜港からの戦艦による出発は一九二一年三月三日、帰国は九月三日で、二〇歳の皇太子裕仁の欧州訪問は日本の皇室の歴史でも画期をなす。フランス訪問は五月三〇日から六月一〇日までと六月二二日から七月九日までである。

(34) 時の首相兼外相はアリスティッド・ブリアンである。一九二〇年代前半は、対外政策の重要性に鑑み、首相が同時にフランス外交を指揮していた。

(35) 実際にクローデルが日本に出発するのは六月ではなく九月初めである。

(36) 当時マルセイユ・横浜間に就航していたメサジュリ・マリティムの客船。

(37) *Le Radical*, 3 septembre 1921.

(38) 九月二日にマルセイユを出港したクローデルは日本に向かう途中、仏領インドシナに一カ月半滞在する。極東周辺地域のフランス公館に首席代表として着任する外交官に、一九世紀末以来フランス領だが、本国の官僚には馴染みのない植民地を知ってもらおうというインドシナ総督の要望による。

(39) 日仏会館フランス事務所史料。

(40) 財団法人日仏会館史料、一九二六年七月二六日付クローデルから日仏会館常務理事の木島孝蔵宛書簡。

（41） 一九〇七年の日仏協約（Entente franco-japonaise）の協約は、一九〇二年の日英同盟のような軍事同盟（alliance）よりゆるく条約ほど正式ではない。ちなみに一九〇四年の英仏間のEntente cordialeは「英仏協商」と訳されている。〔訳注〕

（42） 原文には「日仏会館（Maison franco-japonaise）」の名称が一九二二年中に決まったとあるが、前掲フランク＝彌永の日仏会館五〇年史によれば、その初出は日本側実行委員の杉山直治郎（東京帝国大学法学部教授）の署名がある一九二二年一〇月二五日付の『日仏会館目論見私案』である。中條忍監修『日本におけるポール・クローデル――クローデルの滞日年譜』（クレス出版、二〇一〇）によれば、クローデルは杉山のこの計画書について、二二年一一月二日付で本省に報告している。杉山直治郎は会館設立時に理事、その後学術担当常務理事を戦後まで務める。〔訳注〕

（43） 一九二二年一一月一六日付クローデルから本省宛書簡。

（44） 一九二二年三月二八日付クローデルから本省宛書簡。〔奈良訳あり〕

（45） 一九二三年一二月一七日付クローデルから本省宛書簡。〔奈良訳あり〕

（46） 一九二二年八月三一日付クローデルから本省宛書簡。

（47） *Journal*, I, p. 1325.

（48） *Mercure de France*, 1er mai 1923, p. 820.

（49） 注16に前出の一九二一年九月九日付「駐日大使クローデル氏への一般的訓令」。

（50） « Discours sur la littérature française », *Supplément aux Œuvres complètes*, II, Lausanne, L'âge d'homme, 1991, p. 106.

（51） *Ibid.*, p. 111.

（52） 一九二二年六月二日付クローデルから本省宛書簡。ゲオルグ・ミヒャエリス（1857-1936）は、一九一七年七月から一〇月までドイツ帝国宰相・プロイセン王国首相の任にあった。一八八五年に日本に招聘され、八九年まで獨逸学協会学校で法律学を講義した。

（53） 「フランス語について」の講演原稿は、一九二二年六月二日付クローデルから本省宛書簡に添付。〔奈良訳は

同年五月二四日の項にあり〕

（54） *Correspondance Paul Claudel - Darius Milhaud 1912-1953*, Cahiers Paul Claudel III, Gallimard, 1961, p. 71.

（55） この講演をクローデルは、一九二七年二月一三日の離日の挨拶において、日本を知的に我がものとする上で決定的な段階として回顧している。« Six ans d'ambassade au Japon », *Supplément aux Œuvres complètes*, I, Lausanne, L'âge d'homme, 1990, p. 83.

（56） フランスでの初出は « Un coup d'œil sur l'âme japonaise », *La Nouvelle Revue française*, octobre 1923, p. 387-388. *L'Oiseau noir dans le soleil levant* (Paris, Excelsior, 1927 et Gallimard, 1929) に « Un regard sur l'âme japonaise » として再録。*Œuvres en prose*, p. 1120-1121.〔「日本人の魂への眼差し」、『朝日の中の黒い鳥』内藤高訳、講談社学術文庫、一九八八年〕

（57） « Tradition japonaise et tradition française »,「芸術と宗教より見たる日仏の伝統」、『改造』一九二三年一月号。

（58） *Japon et Extrême-Orient*, n° 1, décembre 1923, p. 1.

（59） Claude Maitre, « Une conférence de M. Paul Claudel – Un coup d'œil sur l'âme japonaise, Discours aux étudiants de Nikko », *Nouvelle Revue française*, 1er octobre 1923, p. 386-401, *Japon et Extrême Orient*, n° 1, décembre 1923, p. 86-87.

（60） 前掲の中條忍編『クローデルの滞日年譜』によれば、クローデルが中禅寺から帰るのは九月一三日で、一九二二年七月一六日の『読売新聞』は、歌舞伎役者の中村福助、演出家の小山内薫、作曲家の山田耕筰の三人がクローデルをフランス大使館に訪ね、『男とその欲望』を中村福助が主宰する羽衣会で上演することの許可を求めたと報じている。〔訳注〕

（61） 柳澤健「クローデルの新舞踊『人間と其慾情』」、『朝日新聞』一九二二年一一月二三日・二五日。

（62） *Théâtre*, II, p. 533.

（63） *Théâtre*, II, p. 539.

（64） *Théâtre*, II, p. 365.〔二日目一三場「二重の影」、『繻子の靴』上、渡辺守章訳、岩波文庫、二〇〇五年〕

（65） *Théâtre*, II, p. 535 et 539.〔「荒涼とした人里離れた土地」は大出敦氏の訳による〕

(66) *Journal*, I, p. 581.
(67) 一九一八年一一月二七日付クローデルからアンリ・オプノ宛書簡。« Lettres de Paul Claudel à Henri Hoppenot », *op. cit.*, p. 7.
(68) 山口林児「踏影会と羽衣会の舞臺装置を基調とする考察」、『演芸画報』一九二三年五月、七〇頁。
(69) 三島章道・近藤経一「羽衣會合評」、『演芸画報』一九二三年五月、六一頁。
(70) 「『女と影』を見る 帝劇の羽衣會」、『時事新報』一九二三年三月二九日。
(71) *Mercure de France*, 1^er^ mai 1923, p. 821.
(72) « Note sur ma carrière économique », *Supplément aux Œuvres complètes*, I, *op. cit.*, p. 82.
(73) « Six ans d'ambassade au Japon », *ibid.*, p. 83-84.
(74) 原文英語。*Journal*, I, p. 839 に再録。
(75) « Propos sur un spectacle de ballets », *Programme des Ballets Roland Petit*, Théâtre Marigny, 1948 ; *Œuvres complètes*, IV, Gallimard, 1952, p. 392.
(76) 一九二四年六月三日付クローデルから本省宛書簡によると、インドシナ友好協会には三井、三菱、日本郵船会社、台湾銀行など有力企業の代表が参加し、会長は貴族院議員の黒田子爵である。「日本洋画の父」黒田清輝は晩年、政治家として大使の「またとない貴重な助言者」になり、その死の翌日クローデルは黒田の功績を称える二四年七月一六日付公電を本省に送っている。公信と公電はいずれも奈良訳あり。〔訳注〕
(77) 当時の首相は原敬内閣の海軍大臣でワシントン会議に主席全権として参加した加藤友三郎である。首相在任期間は一九二二年六月―二三年八月。〔訳注〕
(78) « À travers les villes en flammes », *L'Oiseau noir dans le soleil levant*, *op. cit.*〔翻訳は前掲『朝日の中の黒い鳥』所収。関東大震災については一九二三年九月二〇日付クローデルから首相兼外相ポワンカレ宛書簡（奈良訳あり）に詳しい報告がある〕
(79) 「メルラン総督は日本で受けた歓迎に感激し驚嘆しました。その歓迎ぶりは親愛の情と細心の注意、招待客への関心、喜んでもらおうという意志において、一九二二年のジョッフル元帥とイギリス皇太子訪日の際の盛大な歓迎を凌ぐものだったと思います。通常は君主にしか与えられない名誉ある歓迎を受けました。」一九二四年六月三日付クローデルから本省宛書簡。〔奈良訳あり〕

(80)『日記』に「二八日、ソウル、歴代王族の墓が半ば破壊され、近代的な大建築に侵略されている」云々とある。*Journal*, I, p. 631.

(81) 一九二四年六月三日付クローデルから本省宛書簡。〔この段階でクローデルが日仏会館（Maison franco-japonaise）の既に確定した名称ではなく、なぜ日仏学院（Institut franco-japonais）と表記したかは謎である〕

(82) 財団法人日仏会館史料。

(83) 同上。

(84) これで日本側は政府補助金と民間からの寄付で一〇万円、フランス側の初年度予算は三〇万フランということになる。為替レートは一九一九年に一円が五フラン、二四年には八〜九フラン、二七年には一二フランと変動しており、日本側の一〇万円は一〇〇万フラン前後に相当すると思われる。〔訳注〕

(85)「対外フランス事業部（Service des Œuvres françaises à l'étranger）」は一九二〇年以来、外務省内で対外文化協力事業を担当しており、一九二一年から二四年までジャン・ジロドゥーが部長だった。二一年来「大学・学校課」の課長はジャン・マルクスで、三三年から四〇年まで対外事業部長になるが、マルクスがクローデルを含め日仏会館および関西日仏学館の設立と運営に関わる日仏関係者のパリ本省の交渉相手である。〔対外事業部は一九四五年に「対外文化関係総局」に格上げされる〕

(86) 財団法人日仏会館史料。

(87) 日仏会館開館式でのスピーチ原稿は、一九二五年一月一六日付クローデルから本省宛書簡〔奈良訳あり〕に添付されている。〔仏文・訳文ともに『日仏文化』三一号、一九七四年に所収〕

(88) *Journal*, I, p. 653.

(89) *Journal*, I, p. 657.

(90)『真昼に分かつ』のイゼのモデルになった女性〔ロザリー・ヴェッチ、再婚してリントナー姓となる〕で、クローデルはリオ時代の一九一七年八月に彼女から「一三年ぶりに」(*Journal*, I, p. 383) 手紙を受け取り、関係が復活する。この手紙はその後よく知られた文学的運命をたどる。〔この手紙は保存されていないが、翌一八年六月一九日の手紙 (*Journal*, I, p. 416) は『繻子の靴』の三日目に出てくるドニャ・プルエーズの「ロドリッグ宛の手紙」の彷徨のモデルになっており、渡辺守章訳『繻子の靴』(岩波文庫) 上巻の「解説」四七二―四七三頁に翻訳がある〕

(91) *Lettres à son fils Henri et à sa famille*, Lausanne, L'âge d'homme, 1990, p. 25.

(92) 一九二五年二月六日付代理大使ジャンティから本省宛書簡。

(93) 白水社が一九二五年一月に創刊した月刊誌 *La Semeuse* の二号にクローデルの « Un mot d'adieu à mes amis japonais » が仏文のまま掲載されており、タイトルのみ「さらば日本の友よ」と訳されている。〔訳注〕

(94) クローデルの詩にオードレ・パールのデッサンと富田渓仙の絵を添え、伊上凡骨の木版刷りで (桐表紙の折帖、帙入) 新潮社から一九二三年に千部限定で出版された。聖女ジュヌヴィエーヴは四五一年にアッティラ率いるフン族の侵攻からパリを救ったパリの守護聖人。〔訳注〕

(95) クローデルは一月末に横浜を出港し、インドシナを答礼訪問する日本使節団に同行してインドシナに三週間滞在する。使節団は情報収集と観光中心のプログラムだったが、関税交渉は続けられた。クローデルは三月二四日にマルセイユに到着する。

(96) « Interview sur les États-Unis d'Europe », *Supplément aux Œuvres complètes*, II, *op. cit.*, p. 123.

(97) *Journal*, I, p. 674.

(98) « Le Japon / Sa situation économique / Conférence de M. Paul Claudel / Ambassadeur de France au Japon / à la Réunion du 28 mai [1925] ». Recueilli sur le site du Conseil du Commerce extérieur de la France au Japon. https://www.cce-japon.org で検索可能。

(99) マリア会は一八一七年にシャミナード神父によってボルドーで創立された教育修道会で、日本には一八八七年に五人のマリア会士が派遣され、八八年に暁星学園を創設、九一年には長崎の海星学園、九八年には大阪に明星

学園が開校した。〔訳注〕

(100) « Conférence sur le Japon », *Supplément aux Œuvres complètes*, III, Lausanne, L'âge d'homme, 1994, p. 87-94.

(101) Michel Revon, *Anthologie de la littérature japonaise des origines au XX^e^ siècle*, Paris, Delagrave, 1910.

(102) « Une promenade à travers la littérature japonaise », *Revue de Paris*, avril 1949 ; *Œuvres complètes*, IV, *op. cit.* ; *Œuvres en prose*.〔翻訳は前掲『朝日の中の黒い鳥』に所収〕

(103) *Œuvres en prose*, p. 1118.

(104) *Ibid.*, p. 1155.

(105) 一九二四年六月三日付クローデルから本省宛書簡。〔奈良訳あり〕

(106) 日仏会館フランス事務所史料、一九二五年七月二九日付「日仏会館フランス委員会で採択された決議文書」〔原文仏文〕。

(107) *Journal*, I, p.697.

(108) 上海のフランス租界が道路建設のため寧波人の同郷会館四明公所の土地を強制収容しようとして寧波人が暴動を起こし、フランス官憲が発砲して十数人の死者がでた「四明公所事件」を指す。〔訳注〕

(109) 正式名称は「戦争放棄に関する条約」でパリ不戦条約とも呼ばれる。一九二七年にフランス外相ブリアンがアメリカに戦争違法化条約を提案すると、アメリカ国務長官ケロッグはこれを多国間条約として逆提案し、国際的平和世論の強い関心のうちに主要国の交渉は進展、一九二八年八月パリで日本を含む原加盟一五ケ国が調印し、二九年七月に発効した。〔訳注〕

(110) 日仏会館フランス事務所史料、「日仏会館フランス委員会議事録」〔原文仏文のみ〕。

(111) 古市公威はエコール・サントラルとパリ大学理学部に留学した土木工学博士、富井政章はリヨン大学法学部法学博士。〔一九三一年の渋沢栄一の死後、それぞれ第二代、第三代の日仏会館理事長になる〕

(112) 財団法人日仏会館史料。

(113) 一九二七年一月一〇日付クローデルから本省宛書簡。

(114) 財団法人日本会館史料、一九二六年七月二六日付クローデルから木島孝蔵宛書簡。〔この書簡は『日仏文化』三一号の日仏会館五〇年史に引用されている。p.26-27／一五一―一五二頁〕

(115) クローデルはおそらく、在リヨン日本総領事だった木島孝蔵が、渋沢と二人の副理事長が署名した書簡の執筆者でないとしても、その原案の作成者だと見ている。

(116) 例えば副理事長の富井政章〔や常務理事の杉山直治郎〕。

(117) 日本語では「日仏会館フランス学長」が正式名称だが、フランス側は非公式に « Directeur de la Maison franco-japonaise » の肩書を使うことがあり、これを彌永昌吉がベルナール・フランクとの共著、日仏会館五〇年史で「日仏会館館長」と訳したため、その後長く続く混乱の元となった。〔訳注〕

(118) 財団法人日仏会館史料、一九三一年七月二七日付ド・マルテル大使から渋沢理事長宛書簡。

(119) René Capitant, « La Maison franco-japonaise de Tokyo », *Bulletin franco-japonais d'informations culturelles et techniques*, n° 49, Ambassade de France au Japon, 1960, p. 23.

(120) Jacques Robert, « Paul Claudel et la Maison franco-japonaise », *Nichifutsu Bunka*, n° 23, mars 1968, p. 12.

(121) Sylvain Lévi, « La Maison franco-japonaise de Tokio », *La Revue de Paris*, septembre-octobre 1929, p. 418.

(122) 「クローデルの許しがたい過ち」は、さる「白髪の大使」が「内輪で語った言葉」という。Frédéric Joüon des Longrais, « Souvenirs d'antan », *Nichifutsu Bunka*, n° 30, mars 1974, p. 59.

(123) 一九二七年一月一〇日付クローデルから本省宛書簡。

(124) Jean Chabas, « La Maison franco-japonaise en 1932 », *Nichifutsu Bunka*, *op. cit.*, p. 53.

(125) Irène Julliot de la Morandière, « Souvenirs des années 1933-1936 », *Nichifutsu Bunka*, *ibid.*, p. 49.

(126) Jean Motte, « Maison franco-japonaise 1932-1936 », *Nichifutsu Bunka*, *ibid.*, p. 42.

(127) 広大な土地は東京府に売却されて校地になり、一九二九年に府立一中が西日比谷から移転する。現在の都立日比谷高校である。〔訳注〕

(128) Georges Bonmarchand, « Quelques souvenirs sur la Maison franco-japonaise de Tokyo », *Bulletin franco-japonais*

*d'informations culturelles et techniques*, n° 49, Ambassade de France au Japon, février 1960. *Nichifutsu Bunka*, *op. cit.*, p. 33-34 に再録。〔渋沢栄一が一九一九年のパリ講和会議の際にパリを再訪したとの誤情報は、それ以外ではよくできたボンマルシャンのこの記事に由来する〕

(129) Frédéric Joüon des Longrais, « Souvenirs d'antan », *art. cité.*, p. 59.

(130) 建替え工事はルネ・カピタン学長時代に行われ、一九六〇年二月二二日の開館式にはアンドレ・マルロー文化大臣が「地球文明の誕生」と題して演説している。『日仏文化』一二号（一九六一年三月－八月）に前田陽一訳で収録。〔訳注〕

## 第二章　関西日仏学館

(1) 男爵・藤田平太郎と実業家・湯川忠三郎は、関西の産業界・財界で指導的立場にあった人物。アルマン・オーシュコルヌは一九二二年から三七年まで在神戸フランス領事。松岡新一郎はインドシナ友好協会事務局長（本書六九頁参照）。

(2) フランス外務省史料、一九三二年四月九日付リュエランから外務省宛書簡。

(3) フランス外務省史料、一九二六年一〇月四日付クローデルから本省宛書簡。〔奈良訳あり〕

(4) 実際には、秋の旅も再び瀬戸内海周航になったが、九州にも数日脚を伸ばした。

(5) *Lettres de Paul Claudel à Élisabeth Sainte-Marie Perrin et à Audrey Parr*, Cahiers Paul Claudel XIII, Gallimard, 1990, p. 283.

(6) 本書七八頁参照。

(7) 原典のタイトル頁。『百扇帖』コシバ社、一九二七年。

(8) « Réflexions et propositions sur le vers français », *La Nouvelle revue française*, $1^{er}$ octobre 1925 ; *Œuvres en prose*, p. 6.

(9) クローデルの私文書中に「かなり多くの部数」が見つかったタイプ打ち原稿で、以下に所収。Paul Claudel, *Œuvre poétique*, Bibliothèque de la Pléiade, Gallimard, 1967, p. 1150.

(10) 一九二六年四月二五日付クローデルから本省宛書簡。

(11)　一九二六年一二月一五日付クローデルから本省宛書簡。

(12)　一九三一年に帰仏したリュエランは、師である地理学者エマニュエル・ド・マルトンヌのかねてからの要請に応えて、高等研究実習院・地形学研究室の運営責任者に就任する。一九四〇年には、学位論文『関西――日本の一地方の地形学的研究』を出版。リオデジャネイロ大学の教授を長く務めたあと、一九四七年にブラジル政府から託されたミッションにより、連邦政府の新首都を築く土地の選定という、地理学者の夢ともいうべき重責を果たすことになる。標高、気候、日照時間を仔細に記した仕様書を携え、自らの指揮する諸チーム（土壌学、気候学、地理学、水理学などの専門ごとに構成されていた）がジャングルのなか一万八千キロを踏査した結果として、リュエランは一〇カ所ほどの候補地を提示し、そのなかから最終的に選ばれたのが、一九六〇年にブラジリア市となる土地だった。

(13)　クローデルの『日記』にはこう書かれている。「一二月一日。午前一〇時、ワシントンへの任命を告げる公電を受け取る。」*Journal*, I, p. 742.

(14)　「日仏文化協会（Société pour le Rapprochement des Civilisations Française et Japonaise）」と題された一九二六年一二月一日付文書、「フランシス・リュエラン氏の書簡」。アンスティチュ・フランセ関西（フランス外務省管轄下の文化施設の組織改編により、二〇一二年、関西日仏学館に新たに付与された名称）所蔵史料。

(15)　アンスティチュ・フランセ関西所蔵史料。

(16)　« Sur la langue française »（「フランス語について」）、一九二二年五月二四日に京都大学で行われた講演の原稿、六月二日の公信に添付。フランス外務省史料。

(17)　*Journal*, I, p. 583.

(18)　一九二七年二月三日付クローデルから本省宛書簡。〔奈良訳あり〕

(19)　*Œuvre poétique*, p. 1225.

(20)　*Journal*, I, p. 743.

(21)　*Journal*, I, p. 725.

(22) *Œuvre poétique*, p. 1224.
(23) Préface à la réédition des *Cent Phrases pour éventails*, Gallimard, 1942.〔『百扇帖』再版時に付された序文〕
(24) **図8**を参照。
(25) *Journal*, I, p. 725.
(26) 透明で滑らかな塗料を上塗りすることで、主題の輪郭や色彩の境界をくすませる絵画技法。ルネサンス期のカノン的技法のひとつ。〔訳注〕
(27) グラン・パレ（Grand Palais）は、一九〇〇年のパリ万国博覧会のために建設された大美術展示場で、パリ市八区に立つ。大型の美術展が催される会場として名高く、現在は国の歴史モニュメントに指定されている。〔訳注〕
(28) 一九二七年二月三日付クローデルから本省宛書簡。
(29) *Journal*, I, p. 649.
(30) *Ibid.*, p. 635.〔「マーレボルジェ（malebolge）」は、ダンテ『神曲』の『地獄篇』に登場する九つの圏（円環）のうち、欺く者たちが罰を受ける第八圏の名で、「悪の嚢」の意〕
(31) *Cent Phrases pour éventails*, *Œuvre poétique*, p. 731.
(32) *Journal*, I, p. 734.
(33) *Ibid.*, p. 743.
(34) フランス外務省史料、一九二六年一〇月四日付クローデルから本省宛書簡。〔奈良訳あり〕
(35) フランス外務省史料、一九二六年一〇月一四日付クローデルから本省宛書簡。〔奈良訳あり〕
(36) フランス外務省史料、一九二七年三月一四日付レヴィから本省宛書簡。
(37) « Correspondance Léonard-Eugène Aurousseau - Paul Claudel (1922-1926) réunie et annotée par Shinobu Chûjô », *Ebisu*, n° 30, Printemps-été 2003, Maison franco-japonaise, p. 188.〔中條忍編・註「レオナール＝ウジェーヌ・オルソー／ポール・クローデル往復書簡」〕
(38) Paul Demiéville, « Allocution », *Nichifutsu Bunka*, n° 21, mars 1967, p. 58.

（39）一九二七年一月二八日付レヴィから外務省宛書簡。
（40）Demiéville, « Allocution », *art. cit.*, p. 58.
（41）ホラティウス『書簡詩』第二巻第二歌からの引用。
（42）大正天皇の崩御に伴い、クローデルはその葬儀に参列するため、離日を遅らせることになる（以下一一六頁参照）。
（43）一九二七年一月一〇日付クローデルから本省宛書簡。〔奈良訳あり〕
（44）Demiéville, « Allocution », *art. cit.*, p. 58.
（45）一九二七年一月一〇日付クローデルから本省宛書簡。
（46）フランス外務省史料、一九二六年一二月二九日付本省からクローデル宛書簡。
（47）フランス外務省史料、一九二六年一二月二七日付クローデルから本省宛書簡。
（48）*Claudel diplomate*, Cahiers Paul Claudel IV, Gallimard, 1962, p. 12.
（49）*Journal*, I, p. 758.
（50）本書六一頁参照。
（51）『東京朝日新聞』一九二七年二月九日、三面。« Les Funérailles du Mikado », *L'Illustration*, 26 mars 1927 ; *Œuvres en prose*, p. 1149.〔「帝の葬儀」の翻訳は、以下に収録されている。前掲『朝日の中の黒い鳥』、二一〇頁〕
（52）原文をより忠実に（短歌の定型に縛られずに）訳すなら、こうなろうか。「天皇は／その民が両側に立って形づくる／この通りを縫って／雪の道を／清らかなる大事に向けて進んでいく。」〔訳注〕
（53）前掲『東京朝日新聞』。
（54）アンスティチュ・フランセ関西所蔵史料。
（55）*Journal*, I, p. 743.
（56）一九二七年二月一〇日付クローデルから本省宛書簡。
（57）« Six ans d'ambassade au Japon », *Supplément aux Œuvres complètes*, I, *op. cit.* p. 84.

（58）一九二七年三月一四日付レヴィから本省宛書簡。
（59）フランス外務省史料、一九二七年六月二七日付ド・ビイから本省宛書簡。
（60）フランス外務省史料、一九三二年四月九日付リュエランから本省宛書簡。
（61）コレージュ・ド・フランス教授、次いでアカデミー・フランセーズ会員に列せられる著名な化学者マルセラン・ベルトロは、第三共和制下で上院議員に選ばれ、外務大臣、公教育大臣を歴任する政治家でもあり、死後はパンテオンに埋葬された。フィリップはその三男、ルネは四男である。〔訳注〕

**第三章　戦争とその影**

（1）フランス外務省史料、一九三六年七月一九日付オーシュコルヌから外務省宛書簡。
（2）『関西日仏学館新館／*Le nouvel Institut franco-japonais de Kyoto. Documents pour servir à l'histoire des relations culturelles franco-japonaises*』日仏文化協会、一九三七年、p.2／二頁。〔この記念パンフレットは、日仏二カ国語で書かれているため、本書では仏語頁とそれに対応する日本語頁を示すが、訳文はすべて改めた〕
（3）一九二三年一二月一七日付クローデルから本省宛書簡。〔奈良訳あり〕
（4）ジョルジュ・ボノーは、実際には、マルシャンの「前任者」というより、リュエランの退任（一九三〇年一二月）からマルシャンの着任（一九三二四月）までのあいだ、館長の職務を「代行」したにすぎない。
（5）一九三三年二月一日付ド・ランスから本省宛書簡。
（6）一九三四年六月一九日付マルシャンから本省宛書簡。
（7）一九三三年二月一日付ド・ランスから本省宛書簡。
（8）フランス外務省史料、« Nouveau rapport sur un projet d'annexe de l'Institut franco-japonais du Kansai », 31 mars 1934, p. 2.〔「関西日仏学館分館計画についての続報」〕
（9）一九二二年三月二八日付クローデルから本省宛書簡。
（10）ドイツ語の名称は *Japanisch-Deutsche Forschungsinstitut.*

(11)　« Nouveau rapport... », *art. cit.*, p. 3.

(12)　フランス外務省史料、一九三四年一一月五日付稲畑からマルクス宛書簡。

(13)　この名は、パリに立つ当の日本人学生寮の建設費を負担した篤志家・薩摩治郎八に因む。「薩摩館」〔現在では「日本館」の呼称が一般的〕は、一九二九年にオープンしていた。

(14)　フランス外務省史料、*Rapport annuel sur l'activité de l'Institut franco-japonais du Kansai du 1^er^ avril 1934 au 31 mars 1935*, Kyoto, avril 1935, p. 7.〔『関西日仏学館の活動に関する年次報告書（一九三四年四月一日―一九三五年三月三一日）』〕

(15)　一九三六年七月一九日付アルマン・オーシュコルヌから外務省宛書簡。

(16)　前掲『関西日仏学館新館』、p. 25／一八頁。

(17)　フランス外交文書館に所蔵される本記事のスクラップ（白い台紙に貼り付けられている）には、「大阪毎日新聞一九三六年一月一六日掲載」というタイプ打ちのメモが添えられているが、該当する実際の紙面には、本記事は見当たらない。〔訳注〕

(18)　École libre des Sciences politiques は、一八七二年に創立された私立の高等教育機関だが（若きポール・クローデルも同校に学んだ）、第二次大戦後、ドゴールの意向で国立化され、パリ大学の学内研究院と位置づけられたのち、〈五月〉騒動後の一九六九年、今日「シヤンス・ポ（Sciences Po）」の名で知られる国立「パリ政治学院」となった。〔訳注〕

(19)　一九三六年七月一九日付アルマン・オーシュコルヌから本省宛書簡。

(20)　前掲『関西日仏学館新館』、p. 37／二八頁。

(21)　同上、p. 83／六五頁。

(22)　同上、p. 27／一九頁。

(23)　フランス外務省史料、*Rapport annuel sur l'activité de l'Institut franco-japonais du Kansai du 1^er^ avril 1937 au 31 mars 1938*, Kyoto, avril 1938, p. 22.〔『関西日仏学館の活動に関する年次報告書（一九三七年四月一日―一九三八年三

月三一日)』〕

(24) ジル＝マルシェックスについては、一一月一三日および一一月二三日の「音楽講演会」のパンフレットがフランス外交文書館に保存されている。いずれのパンフレットも日仏二カ国語で書かれており、一一月一三日のパンフレットに印刷された日本語タイトルは「ドビュッシーの音楽」だが、ここでは仏語タイトルをそのまま訳した。

〔訳注〕

(25) フランス外務省史料、一九二六年一月二三日付メリック・ド・ベルフォンから本省宛書簡。

(26) 前掲『関西日仏学館新館』、p. 6.〔日本語パートには、原文のこの部分に対応する翻訳が省略されている〕

(27) 同上、p. 25／一八頁。

(28) フランス外務省史料、*Rapport annuel sur l'activité de l'Institut franco-japonais du Kansai du 1er avril 1942 au 31 mars 1943*, avril 1943, p. 2.〔『関西日仏学館の活動に関する年次報告書(一九四二年四月一日—一九四三年三月三一日)』〕

(29) アンスティチュ・フランセ関西所蔵史料、一九五六年三月二一日付ジャン＝ピエール・オーシュコルヌから駐日フランス大使(文化部)宛書簡。

(30) 同上。

(31) アンスティチュ・フランセ関西所蔵史料、一九四六年三月一九日付フランス総領事宛(差出人不明。おそらくマルセル・ロベール)。

## 第四章　ヴィラ九条山

(1) 本書の付録2、一九五頁以下を参照のこと。

(2) 九条山の独特な地形と、日本の降雨の激しさを考えれば、建物のこの状態はもっと以前から問題視されていたとみてよかろう。ルイ・マルシャンが外務省に送った一九三八年七月一八日付公信には、次のような情報が記されている。「我々は旧学館の基礎を強化し、所有地の地滑りに備えなくてはなりませんでした。〔……〕ここ数週間の豪雨によって、七月五日、我々の旧館の背後で深刻な崖崩れがありました。九条山の会社〔日本住宅株式会社

〔日仏文化協会に学館用地を販売した会社〕九条山出張所〕の所有地である斜面の一部が崩落し、我々は［……］学館敷地内の道路や庭に落ちた土砂を除去しなくてはなりませんでした。［……］しかるべき措置を速やかに行っていなかったら、我々はひょっとすると今日、嘆くべき破局に見舞われていたかもしれません。」フランス外務省史料。

(3) 若手芸術家が古典芸術やルネサンス芸術に親しむことを奨励すべく、ルイ一四世時代に創設された「在ローマ・フランス・アカデミー」は、革命後の一八〇三年、メディチ家のフェルディナンド一世が一六世紀に建設した「ヴィラ・メディチ」に移転した。以来、「ヴィラ・メディチ」は、在ローマ・フランス・アカデミーの通称になると同時に、若手芸術家のレジデンスとしてのこのヴィラの機能をも指す。〔訳注〕

(4) アンドレ・マルローが文化大臣だった一九六二年八月、フランス全土の歴史的・美的文化財の保存を求め、建物の美化・修復を促す法律、通称「マルロー法」が施行された。〔訳注〕

(5) 対外文化関係総局は、一九四五年、外務省の中枢機構がナチスに占拠された外傷的経験を受けての再編成の一環として、対外事業部を引き継いだ。一九五七年の活動報告書では、同本部の設置を司った諸目的が次のように想起されている。「対外文化関係総局の創設は、以下の三つの必要に応えるものであった。一、物資をめぐる大いなる困難に打ち克ち、五年間途絶えていた知的交流の流れを再開すること。二、フランスからの教員、講演、書籍の提供を求める多くの国々の要望を満たすこと。三、与えられた試練を克服することを通じて、フランスの活力を証明すること。」この活動報告書は、次の本に引用されている。François Roche et Bernard Pigniau, *Histoires de diplomatie culturelle des origines à 1995*, Paris, La Documentation française, 1995.

(6) ヴィラ九条山所蔵史料、一九八六年一一月五日付外務省から駐日フランス大使宛書簡。

(7) アンスティチュ・フランセ関西所蔵史料、一九八四年五月。

(8) ヴィラ九条山所蔵史料、一九八六年一二月一二日。

(9) « Projet pour le centre culturel franco-japonais », mai 1984, p. 3.

(10) シトー会修道院として一三世紀に創建されたロワイヨーモン大僧院（Abbaye de Royaumont）は、今日、コ

ンサート・ホール兼学術会議場として活用され、若手音楽家・ダンサーのためのレジデンスも備えている。〔訳注〕

（11） « Projet pour le centre culturel franco-japonais », mai 1984, p. 1.

（12） アンスティチュ・フランセ関西所蔵史料、「日仏文化協会理事会、一九八一年一月一〇日会合の報告」。

（13） 「稼働（fonctionnement）」とは、ここでは、公的機関として取り組むプログラムの運営とは別の、建物の使用とメンテナンスの意味で受けとられている。

（14） アンスティチュ・フランセ関西所蔵史料、「日仏文化協会理事会、一九八六年一一月一一日会合の報告」。

（15） 学館は一一月三日付で「九条山所在の学館建物解体にかかわる稲畑産業への負債解消を行うため」の助成金・四五万フランの通達を受け取った（アンスティチュ・フランセ関西所蔵史料、外務省から駐日フランス大使宛書簡）。

（16） ヴィラ九条山所蔵史料、在日フランス大使館付文化参事官から、駐日フランス大使、公使、在大阪フランス総領事、および関西日仏学館館長宛書簡。

（17） フランス外務省史料、一九二七年一月一〇日付クローデルから本省宛書簡。〔奈良訳あり〕

（18） Hubert Durt, « Monsieur Étienne Lamotte — son œuvre, sa bibliothèque — », *Nichifutsu Bunka*, n° 44, 1984, p. 7. エティエンヌ・ラモット（一九〇三—一九八三）は、ルーヴァン・カトリック大学（ベルギー）教授で、インドでの仏教発祥に関する当時の西洋きっての権威。かつて「法寶義林研究所」という枠組で、シルヴァン・レヴィ、ポール・ドミエヴィル、および日本人仏教研究者・高楠順次郎が牽引し、日仏会館で取り組まれた中国と日本の仏教用語に関する研究を、ラモット神父は大いに評価していたが、同研究所は、三〇年余りの休眠ののち、一九六八年に、今度は京都で、フランス極東学院の庇護のもと、活動を再開していた。それゆえ、ラモット神父は遺言で、自らの蔵書が、「引き続き「稼働状態」に置かれ、必要とされるところで利用される」ことを願って、これらの書籍を同研究所に遺贈し、「仏教の伝統、いっそう種別的に中国のそれ」を、よりよく「探求し」うるための「インドという出発点」（Durt, *art. cit.*, p. 8）を提供することを望んだ。

（19） 本書五五頁参照。

(20)　一九七二年に特殊法人として設立され、二〇〇三年に外務省所管の独立行政法人となった国際交流基金は、諸外国と日本の国際文化交流の推進に寄与している。

(21)　アンスティチュ・フランセ関西所蔵史料、「日仏文化協会理事会、一九八八年一一月二五日会合の報告」。

(22)　関西文化学術研究都市、通称けいはんな学研都市。大阪・京都・奈良の三府県の境界に位置する広域都市で、一九八〇年代から九〇年代にかけて高等研究機関や企業の研究所などが多数建設された。

(23)　一九九四年にオープンした関西国際空港は、大阪湾の埋め立てにより造成された人工島に設置されたが、その大規模な建設工事には莫大な資金が投じられた。二〇一六年まで唯一のターミナル・ビルだった第一ターミナルは、レンツォ・ピアノの設計による。

(24)　ヴィラ九条山所蔵史料。

(25)　「交流と創作のための日仏センター（Centre franco-japonais pour les échanges et la création）」——最初期の通知文（とりわけ第一回レジデント採用募集要項）で用いられた純粋に記述的な性格の名称だが、「ヴィラ九条山」のオープンとともに消滅した。喜ばしいことと言うほかない。

(26)　ヴィラ九条山所蔵史料。

(27)　クロード・ヌガロ（Claude Nougaro, 1929-2004）はフランスの詩人、歌手、ソングライター。「かつては街があった（Il y avait une ville）」は、一九五九年の同名のアルバム所収。〔訳注〕

(28)　アンドレ・ル・ノートル（André Le Nôtre, 1613-1700）は、ルイ一四世に仕えたフランス人造園家。ヴェルサイユ宮殿の庭園のほか、シャンティイ城やサンジェルマン＝アン＝レ城の庭園など、多数のフランス式庭園を設計した。〔訳注〕

(29)　周知のとおり、「東山連峰」は京都盆地をU字型に囲む三つの連山のひとつであり、京都はこうして南側だけが開け、大阪方面の海に通じている。古代中国および日本の都市建設を左右した風水の思想によれば、この配置は、天皇が住まう都市を守る重要な宗教的要素のひとつと考えられていた。

(30)　加藤邦男「関西日仏交流会館／ヴィラ九条山」、ミッシェル・ワッセルマンによるフランス語訳が付された二カ国語ブックレット、京都、ヴィラ九条山、出版年月不詳（一九九二年一〇月か）。

（31）　鳴神上人は、自らの僧院を開くことを許さなかった帝に、激しい恨みを抱いている。腹いせに、上人は滝の前に注連縄を渡し、雨の神を洞窟に閉じ込めてしまったため、国中にひどい干ばつが起きる。帝が意を決し、宮廷一の美女・雲の絶間姫を遣わすと、姫は難なく上人を誘惑し、夫婦の盃と称する酒で上人を酔わせた（上人は酒が飲めなかったのだ）挙げ句、上人が寝入った隙に注連縄を切る。すると、龍の姿をした雨の神は洞窟を逃れ、ただちに恵みの大雨をもたらすのだった。誘惑の場面で表現されるあからさまなエロティスムと、酔いの眠りから覚めた上人が、騙された怒りにまかせて、江戸歌舞伎特有の「荒事」の見本のような狂態を呈する印象的な最終場面によって、『鳴神』は特に人気の高い演目である。名優・二代目市川團十郎は、言い伝えによると、父の作である『鳴神』を再演するにあたり（一七四二年）、志明院を訪れ、大道具の参考にしたという。この改作が演目の決定版となったわけだが、実際に志明院を訪れると、まるで自然が芸術を真似たかのように、有名な大道具に通じる要素がそこここに見出されて、ひたすら驚嘆させられる。

（32）　Michel Serres, « "Je n'ai jamais quitté Agen". Le chemin des Cressonnières, "notre rue de vie" », *La Dépêche du Midi*, 29 décembre 2011.

（33）　ヴィラ九条山所蔵史料、日付なし（一九九一年六月―七月?）ミッシェル・セールからミッシェル・ワッセルマン宛書簡。

（34）　ポール・クローデル「炎の街を横切って（À travers les villes en flammes）」（一九二四）を指す。*L'Oiseau noir dans le soleil levant*（1926）所収。邦訳は、前掲『朝日の中の黒い鳥』、樋口裕一訳『天皇国見聞記』。〔訳注〕

（35）　ヴィラ九条山所蔵史料、一九九二年九月九日付ミッシェル・セールからミッシェル・ワッセルマン宛書簡。

（36）　前掲『*Pour célébrer l'échange*　交流を祝う』、一一頁。〔本冊子からの引用については、訳文の一部もしくは全体を改めた〕

（37）　同上、四頁。

（38）　同上、八―一一頁。

（39） *Théâtre*, II, p. 1009.

（40） 前掲『*Pour célébrer l'échange*　交流を祝う』、一三―一四頁。

（41） « Entretien avec Daniel Abadie », catalogue de l'exposition du Musée d'art et d'industrie, Maison de la Culture et des Loisirs de Saint-Étienne, 1975, s. p.

（42） オリヴィエ・ドゥブレ自身もこの業界の人だった。彼が国立高等美術学校で最初に学んだのは建築学であり、母方の叔父ジャック・ドゥバ＝ポンサンのアトリエに籍を置いたのである。同じ一九七五年のインタビューで、なぜ「建築家になることを選んだ」のかとダニエル・アバディから問われ、彼はこう答えている――「まず、それが夢中にさせてくれたからです。それから、私の父が、芸術より建築のほうが理に適っていると思ったから。実際には、私はその二つを混ぜ合わせたのであって、そもそもいまも混ぜ合わせ続けています。子どものころ、私は建築と絵画と彫刻を混ぜ合わせていました。私にとって、これらはみな同じものに対応しており［……］、〈美術〉なるものはひとつの全体を形作っていたのです。建築も絵画も〈美術〉でした」（*ibid.*）。

（43） ヴィラ九条山所蔵史料、日付なし（一九九二年九月）オリヴィエ・ドゥブレからミッシェル・ワッセルマン宛書簡。

（44） ヴィラ九条山所蔵史料、一九九二年四月六日付外務省から駐日フランス大使宛書簡。

（45） ヴィラ九条山所蔵史料、一九九〇年四月一〇日付駐日フランス大使から外務省宛書簡。

（46） 本作は、一九八三年の作品『気密室（*Sas*）』の再演が組み込まれたプログラムの第二部の形で生み出された。つまり、女性四人・男性三人に割り振られる『気密室』の配役と連動させながら、スーザンは『間と間の間』を構想したのである。一九九四年から九八年まで続いた四部作『四季の巡り』もまた、お手本のような忠実さで彼女の元に留まった同じ七人の踊り手のユニットのために制作された。本四部作は、一九九八年七月一七日、アヴィニョン演劇祭にて、初めて一挙上演された。

（47） 『関西日仏交流会館／*Villa Kujoyama*／開館記念行事／*Programme inaugural*』、一九九二年一一月五日、ヴィラ九条山所蔵史料（**図13**）。

付録1

（1）　不詳。この苗字は「伊東」などだった可能性もある。〔訳注〕

付録2

（1）　本書第一章末尾を参照。

（2）　Frédéric Joüon des Longrais, « L'œuvre scientifique de la Maison franco-japonaise 1939-1947 », *Comptes rendus des séances de l'Académie des Inscriptions et Belles-Lettres*, 91$^{e}$ année, Paris, Henri Didier, Librairie-éditeur, avril-juin 1947, p. 294.

（3）　前川國男は一九二八年、坂倉準三は翌年に渡仏、ル・コルビュジエのアトリエでモダニスム建築を学んだ。坂倉は一九五一年竣工の東京日仏学院の設計者としても知られる。〔訳注〕

（4）　Maison franco-japonaise / Inauguration du Nouveau Bâtiment / le 22 février 1960 / 日仏会館新館概要。日仏バイリンガル・パンフレット、日仏会館蔵。〔著者は設計段階の日仏会館再建工事概要に従って貸しホールを四七三席としているが、後出注7のフランク＝彌永共著の日仏会館五〇年史（一九七四年）では四一三席としており、こちらが現実に近い〕

（5）　ブルータリズムは一九五〇年代英国に始まった建築運動で、ル・コルビュジエのマルセイユの集合住宅など、初期の機能主義的建築様式への回帰を目ざした。ル・コルビュジエが「ベトン・ブリュット」と呼んだ打ち放しコンクリートによる荒々しい表現を特徴とする。〔訳注〕

（6）　前掲の日仏会館新館概要。〔概要では une chambre des domestiques「女中室」という古風な表現を使っているが、事実八〇年代初めまでは学長がメイドを雇っていた。同じ最上階に電話交換室があり電話交換手が二人いた。会館の電話が自動交換になったのも、会館に同時通訳システムが入ったのも八〇年代初めである〕

（7）　ベルナール・フランク、彌永昌吉「日仏会館の歴史、目的と活動」、『日仏文化』三一号、一九七四年七月、p. 72／一九六頁。〔仏語オリジナル全文はフランス学長蔵史料〕

(8)　一九七四年の会館創立五〇周年記念の募金が行われた結果、清水建設に対する二〇〇〇万円の負債はようやく完済された。〔訳注〕

(9)　「日仏会館の思い出――恵比寿への移転を前にして」、『日仏文化』五九号、一九九五年三月、p. 63／九五頁。

(10)　詳細は移転当時の会館副理事長・白井泰次の「お茶の水から恵比寿へ」、『日仏文化』六〇号、一九九六年三月に詳しい。〔訳注〕

(11)　実際にはホールの定員は一三〇席で、ホール入口にイベント終了後、懇親会ができるロビーがある。〔訳注〕

(12)　このポストの最終的肩書きは、公式サイト https://www.mfj.gr.jp/index.php によれば、現在 « Directeur de l'Institut français de recherches sur le Japon à la Maison franco-japonaise »「日仏会館・フランス国立日本研究所所長」となっている。

(13)　「日仏会館設立当初のフランス側立案者」はクローデルおよび日仏会館フランス委員会を指し、「このポストに就任した者」は初代シルヴァン・レヴィ以下のフランス学長を指す。〔訳注〕

(14)　以上の記述は前述の白井泰次の記事と、同じ『日仏文化』六〇号の建設実行委員長・山口俊夫の「日仏会館「恵比寿新館」の建設」で確認し、必要な限りにおいて補足した。なお、恵比寿新館には当初より二階玄関ホール脇にレストラン・スペースがあり、レストランの経営は外部業者に委託されていたが、二〇二〇年三月末をもってテナント契約が終了した。〔訳注〕

**付録3**

(1)　クリスチャン・メルリオ編『*Villa Kujoyama 25 ans*／ヴィラ九条山二五周年』、京都、ヴィラ九条山、二〇一七年、三八―四一頁。

(2)　マドリッドに設置された在外フランス学院。フランス・アテネ学院、ローマ学院、極東学院と並び、高等教育・研究省所管。

# 人名索引

## ア行

## カ行



## サ行

**マ行**

# 訳者あとがき

ようやく念願が叶った。ミッシェル・ワッセルマンという一級の知識人の著作を、広く日本の読者の手に届けるという願いが。

一九八六年から九四年にかけて関西日仏学館の館長を務めたのち、立命館大学で長く教鞭を執る傍ら、京都オペラ協会総監督として、『フィガロの結婚』をはじめとする数々のオペラの演出も手がけてきたワッセルマン氏は、同時代の京都の文化と国際交流の華やかな履歴が刻まれた歴史絵巻のような人物である。*Mozart à Kyoto*（『京都でモーツァルト』）、*Claudel Danse Japon*（『クローデル、舞踊、日本』）をはじめ、フランス語での出版も多い彼の、日本語で読める本格的な著作がこれまでなかったことを、私はつねづね口惜しく思ってきた。この文化的遺漏を、本書の刊行が僅かにでも埋め合わせることができたとしたら、訳者のひとりとしてこれほど嬉しいことはない。

だが、そうした観点を抜きにしても、ワッセルマン氏の最近著である本書（原題*Les Arches d'or de Paul Claudel*）が日本の読者の目に触れる意義は大きい。昨年二〇二一年は、ポール・クローデルの駐日大使就任一〇〇周年だった。その「詩人大使」が在任中に設立させた日仏会館、設立を準備した関西日仏学館（現アンスティチュ・フランセ関西）に加え、この後者の学舎が最初に建てられた土地に、半世紀以上の年月を経て新設された点で、やはりクローデルと縁《ゆかり》をもつといえるヴィラ九条山（関西日仏交流会館）の、主に創設にまつわる歴史に光を当てる（関西日仏学館については、その移転と第二次大戦下の活動についても語られる）本書は、前世紀の日仏文化交流の光輝をいまに伝える証言、いや、ワッセルマン氏の緻密で的確な言語における、その再現である。

東京の日仏会館が産声を上げるまでの、フランスの極東外交そのものを巻き込む入り組んだ事情のみならず、舞台作品を中心とするこの時期のクローデルの著作にも立ち入る序章の翻訳を、三浦信孝氏に引き受けていただけたのは幸運だった。元日仏会館副理事長で、会館内部の事情に精通しておられることに加え、クローデルとほぼ同世代であるポール・ヴァレリーの専門家として、二〇世紀前半のフランス文学全般を自家薬籠中のものとしておられる三浦氏以上に、本書中最も長大なこの章を扱うにふさわしい研究者は絶無であろう。そもそも、第一章の翻訳を三浦氏に託すことは、原著執筆中、日仏会館所蔵史料を三浦氏を通じて入手する恩恵に与ったワッセルマン氏自身の念願でもあった。それゆえ、第一章（および、それと関係が深い付録2）についての補足やコメントは、三浦氏の序文にお譲りすることにして、本書のそれ以外の章について、私から二、三付け加えることをお許し願いたい。

離日を目前に控えたクローデルが、一九二六年一二月六日、大阪での日仏文化協会設立集会で行った感動的なスピーチを白眉とする第二章「関西日仏学館」の原形は、日仏会館の雑誌 *Ebisu* の五一号（二〇一四）に掲載された論文「関西日仏学館の創設（一九二七）」（« La fondation de l'Institut franco-japonais du Kansai (1927) »）であり、そこにはクローデル手書きのスピーチ原稿全文のコピーも付されている（https://journals.openedition.org/ebisu/1456）。このスピーチのほぼ一年後にオープンを迎える関西日仏学館が、その誕生をいかにクローデルの慧眼と豪腕、そして彼の京都愛に負うているのかを、本章は鮮やかに伝えてくれる。ワッセルマン氏は、右の論文に続いて、二〇一六年に関西日仏学館新館竣工八〇周年を祝う講演「九条山から吉田へ」（ポール・クローデル協会報 *Bulletin de la Société Paul Claudel* 二二三号に « De Kujoyama à Yoshida — pour le quatre-vingtième anniversaire du "Nouveau bâtiment" de l'Institut franco-japonais du Kansai » のタイトルで掲載）、二〇一七年にアンスティチュ・フランセ関西創立九〇周年を記念する講演「動乱の時代の関西日仏学館（一九四〇〜一九四五）」（« L'Institut franco-japonais du Kansai dans la tourmente (1940-1945) »）を立て続けに行い、この二つが第三章「戦争とその影」の骨格になった（両講演を私が翻訳し、写真資料のアルバムを付した小冊子『京《みやこ》にフランスあり！——アンスティチュ・フランセ関西の草創期』も二〇一九年に刊行された）。一九三〇年代から四〇年代にかけて、東大路ひとつを隔てて京都大学本部キャンパスに隣接する一角が、前世紀から続く仏独世界戦争の文字どおりの最前線のひとつであった歴史的事実に、私たちは思いを馳せずにはいられない。これらの章だけでも、自らがそこに居を構えた最後の館長であった関西日仏学館（その三階には、かつて館長のレジデンスがあった）にたいするワッセルマン氏の深い愛情がひしひしと伝わる。

だが、それだけになお、本書はそこまでで終わらない。というのも、最終章でその経緯が微に入り細を穿って語られるヴィラ九条山の誕生は、関西日仏学館館長としてワッセルマン氏自身が実現した最大のプロジェクトだからだ（ワッセルマン館長の重要な功績にはもうひとつ、ヴィラと同じく今日まで残る「京都フランス音楽アカデミー」の創設があるが、それについてはまた別の著作で語られることを期待しよう）。具体的なプランの作成をフランス外務省からほとんど丸投げされた形で、九条山の関西日仏学館旧館跡地の再開発事業を前任者から引き継いだワッセルマン氏が、六年の歳月をかけて、当時の日本では未知の発想だったアーティスト・イン・レジデンスとしてのヴィラ九条山の開設に漕ぎ着けるまでの道のりが、その協力者となった建築家、造形芸術家、ダンサー、哲学者らそれぞれの物語を織り交ぜながら、また、このプロジェクトの周りに漂う関西日仏学館旧館のレミニサンスをとおして、まるで幻のようにそこかしこに回帰してくるポール・クローデルの影を迎え入れつつ語られる、この濃密な最終章は、先立つ著作（『京都でモーツァルト』、「関西日仏学館の創設」など）でディテールの一部が語られているとはいえ、概ね書き下ろしといってよい。ワッセルマン氏が「私の人生の最も美しい年月[1]」のうちに数えた日々の記憶が、ヴィラ九条山の開館三〇周年（二〇二二年一一月）を控えて、ようやく語られたのである。

これらの章（および、関連する付録1）の翻訳を私が担当させてもらうことになった理由は、いくつかある。まず、京都大学人文科学研究所の所員として、私が二〇一四年以来かかわる「みやこの学術資源研究・活用プロジェクト」の存在だ。明治期以降、東京とは歴史も伝統も異なる旧都・京都において、知の近代化がいかに進められ、いかなる道を辿ってきたのか、いいかえれば、欧米の学問や思想がいかに受容され、それが近代以前の伝統的な知や文化にいかに接合されてきたのかを、明らかにすることをめざすこのプロジェクトは、七つのサブ・テーマから成り、そのひとつに「京都における日欧交流史」、すなわち、京都を舞台にした日本とヨーロッパの文化的・学術的交流の発展史を辿るプロジェクトが盛り込まれている。もとより限られた予算と人員で進めるほかない取り組みであるゆえ、私は当初から対象を日仏文化交流に絞り、その紛れもない中心地である関西日仏学館（現アンスティチュ・フランセ関西）の歴史資料（その多くは、パリ郊外のラ・クルヌーヴとナントにある二館のフランス外交文書館に所蔵されている）を写真データの形で収集してきた(2)。本書第三章「戦争とその影」では、こうして私の手元でアーカイヴ化された資料の数々が参照されている。というより、これらの資料は、ワッセルマン氏が利用してくれたことではじめて、我が国で日の目を見ることができた、いいかえれば、存在意義を獲得できたのである。その意味で、「みやこ」プロジェクトのひとつの結晶を含むといえる本訳書の制作費には、京都大学人文科学研究所の二〇二一年度運営費の一部が充当されている。

もうひとつは、まったく個人的、いや私的な理由である。私自身がほかならぬワッセルマン時代の関西日仏学館に熱心に通っていたことだ。当時の私は、京都大学の学生である以前に、関西日仏学館の生徒だったといってよい。もっとも、あまりよい生徒ではなかったかもしれない。私の愉しみは、むしろ週二回の授業の放課後、他のクラスの有閑マドモワゼルたちとともにランチをとり、他愛のないおしゃべりをしながら、しばしば夕方まで過ごす時間だったように思う。それでも、学館で学びはじめて三年目の秋に受験したフランス政府給費留学生試験に合格し、翌年からパリでかけがえのない四年間を過ごすことができたのは――ツキに恵まれたこともたしかだが――学館で受け直すことができた基本的なトレーニングのおかげだ。後半の二年間は国際大学都市《シテ・ユニヴェルシテール》の日本館を住まいにしたから、私の留学は戦前の学館でプログラムされていた理想的なコースそのものだった。つまり、学館で学んだ学生がフランス政府給費生になり、日本館に居住しつつパリで研鑽を積むというコースだ（ただし、戦前には給費生試験受験者向けの専門講座が存在したのにたいし、戦後の学館にはそのような便宜はなかった）。もちろん、京都には、私のようなケースはけっして珍しくない。それだけに、自らのこうした経歴を振り返ってあらためて感じるのは、私や私と同じルートを辿った研究者たちが、これらの機関やその設立者たち、すなわちクローデルや稲畑や薩摩治郎八に、負うているものの大きさだ。思えば、関西日仏学館と日本館はいずれも一九二〇年代に設立された施設である。学館が二七年、日本館が二九年、もちろん、二四年開館の日仏会館をこれに加えてもよい。まさに同時期に生まれたこれらの恒久機関が、両国の交流と両国関係の発展のみならず、それを利用する機会に恵まれた日仏の多くの研究者や芸術家ひとりひとりの人生に、いかに大きな寄与をもたらしてきたか、その恩恵は文字どおり計り知れない。

そのことを、私はほかならぬワッセルマン氏に教えられた。かつて、ご本人の館長退任直前の学期に、学館でワッセルマン氏の講座を受講し、ピエール・ロティやクローデルが日本について記した文章を読む手ほどきを受けたり、本書最終章で長く引用されているミッシェル・セールの演説に触れさせてもらったりした私が（ただし、ワッセルマン氏は、私がその教室にいたことも含めて、この講座について「何も覚えていない」というのだから……！）、「みやこ」プロジェクトを通じて、その元館長と再会し、いや出会い直し、同じ時代の学館の記憶をもつ者として親しく語り合えるようになったのは、何とすばらしい巡り合わせだろう。関西日仏学館館長としてのワッセルマン氏の功績は、けっしてヴィラ九条山と京都フランス音楽アカデミーの創設に尽きるわけではない。さまざまな年代の生徒や関係者が行き交い、熱気と活気に満ちあふれていた教室や廊下、エントランス・ホールのがやがやした賑わいから、ワッセルマン氏の信頼も篤い野村シェフが腕をふるうレストラン **Le Foujita** が、当時はまだ池も樹木も残されていた庭一面に設えたテラス席で、フランス語や日本語の愉しげな話し声がいつまでもやむことなく響きつづけていた夏の宵のかぐわしさに至るまで、あの時代の学館の華やぎすべてが、まぎれもなくワッセルマン氏によってもたらされたのだ。そのなかで過ごした時間は私の自己形成のたしかな一部となって、いまも私のなかで息づいている。

本書は限られた時間での制作になり、編集を担当して下さった水声社の井戸亮氏には、たいへんご苦労をおかけしたことと思う。にもかかわらず、本書の著者・訳者のさまざまな要求にスマートに応じて下さった井戸さんには、いくら御礼申し上げても足りない。

また、本書刊行の財政的な後ろ盾は、笹川日仏財団である。両国友好の架け橋をもって任じる同財団から受けることができたおおらかな助成に、この場を借りて心から感謝申し上げるとともに、日仏文化交流史の記念碑ともいえる三つの文化機関設立プロジェクトに光を当てた本書が、同財団の期待に十分に応えるものであることを祈りたい。

そして願わくは、それぞれ再来年と五年後に創立一〇〇周年を迎える日仏会館とアンスティチュ・フランセ関西が、今年創立三〇周年を祝うヴィラ九条山とともに、さらに遠い未来にまで「交流」の輝かしい拠点であり続けんことを。

訳者を代表して　立木康介

二〇二二年二月

**[注]**

（1）Michel Wasserman, « La fondation de l'Institut franco-japonais du Kansai »(1927), *Ebisu*, 51, 2014 (epub), p. 399.

（2）実際には、資料の収集と整理のほとんどは、当初は大学院生だった人文研助教・藤野志織氏の苦労の賜物である。彼女の献身にこの場を借りて感謝申し上げたい。

## 著者・訳者について——

**ミッシェル・ワッセルマン**（Michel Wasserman）　一九四八年生まれ。東京藝術大学の客員教授、日仏会館研究員などを経て、関西日仏学館館長（一九八六〜九四年）、ヴィラ九条山館長（一九九二〜九四年）。立命館大学名誉教授（文化交流史）。著書に*D'or et de neige : Paul Claudel et le Japon* (Gallimard, 2008)、共著に『ベアテ・シロタと日本国憲法』（岩波書店、二〇一四年）などがある。

*

**三浦信孝**（みうらのぶたか）　一九四五年生まれ。中央大学名誉教授（現代フランス研究）。著書に『現代フランスを読む—共和国・多文化主義・クレオール』（大修館書店、二〇〇二年）、編著に『ポール・クローデル　日本への眼差し』（共編、水声社、二〇二一年）、共訳書にB・ベルナルディ『ジャン＝ジャック・ルソーの政治哲学』（勁草書房、二〇一四年）などがある。

**立木康介**（ついきこうすけ）　一九六八年生まれ。京都大学人文科学研究所教授（精神分析）。著書に『精神分析の名著』（編著、中公新書、二〇一二年）、『露出せよ、と現代文明は言う』（河出書房新社、二〇一三年）、『狂気の愛、狂女への愛、狂気のなかの愛』（水声社、二〇一六年）、『女は不死である』（河出書房新社、二〇二〇年）がある。

装幀——滝澤和子

# ポール・クローデルの黄金の聖櫃——〈詩人大使〉の文化創造とその遺産

二〇二二年三月三〇日第一版第一刷印刷　二〇二二年四月一〇日第一版第一刷発行

**著者**——ミッシェル・ワッセルマン

**訳者**——三浦信孝・立木康介

**発行者**——鈴木宏

**発行所**——株式会社水声社

東京都文京区小石川二—七—五　郵便番号一一二—〇〇〇二

電話〇三—三八一八—六〇四〇　FAX〇三—三八一八—二四三七

［**編集部**］横浜市港北区新吉田東一—七七—一七　郵便番号二二三—〇〇五八

電話〇四五—七一七—五三五六　FAX〇四五—七一七—五三五七

郵便振替〇〇一八〇—四—六五四一〇〇

URL : http://www.suiseisha.net

**印刷・製本**——精興社

ISBN978-4-8010-0636-2